续红楼梦未竟稿

【中国古典名著·红楼梦续书集成】

【清】张曜孙 著

敖堃 点校

内蒙古出版集团 内蒙古人民出版社

图书在版编目(CIP)数据

续红楼梦未竟稿/[清]张曜孙著;敖堃标点. -呼和浩特:内蒙古人民出版社,2015.12

(红楼梦续书集成/田建群主编)

ISBN 978-7-204-13802-9

Ⅰ.①续… Ⅱ.①张… ②敖… Ⅲ.①章回小说-中国-清代 Ⅳ.①I242.4

中国版本图书馆CIP数据核字(2015)第306901号

续红楼梦未竟稿

作　　者　[清]张曜孙
点　　校　敖　堃
选题策划　田建群
责任编辑　张　钧　王　瑶
责任校对　杜慧婧
封面设计　马东源
责任监印　王丽燕
出版发行　内蒙古人民出版社
地　　址　呼和浩特市新城区中山东路8号波士名人国际B座5楼
印　　刷　武汉安捷印刷有限公司
开　　本　710×1000　1/16
印　　张　14.75
字　　数　250千
版　　次　2016年1月第1版
印　　次　2016年3月第1次印刷
书　　号　ISBN 978-7-204-13802-9/I·2665
定　　价　34.00元

图书营销部联系电话:(0471)3946298　3946267
如发现印装质量问题,请与我社联系,联系电话:(0471)3946120　3946169

出版前言

自从两百年前曹雪芹在一个凛冽的寒冬离开人世，他的巨著《红楼梦》没有终稿，而《红楼梦》的最后结局一直为人所猜测。在乾嘉时代，《红楼梦》因为有了程伟元的木刻本而广为流传，迎来了《红楼梦》的第一个传播高峰。而程伟元本八十回正文后所附之高鹗所续之四十回结局，虽给了《红楼梦》人物一个全面的交代，但在许多人看来，这个结局是差强人意，甚至是不合理的。于是，不少文人骚客拿起他们手中的笔，为这部未完成的巨著添上他们自己认为最理想的结局。这就在乾隆时代后期和嘉庆时代形成了《红楼梦》续书的第一个高潮。

这些续书作者，通过续写《红楼梦》，或是希望按自己的理想，赋予《红楼梦》故事一个更完美的结局，或是发挥自己的写作才能，把这个故事讲得更圆满。于是诸如《红楼圆梦》《补红楼梦》纷纷出版，为《红楼梦》再添一份光彩。遗憾的是，这些续作者们艺术水平、写作才能、思想深度均远不及曹雪芹，且深陷曹雪芹预设的窠臼无法自拔，不仅无法与《红楼梦》相企及，且大多不及高鹗续书，在当时就有“狗尾续貂”之讥。但是这些作者所希望的《红楼梦》人物都有圆满理想的结局，却是符合当时大众审美的，因而有不小的读者群，使得这些续书得以在漫长的岁月里不断再版，不断为读者接受，不断有人评价，且不断有人加入为《红楼梦》写续作的行列中。

到了近代，随着中西文化交流的发展，西方文化不断传入中国。近代出现的《红楼梦》续书和拟作，比乾嘉之时则显得更加多样化。续书作者除了按自己的理解续写《红楼梦》的故事外，有的则是借《红楼梦》的故事框架，抒发自己的社会理想；借《红楼梦》故事，浇自己块垒，如吴趼人的《新石头记》。还有的更是光怪陆离，把西方小说写作技巧运用到中国小说创作中来，如喻血轮的《林黛玉日记》。当代作家亦有续《红楼梦》者，他们把现代小说技巧与现代人对古代社会的理解融入《红楼梦》世界中，别有一番风采。

据统计，《红楼梦》续书大约有近百种，但其大部已经淹没在历史长河中。我们从中选择有可读性者约三十种，逐一点校出版，以飨读者。点校中，得到洛阳白河书斋晁氏藏书楼主晁会元先生大力支持，特此致谢！

敖　堃

2015 年 12 月于南开大学

目录

第一回

单说宝玉自失通灵之后，神智迷惘，为贾母、王夫人、凤姐等愚弄娶宝钗后，知黛玉已死，悲痛欲绝，愈觉神魂丧失，如醉如痴。自从和尚送了玉来，又或梦中情事，遂觉心神清朗，似乎有所觉悟。那日和尚又略说前因后果，虽不甚解，认定这和尚必是活佛真仙。因与和尚密约，欲弃家出世，和尚嘱咐道："汝但一心觉悟，我自来接引。"宝玉原打算三场毕后，趁人不防，飘然自去。那知第三场交卷后，与贾兰一同出至龙门外，见人多拥挤，不敢向前。忽于人丛中见那和尚招手，不觉大喜，遂跟了和尚出来，将考具弃于僻处。

和尚携了宝玉，走了一回，似乎出了城。一片荒郊，人迹俱绝。宝玉问道："师父，我们往那里去？"那和尚道："父子天性，不可不亲往拜别。你跟了吾来。"正走间，忽见一跛足道人从前面走来，向和尚道："那蠢物来了么？"和尚道："来了。"宝玉知非凡人，连忙跪下叩头。那道人将宝玉细细打量了一回，叹口气道："此物灵根未断，尘缘终未尽了，恐从前三劫之约竟不能欲速哩。"和尚道："且带到山中再看。"两个一同行走。一回儿，望见人烟隐约，渐见一道长河，许多船只泊在那里。那和尚、道人挽了宝玉，上了一只大船，站在船头，命宝玉向舱中行礼。宝玉跪下，叩了三个头起来，打了一问讯。抬头看见父亲从舱中走出来，意欲拉他。和尚、道人已将他拉了上岸。后面听得叫喊声，一会儿便听不见了。

转眼到了一座高山中。四围苍翠，奇峰插天。行至山巅，但见一带长松，中藏洞府。进入洞中，石室丹房，天然精洁。和尚、道人相对坐下，宝玉侍立于傍。和尚道："你果然省悟了么?"宝玉道："弟子省悟了。"道人道："你知道你从何处来?"宝玉道："师父曾经指示，从大荒山无稽崖来。"道人道："你可知你本来面目?"宝玉不能答。道人笑向和尚道："如何? 我说此事不能速了。"和尚点头，向宝玉道："你既然自言省悟，又昧却本来，如何能形质归一? 你且向此间潜心打坐。此中米粮食物器具一一俱有，你若饥渴，自己料理。你一无道术，山中不可乱走，恐为邪魔所侵。我们去去再来看你。"说罢，立起身来，出洞而走。

宝玉送出洞外。见二人飘然乘云，倏忽不知所往，遂在洞外徘徊一回。见山高水洁，寂如太古，绝无一点尘气，心下怡然。入洞来，到处一看。见洞中石室三层，雕栏曲榭，回环深邃，石床石案、炉灶、米粮、柴草俱全，遂向石床趺坐。心中想道："匆促间不曾叩得打坐之法，不知应何用功?"忽又想起从前看过《参同契》《悟真篇》等书，所说虽不甚明了，大旨总是摄心定性。且冥心静坐，等师父来时再行叩问。此时腹中亦不觉饥饿，遂不去做饭。垂帘调息，坐了一回，约莫过了一夜，亦不觉甚困倦。往后渐觉饥渴。走到丹房，将石鼎安于炉土，放些米，又将石瓢放了水，思量："没有火怎么煮饭?"细细看时，炉傍有火镰火绒，遂取松枝烧着。烧了一回，看时，饭已熟了。取碗盛起。吃时觉芳甘可口，比御田米还好。虽无肴莱，竟比在家时吃饭更香。约莫吃了一碗有余，腹中饱了，又烧些开水吃了，遂走出洞外闲步。见风日清和，天空地旷，惟寂无声响，连鸟语泉声一时俱绝。记得师父嘱咐，不敢下山，只在洞府前后左右赏玩了一回。

见峭壁下一块大石，晶莹洁净。有大松一株，倚于石傍，垂荫如盖。宝玉正要歇歇，遂攀着松枝坐于石上一回，忽听得似有人说话。四面看时，并无一人。细细察听，其声似乎在峭壁中。宝玉心中诧异，遂侧耳细听。一人道："此事果然不得快了，累坠得很。"又一人道："我从前在太虚幻境挂号，本约三劫后销号。仙姑说，'且过一劫再看。'我就说，'恐怕不能了结。'要知此物历劫已久，他经娲皇煅炼，情根极深。又经数多劫，潜修灵明通达，惟有这一点自怨自愧之心，万劫不能消灭。虽居以赤霞之宫，授以神瑛之职，饫以美酒佳肴，名香珍茗，奇花异艳，妙舞清歌，终难融化。是以命他转入情天劫案内，到那繁华靡丽之乡，脂粉绮罗之地，阅历一番。那知情芽滋长，情根纠结，不但此心仍未融化，且劫外生劫，情外生情，即情天这千千风流冤孽，亦多未了。大抵人情如水火，水必畅其流而始平，火必空其附而始灭。如拂之逆之，其势更烈。此物虽人世一番，并未享着人间真福。算来是苦多乐少，故终不能解脱消融。依我看来，若要了当，须及天下古今人世之乐境，令其饱享而餍饫，使心满意足，更无他念，自然了悟。不知仙姑之意如何?"

又听得一人似乎女子声音，说道："真人所见极是。我久已算到。且绛珠还泪，本一念痴情。那知前债未还，后债又积，两情固积，益复缠绵。不知再历几世几时，方能解释。其余一干冤孽，非立有善功，积有恶孽，更须转入轮回，以行赏罚。我想绛珠夙根深重，其高洁怨慕之心，历劫难消，亦与神瑛相仿。与其又入轮回，益迷本性，不如就此了之。故于其解脱之时，以小术送至其家。来访二位，共商此事。适奉上帝旨，言下界有几件大事，须令仙真数辈降生办之。除上界已遴选敕降外，通行色界、欲界、诸天及各岛洞，查取夙根深厚应下凡历劫之人。我已举报一二人，不如即将此二物一并举报，俾得尽历人世艰难恐怖、功业声名一切事端，享用富贵欢娱一切乐境。穷其之变，而后复其性之初，庶几一了百了耳。"又一人道："如此甚好。我既带了他来，少不得将他心地中所染尘浊磨洗一番。请道人将应世之道亦令其讲究一番，仍令人世便了。"那女人道："如此我即刻奏闻，行文各处知照。二位仍烦随时扶持，以了此缘。"二人答应，遂寂然无声。

宝玉细想："这两人声音像同来的师父，这女人声音亦熟。"一时想不起来。忽然想道："既称仙姑，想来就是警幻仙姑了。所说的话，都是说我的。所说绛珠，不知何人，想来就是林妹妹。他说送他回家，林妹妹那里有家？想来就是原来的仙境，但不知在那里，我不知可能见他一见？"想到此处，心中便不自在起来。立起身来，走回洞中，依然打坐。

坐了一回，恍惚如梦，到了家中，见王夫人泪流满面，拉着他哭了一回，又见父亲，问了一回话，又见探春，说了一回离别之情。走到宝钗房中，见宝钗对烛独坐，愁容满面，一时相见，抱头大哭。又见麝月、秋纹、莺儿、五儿等垂泪叩见。忽然想到紫鹃，走到惜春那里，不见惜春。有人说道："住在栊翠庵中。"见了惜春，说了几句别后的话。到紫鹃房中，紫鹃说道："你怎么回来了？"宝玉道："我有一句要紧话问你。林妹妹临死的时候，你可在跟前？"紫鹃道："我怎么不在跟前？大奶奶和三姑娘都在跟前。曾经说过，你又忘了。"宝玉道："我原记得，但是我打听了一个信儿，说是林妹妹没有死，教一位仙姑送到家里去了。我想林妹妹并没有家，到那里去了呢？所以回来问你。那入殓时候，到底你见棺木中有什么没有？"紫鹃道："入殓时大家看着，岂有没有的理。但你说仙姑救了去，那岂是凡人得知的呢？你那里晓得，还到那里去打听呢？"又道："你为什么忽而去了，忽而又回来了呢？"宝玉道："吾是晓得林妹妹已经成了仙，故跳出红尘找他去，又听说不曾死，回家去了，故而回来打听打听就去的。"紫鹃道："你既回来了，他们未必放你去了哩。"宝玉道："我要回来就回来，要去就去，他们怎能管我？"紫鹃道："我这出家，原为林姑娘。若姑娘仍在世间，我还是要跟着他的。你得了准信，务必告诉我。"宝玉点头。忽然想起怎么不见袭人，因问紫鹃道："汝晓得袭人那里去了？"紫鹃道："我许久不过那边去，恍惚听见姑娘说，回家去了。"宝玉叹口气，道："家去了倒也罢了。"因起身出来。

到了园中，见风景萧条。正在慨叹，忽见前面走来了一人，似

乎黛玉。急上前看时,却是五儿。宝玉道:"你来接我了么?"那人正要开言,宝玉细细一看,失惊道:"你不是晴雯姊姊么?"那人道:"二爷还认得我。"宝玉不禁一把拉住,伤心痛哭。拭泪问道:"你不是做了芙蓉神么?你这回子从那里来?你晓得你去之后我万苦千辛,你这回子晓得林姑娘到底在那里?我生生死死总要找到了方罢。"晴雯道:"我从太虚幻境来,正来告诉你,林姑娘叫警幻仙姑救了,送到扬州家里住着。棺木收殓的乃是仙家幻形。如今仙姑已将你同姑娘前因后果奏闻上帝,还要在世办什么事。我们这班人里头,也有了结了的,也有没了结的,还要转轮。仙姑叫我来告诉你。"宝玉道:"这自然是真的了,但不知林姑娘如何忽然有家,如何又在扬州呢?"晴雯道:"我也问过仙姑的。仙姑说,林姑老爷有几房姨娘。姑老爷病中,自己知道不得好,恐怕林姑娘一时不得到,致为家人们诱拐,故而各给银两,一一打发了。苏州的回苏州,杭州的回杭州,常州的回常州。及至林姑娘到时,姑老爷已经不在,只剩得几个家人。林姑娘但知姨娘们俱已各散,心上恶他们无情义,也就不去追究。其中有位姨娘是扬州人,姑老爷最爱他,独他最后打发。当时怀了三月身子,姑老爷吩咐他,'回家暂住。俟孩子生下来,是男是女,将他养大了,送给我女黛玉,你再去嫁人。'那姨娘回去,同他母亲一块过活,竟不嫁人。林姑娘到扬州时,他还来见过,送姑娘起身回苏州的。后来生下一个哥儿,如今已有十岁了。现在林姑娘就在他家住。"宝玉道:"在什么地方呢?"晴雯道:"这倒没有问。横竖总在扬州地方罢了,不难访问的。"宝玉听了,喜不自胜。晴雯道:"前儿我就说的,你得了这个信,一辈子离不了尘世。你这会子不僧不俗,算个什么呢?还不快回去。"宝玉道:"好姊姊,我们一同回去。"晴雯拭泪道:"我么,还有回子哩。"宝玉道:"我舍不得林姑娘,你是晓得的。我舍不得你,你难道不晓得?"晴雯道:"可不是,仙姑昨儿还打趣我呢。你放心,我少不得也是要来的。还有几个要来的呢。"宝玉问:"是那个?"晴雯道:"我也不很清楚，横竖日后总明罢了。你快回去罢！”说着，忽然不见。

宝玉要出园，忽觉眼前一阵阴冷，天日昏惨。一阵风过，闻得啼哭之声。见一群恶鬼押着几个披枷带锁的人，一步一打的走来。内中一个披锁散发的妇人，认得是凤姐，不禁“呵呀”一声，心中害怕。只见凤姐赶上一把拉住，哭叫道：“好兄弟，快救救我！”宝玉又是伤心，又是害怕，一面哭着道：“姊姊怎么了？”听些恶鬼赶来吆喝。宝玉正在着急，忽听得霹雳一声，悚然警醒。眼中黑暗，定了一回神，渐渐光明。看时，依然坐在洞中。

只听得洞门外声声大笑，一僧一道飘然而入，两边坐下。宝玉忙下榻来，叩首侍立。和尚道：“你如今该明白了？”宝玉道：“弟子尘浊已甚，又未蒙指示用功之法，是以神魂恍惚，梦境离奇，毫无了悟。”道人呵呵笑道：“你所见所闻，这倒是真境，并非是梦。”宝玉不敢回答。和尚道：“你如今还要入世，大加历炼。这番不比前番。前番系游戏人间，此番乃奉有敕旨。你须努力用功。我今授你明心见性之法，你须用百日之功，将后天尘浊渣滓陶洗尽净，然后再请真人带你到嫏嬛福地领略一番。庶几体用皆有把握，方可勉承帝眷。”宝玉道：“顿首受教。”道士遂将口诀密授，要言不烦，宝玉意下了悟。二人即起身去了。宝玉遂依法静坐，觉得心地光明，气息宁静，脉络通畅，渐渐不饥不渴，绝无困倦。

不觉百日功毕。见道人飘然而来，携着宝玉出了洞府。半云半雾，倏忽到了一个所在。但见琪花馥郁，瑶草缤纷，楼阁连云，烟雾回绕。面前一座大石坊，上刻“嫏嬛福地”四大字。进了石坊，见许多童子，三五成群，在彼玩耍。见他来了，各自交头接耳，指点说笑。宝玉低头，跟道人进了两重殿宇，到了一处。即见牙签万轴，芸芨千箱，插架连甍，堆床接栋。道人进入中间。对面有一小道士迎出，叩首问讯。道人笑道：“有一顽石奉敕下凡，要来领略领略书卷灵光，庶不致顽仙之诮。”那小道士便让坐奉茶，说道：“既是奉敕的，小仙自当伺候。”道人叫过宝玉道：“此中乃天上人间古今经史典册。奇书秘笈,无所不有。虽岛洞列仙,多未窥见。你到此间,可谓侥幸。"宝玉心中想道:"这些书不知拣那部读。"正要开言动问,道人笑道:"这些书,你便读十年百年,亦读不完。我授你含英咀华、聚精会神之法。你且持行百日,再来看你。"遂对小道士拱手道:"请烦照应一二。"遂起身去了。宝玉送至门外,道人倏已不见。小道士道:"侍者请自行功,小仙失陪。"拱一拱手去了。宝玉只得依着道人所授之法,席地打坐,暂且不题。

且说林黛玉自病重之后,但求速死,心中反觉空旷。这日自己觉得神魂将离,所有旧事一件一件都上心来,十分难过。拉着紫鹃嘱咐了几句话。忽然想起宝玉,不禁恨道:"宝玉,宝玉,你好无情。"尚未说完,忽见床前立着一人,仿佛妙玉。将他一把拉住,下了床。回头将一把拂尘往榻上一撂,挽了黛玉,走出院门来。

黛玉心上恍惚。又听得潇湘馆中哭声大作。想着大约自己已经死了,但不知妙师父何以忽来引我?正要动问,即见那人向黛玉笑道:"妹妹认得我么?"黛玉仔细一看,见其装饰与妙玉相仿,而尤为飘逸,丰姿略似秦可卿,而艳冶过之。觉得似乎见过,一时竟说不出来。那人道:"妹妹!入世一十八年,前因已昧,自然不认得我了。我都为你而来。我们且到前面少坐二谈。"说着,挽了黛玉走至一处,似乎省亲别墅正殿,进入中间坐下。黛玉道:"敢问仙子缘何降临?"那人道:"我即所谓太虚幻境警幻仙姑是也。我与你相好多年,你因一念之痴,遂入情天劫案。我见你缠绵束缚,不能解脱,故而亲来一看。"黛玉听了心中晓然,若有所悟,便起身裣袖道:"多谢仙姑指示,弟子如梦方醒。"警幻笑道:"你的梦还不能醒呢。你可知泪债未偿,情根益固,虽历劫不能解脱。我不忍你再入轮回,致失本性,故不惮远来,了此因缘。"黛玉道:"弟子记得病已垂危,此时侍坐,究竟是真是梦?"警幻道:"我若不来,你便死了,死后仍须下世。倘情缘纠结,益转益歧,必致返还无路。不若暂留尘世,将情根销尽，然后归入太虚，永无尘劫苦趣，岂不妥当。故略施小术，以尘尾幻你形骸，将你送至故乡，自有神瑛前来寻访。”黛玉道：“弟子已无心尘世，求仙姑即为解脱，同返太虚。”警幻道：“你方才说的什么话？如何能解脱呢？况神瑛之缠绵固结，与你相同。你便解脱，他亦不能解脱，仍是不了。你是拂郁已甚，似乎厌世，殊不知此情一刻不断，万劫不能超尘。此番住世，不比从前，可以畅遂心胸，一舒郁结。但你后天气禀甚薄，疾病甚多，以致性情似乎偏戾，我当先为汝除之。”遂命侍女看酒。

一霎时，见绿衣宫妆侍女十数人，铺开桌椅，摆列杯盘。警幻上坐，黛玉侧坐相陪。警幻袖中取出丹药三丸，一红，一黄，一碧，皆如鸡头子大小。先将碧色的入茶杯内，令黛玉服之。警幻道：“此茶名千红一窟，饮之能除烦恼毒怒、一切疾病，从此你宿疾全除，终身壮健矣。”黛玉起身拜谢，即时服下。警幻又指案上道：“此皆仙家果品，你随意吃些，可以延年却老。”黛玉答应，姑取少许食之，甘美异常，觉腑脏宽舒，精神清爽。警幻又将红色者入酒杯内，进奉黛玉，道：“此酒名为万艳同杯。此丹能养性情，炼魂魄，助艳福，驻丹颜。服之终身不老。”黛玉又复拜谢服之。警幻道：“你家有一庶母舒氏，你还记得否？”黛玉道：“从前弟子进京时才七岁，记得舒姨娘才来了一年。第二年，父亲病中有信到京。弟子急赶回，父亲已经身故。那些姨娘们各自分散，只剩得几个家人。记得这舒姨娘是扬州人，其时亦已回家，弟子到扬州时，曾会过一两面。弟子那时想着，这些姨娘没有一个有情义的，故亦不甚理他。不知仙姑所说可是这位？”警幻道：“正是。此人乃汝父亲所最钟爱者。汝父遣他们，具有深意。他们并不个个薄情。这舒氏甚有节操，人亦贤明才干。现有遗腹一子，年已十岁。此子亦有来历，你到彼自然详知。我当送汝前往，汝暂依之，不久仍须到京也。”说着将一丸黄色丹药付与黛玉，道：“此丹能收摄真元，明心益慧，虽及人世悲欢哀乐之境，怡情快意之场，永无坠落之患。汝可噙于口中，徐徐含化。”说毕，立起身来。唤侍女青棠、绿绮，吩咐道：“汝二人随我前去。”遂携了黛玉，走出殿门。

见殿前驾着一辆鸾车，与警幻同坐在内，侍女坐在车外。一时青鸾振翼而起，御风而行。但觉习习轻风，森森空响。黛玉将丹丸入口，觉味淡而弥永，气清而咀芳，渐渐消化。倏忽间，到了一个地方。城郭人烟，宛然在目。黛玉心中思想：“必是扬州城了。”只见侍女下车，警幻携了黛玉，同下车来，转眼车已不见。有两乘大轿，两乘小轿，歇在河干。侍女招呼，将轿抬至跟前。上轿走了一回，见街衢热闹，仿佛前番光景。到了一座大门楼，侍女下轿走入门去。见门内走出两个家人，年纪具有四五十岁，来至黛玉轿前，请安道：“不知姑娘到这里，姑娘可是从京里来否？”黛玉见那二人，似乎认得，却记不出名字。只得说道：“你们可是先老爷旧人？”二人道：“正是。小的叫程忠，他叫向贵。前年都见过姑娘的。”正说时，门内又走出来两人，说：“快请轿子。”即见正门大开，轿子入至大厅。警幻下轿，早有老妈妈、丫头前来搀扶。警幻挥手道：“你扶你们姑娘去。”说着飘然入内。黛玉随着进来。走至院中，见一人年约三十上下，不施脂粉，缟衣素服，丰姿秀雅，迎了出来。黛玉仿佛认得，却记不真，未敢断认。警幻走入中堂，向着那人道：“舒夫人，贫道稽首。”那人还礼，警幻指着黛玉道：“这是你家小姐，今日将他送来。”黛玉过来行礼。舒姨娘连忙还礼，携着手，说道：“小姐一别十年，且今日归来，真是梦想不到！”警幻道：“且坐下再谈。”于是各自坐下。警幻道：“你家小姐患了不治之症，已将咽气。贫道与有夙缘，故而救他。那贾府中不便再留，将他送来与夫人相依。夫人这里一起情事，吾已略与小姐说过。你们再行细谈，吾先别过了。”一面叫青棠：“你且在这里伺候小姐些时。”向黛玉道：“此婢尚灵慧，不在紫鹃之下。你且使唤着，我再来看你。”说着起身。黛玉觉得依依难舍，泪下不止。警幻笑道：“何必悲伤呢。”舒姨娘正要挽留，已飘然走出。连忙送至大厅，见头也不回，出门去了。

这里黛玉随着舒姨娘复至上房，舒姨娘挽了黛玉的手，走到房中。一面吩咐丫头青鸾、翠篢："快收拾对面卧房，与小姐居住"，一面问黛玉道："小姐，你的行李呢？想在船上。不知还有何人护送前来，方才这道姑是那里来的？听他说话不甚明白。"黛玉正欲开言，忽见外面一人慌慌张张的跑进来，说道："奇怪！了不得！"大家都吓一怔。不知因着何事，且听下回分解。

第二回

单说黛玉正要开言告诉，忽见程忠跑进来，向舒姨娘道："奇怪得很。方才这道姑同着侍女出去，我们连忙上前招呼，说去雇轿子来。那道姑不回应，走出大门，一转眼就不见了。这不是奇事！"那舒姨娘道："吾正在这里问小姐哩。"黛玉道："这并不为奇。这道姑原是仙子，我病中见他来拉着我，便送我到这里。坐着一辆鸾车，在半空中走的，约莫不过一个时辰便到了。我却并无行李，亦并无别人护送。"因将病中一起情形大概说了一遍。舒姨娘啧啧称奇，因道："想来小姐亦是个仙子临凡，故尔仙人如此关切。将来小姐必有大福气的。"黛玉道："我的兄弟呢，怎么不见？"舒姨娘道："小姐你怎么晓得的？"黛玉道："是仙姑说的。"舒姨娘向程忠道："你派人到学里去，请少爷告个假回来，就说京里的大小姐回来了，不要说别的。你亦嘱咐家人们不要乱说，惹人诧异。"程忠答应出去了。舒姨娘道："小姐不知，我们从前姊妹四人。老爷太太恩典，都是极好的。惟独待我更好。"说着一面将帕子拭泪，一面说道："那年小姐进京去了，老爷的意兴便是一年差一年，常常说着小姐年幼，身子又单薄，虽然外祖母爱惜，究竟不比家中，不知住得惯住不惯？我说，'老爷既然忆着，何必大远的送去？'老爷说，'其外祖母来接，我又不好不叫去。又闻得他家有个衔玉儿生的孙子，比小姐年纪大一岁。这人是个大有来历的人，将来必有好处。若得亲上做亲，也了却吾一番心事。然这话要等他们说，我自己不能先说，不知究竟是怎样?'后来老爷身上不舒服,自己起了课,向我说,'我是不久了。你们眼前四个人都无子女,我家中又无嫡亲子侄,将来作何依靠?不如趁此各自散了罢。'我当时不肯,就说,'我现在怀着孕。况且小姐现在京中,将来总有依靠的。'老爷说,'小姐现在依靠外家,岂能顾你。你虽怀孕,是男是女,能否长大,都不可知。我死之后,你如何过日子呢?不如你也回娘家去,还有母亲可依。你若念我恩情,等生下或男或女,养活起来,能得长成更好,不能,你再赶你的事。你年纪才十六岁,便再耽搁十年还不老。据吾数中看来,你怀的竟是儿子。此子将来必贵,你还能享他的福。但究系渺茫的话,不可不依事势而行。'老爷说了几回,吾总不肯。就将那三个姨娘,每人随身衣饰,又给五百两银子,各自打发去了。后来老爷总记挂小姐,是我再三劝着,'何不打发人把小姐接来,等老爷病好后再去呢?'到了冬间,老爷觉得病重,随自己写了信,使人去接小姐的。去了几天,老爷把所有东西一一拣点,将书籍、古玩等物留与小姐。一分与我,捡出老爷自己写的字幅扇子册籍几件,包了一包,说,'这个你收着,你要不忘记吾,见我写的字,就见了我了。将来生下的男女,亦教他认得父亲的手泽。'那时便立逼着叫吾回去,我死活不肯。老爷生气道,'你不回去,我死了,你一个年轻女人,并无一人照应。尽是些家人,这算什么。将来叫人造些丑话,连这个身孕也说不明白哩。'那时吾听了这话,明白老爷意思,即便答应,将行李什物带回娘家,自己仍旧进来伺候。有一日老爷向我说道,'我大约等不及小姐到的了。你很有情义,你还随着我,我得你送终也罢了。吾死后,若小姐到来,你来见见他,把留下的东西交付明白,其余的话,且不必向小姐说,反叫他为难牵挂。将来若生下男女,长成了,再通知小姐,若不长成,就算罢了。'我说道,'此时既不告诉小姐,后来如何相信呢?'老爷道,'那不消虑,吾留下一张字就是了。'我说道,'为什么不要告诉小姐呢?'老爷道,'小姐依居外家,你若告诉了他,叫怎样处置呢?若要同你回家同住,贾府必不肯,单送你回家,家中又无依靠之人。况且既知你怀着身孕,断不肯教你住在娘家的,这不是大家为难?万一生下男女,不能长大,那时候又怎么样呢?你守又守不住,回又回不来,不更苦了你了?'我听了这话,晓得老爷一番苦心,思算周到,故而小姐到后,我见了两回,总不敢提及。那时候小姐见我,亦落落寞寞,我体谅小姐怪我不该回去,故而厌恶我,欲待与小姐说明,又恐怕违了老爷的遗命,只得忍着。今年正在这里说,再过几年,琼儿巴得进京,要到贾府去找姊姊,说明前后情由,不想小姐从天上掉下来,真是意外奇事,大约亦是老爷的灵感。"黛玉一面听着,一面落泪,听到此际,已是呜呜咽咽的哭。

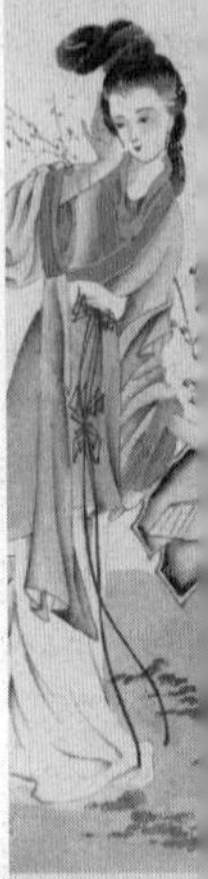

舒姨娘起身自去开箱子,取出一大包东西来。丫头们说:"请姨娘陪小姐吃饭。"舒姨娘出至中间,让黛玉上坐,黛玉让了一回,只得坐了。吃完饭,茶毕,复到房中。舒姨娘指着桌上道:"这都是老爷手泽,小姐请看。"黛玉一边检阅,见是些纸扇册页字幅诗笺各种,也有人家书画,下了双款的,也有父亲自己写的,中间有一封书,上写着"黛玉大女手览"。黛玉展开,认得是父亲笔迹,那眼泪滔滔滚滚的下来。看那书道:

吾病已入膏肓,自知禄数已尽,思汝一见。日前有书专人前去,不卜能否南来,吾恐不能待矣,伤哉!吾四妾俱已遣,惟第四妾舒氏媚香恋恋不忍去,自云矢志守节。然无可依赖,势不能留,亦强之使去。舒氏已回母家,而仍旧入署侍吾,观其意似不忘恩义也。渠现怀孕三月,计明年五月可生。无论男女,命名琼玉。吾与之约:俟男女长成,令以此书告汝。计其时,汝亦长成有家矣,当能善视之。舒氏听其自便,若能矢志则亦可嘉耳。此时不即告汝者,恐汝措置为难,且未知男女,能否长成,徒生支节而萦怀抱,无益也。嗟呼!人生百年,无不死者。后嗣无替,亦关命数。听之而已。乙巳十一月廿一日。父挥泪书。

黛玉读毕，痛哭不止。舒姨娘及丫头们再三劝解，方才止住。只听中间屋里说："少爷回来了。"丫头打起帘子，琼玉走入房中，向舒姨娘道："这就是大姊姊么？"黛玉起身看时，相貌神情与父亲仿佛，不觉心酸泪下，一手挽着，说不出话来。琼玉已经跪下，黛玉连忙拉起琼玉，含泪道："兄弟长的这么大，今儿才晓得。不想我也有了亲兄弟了。"说着挽了琼玉，挨着自己坐下。

琼玉看着桌上道："姊姊看见父亲的遗书了？"黛玉道："方才看完。"琼玉流泪道："可怜兄弟生不识父。跟着姨娘，又不得回家，又不得出头。我几次要到京中找姊姊去，姨娘又不许。这回子姊姊来了，好得很。姊姊是从京里来的？"舒姨娘忙将黛玉所说的话述了一遍。琼玉道："这真是奇事，不知贾府中知道不知道？"黛玉道："仙姑用幻术，将拂尘变了吾的形骸，那边此时正在那里忙乱着装殓呢。"琼玉道："大概姊姊也是仙子，故有仙缘。"舒姨娘道："吾原如此说呢。"黛玉因问："兄弟今年几岁了？"舒姨娘道："今年十岁了。"又道："老爷是十一月二十七日归天的，老爷临了时，还睁了眼，向我说，'吾今儿是要去了，你要哭回家去哭，不要恋在这里。'吾当时天靠晚就回家来了，就在家里成服，第二天进去看着成殓了，再回来。那时候，吾依着母亲过活。及至送了小姐起身后，到五月里，便生下他来。那时候吾母亲说，'你既然不嫁人，生了少爷，这就要算计正经过日子，抚养少爷长大，攻书上学。有许多事情，不是吾母女二人能够支得下来的。这个地方沿街浅巷的小房子，亦不是个局面。'正在踌躇，这程忠、李义、向贵、孙财他四人送了小姐北行后，来到扬州。知道生了少爷，前来探望。我母亲与他们商量。这程忠很有才干忠心，其说，'我们四人都受老爷恩典，跟了多年的旧人，都得过老爷赏赐的遗命。我们家里都有饭吃，这回子姨娘守志，抚养幼主，我们四人若不出力帮扶，还成个人？'大家都说极是。因把四人一块邀着，说道，'你们那位不愿意的，倒不可一时高兴，勉强将就。要身投别路发财，或要回家安享，这都是应该的。若说念旧主恩义，要做一番忠义的事，那是眼前只有吃苦，并无一点好处。须要提起精神，忠心赤胆，一心一意，不可一些苟且，熬下十载廿年，方才能够全始全终，不然反惹人家议论。'众人都道，'你这话更是。我们如今各自对天立誓，如有心志不坚，有始无终，怀着二心的，天诛地灭，合门死尽。'当时果然个个都罚了咒。我母亲便将一切事情交于程总理。他年纪又大些，才干又好些，因作主寻了这里的房子，搬了过来，贴上老爷的封条。有同年故旧过往的官员，知道的来问，总是程忠拿了少爷的名帖答应，有相好念旧的，亦陆续送些银子来。又把老爷给的东西，除用过的，一概通变卖了，共有三万多银子。他们四人分头营运过日子。这几年积蓄将有十倍。现在有两个当铺，有二三处买卖，有几处田地市房，还时时走水路贩卖，诸是程忠一人调度。家中男女上下有四十多人，每年除用度之外，总要剩下几万银子。从前里头一切事，诸是吾母亲经管，吾不过帮着料理。今年正月吾母亡过了，吾正愁掌不住这家，要想到京里去找小姐去。又想琼玉儿年纪到底还小，不放心叫他去。不想天爷怜我们孤儿寡妇，小姐忽然来了！吾如今不愁了，一切都靠小姐作主了。"黛玉道："姨娘抚孤守节，不但可敬，且又基业日长。吾父亲后继有人，将来兄弟显亲扬名，这都是姨娘的大功劳。我父亲母亲在天亦必感激赞叹的。我做女儿，病也不晓得，终也没有送。姨娘这么节义，兄弟长到这么大，吾也不晓得。我是个大罪人，终天抱恨的了。"说着又不禁痛哭。舒姨娘再三劝道："小姐快不要过伤，如今一家全仗小姐哩。小姐虽说服了仙丹，究竟病后，请歇歇，我们明儿再慢慢的谈。"遂叫翠篢："你们收拾的房子怎么样了？"翠篢、青鸾道："久已收拾妥当了，请小姐过去看看，有不妥当的，请说过再收拾。"

舒姨娘起身，同着黛玉，走过对面房子。原是一带五间，上手二间姨娘同琼玉居住，下手二间收拾与黛玉住。黛玉走进看时，床帐箱笼镜台妆奁都已摆设停当，大致精雅，遂让舒姨娘上首坐下。

舒姨娘道："呵呀，还有一位神仙姊姊在这里，住在那里呢？"青棠走过来道："姨娘不要费事，我不论那里好住的。"舒姨娘一想，仙姑留与黛玉，自然要与黛玉相近。便道："小姐里间，吾本要多派两个丫头过来伏侍，既这么着，就委曲姊姊住在这里间罢。我叫翠篢在小姐这间，晚上陪伴，白天把铺盖撤到里间就是了。"青棠道："不对，里间再有一二人同住亦好。"舒姨娘道："吾怕他们不干净，污触了你。"青棠道："不怕的。"舒姨娘道："既这么着，吾再派两个丫头来伺候。厢房里派两个妈子，预备粗生活就是了。"又笑道："神仙姊姊，你是不吃荤腥的，想来你到底要吃什么，则是要请姊姊告诉。我们凡人，实在不晓得的。从没有伺候过神仙呢。"青棠道："姨娘说笑话了，我是不吃烟火的，姨娘不要费心。"琼玉道："这位姐姐是姊姊带来的？"舒姨娘道："是那个仙姑留下给姊姊的。"琼玉站起来道："吾还没有见。"走过来作了一揖。青棠裣袖回礼，道："少爷，不敢当。"舒姨娘道："小姐，你且略歇一歇，你要什么告诉他们。"舒姨娘、琼玉出来。

黛玉坐了一回，同翠篢、青鸾、青棠说了些话。送进晚饭，黛玉叫翠篢、青鸾二人陪吃，二人让青棠。黛玉道："你烟火不吃，酒荤可以吃的。你一点不吃，大家看着不安。"于是青棠坐下，青鸾、翠篢终不肯坐，黛玉告诉他："我在贾府中，老太太派来伺候我的叫紫鹃。我常叫他妹妹，常陪我吃饭，你两个是伺候先老爷的，年纪还比吾大些，该叫你姊姊哩。现在舒姨娘派在我这里，你不必这么拘的。"二人方才请安，告了坐。吃毕饭，黛玉就歇下了。

舒姨娘出来，叫了程忠等四人进来，告诉他："如今我们大小姐回来了，一切都要听他作主。你明儿把家人媳妇们传齐进见，并把历年账目，开出一本简明的，送进来，也见得你们勤劳营运的好处。再者姑娘此来，未免人家听着诧异，你们传知合家人不可向外人乱说。"程忠应道："小的已经吩咐过，只说贾府中派人护送前来的。"舒姨娘道："很是。"程忠等已出，舒姨娘来至黛玉处，见黛玉已歇下了，便走至里间看时，只见青棠坐在榻上，见了徐徐立起，舒姨娘道："姐姐还不睡？"青棠道："我方才替翠篔姐姐说，吾是不睡觉的。晚上不如我在外间，伴着小姐，小姐要叫人，亦便当些。翠篔姐仍睡在里间，翠篔说，是姨娘派的，姨娘你向他说一声。"舒姨娘道："恐怕小姐不肯烦劳你。"青棠道："这有什么烦劳呢。白天的事，我倒有些做不来的，晚上不过添衣倒茶罢了，还有什么？况且这位小姐，我是伺候过的，他如今是不记得了。"舒姨娘向翠篔道："既这么说，你们就依着神仙姐姐罢。几时闲着，我要细细同你谈谈，你们仙姑说的话，我究竟不大懂，又不敢问他。"青棠道："回来我同姨娘细细的谈，只怕你未必就相信呢。"说了一回，进房睡了。

次日黛玉醒来，觉得心神舒泰，肢体安和，细想那些旧病，影儿都没有了。对镜梳洗，见面庞丰满，颜色娇丽，绝无病容。再看手臂肌肉，亦比从前肥泽。想道："这仙丹果是非凡，大约我的病鬼从此去了。但是在此虽可安身，究竟如何了局？"心上未免愁闷。忽又想道："我是垂死的人，若非仙姑，此时不知何往，安能复住人间？仙姑既如此作为，必有一番调度。吾且安心净守，又何必胡思乱想，再蹈从前烦恼境呢？"想到此间，心下豁然开朗。青棠在傍微微含笑道："小姐可觉得大好了？"黛玉回头见是青棠，便道："真是丹药神奇，我此时不但无病，更比从前未病时还好。"青棠道："从此再无可议的了。"黛玉知他话中有话，不敢回答。

一时梳洗已毕，至舒姨娘房中来。舒姨娘道："我正要来看小姐，昨夜睡得安稳么，不觉得乏么？"黛玉道："安稳得很。姨娘只怕劳乏了。"舒姨娘道："我是惯了的，并不觉乏。"

说着琼玉从里间出来问好。黛玉道："兄弟在外读书么？"琼玉道："那几年本在家读书，因这先生叫鲍盐商家硬请了去，先生带兄弟到那里读书，同先生一处起居饮食。昨日知道姐姐回家，故告了二天假，要同姊姊谈谈。听说姐学问大得很，要教导教导兄弟。"黛玉道："你如何晓得我有什么学问呢？"琼玉道："是神仙姐姐说的，想来不错。"黛玉道:"我从前从了贾雨村先生读了两年书,就进京去了。不过闲着无事看看书,姐妹们高兴作几句诗罢了。兄弟读了多少书?"琼玉道:"书呢,《四书》《五经》《尔雅》《周礼》《仪礼》《孝经》《国语》《国策》都读了,也读了些古文、时文,也学着作文章,总作不好。也学着作两句诗,要求姐姐细细教我。"黛玉道:"你才十岁,不过五年功夫,就读了这些书,实才难为你了。你这么读,就读了万卷也不难。但不知读了可能记得?"琼玉道:"读了却都记得,就是作文章难,作了自己觉得好,先生总教不好。上年学院考时,兄弟去交卷,学院正坐在堂上,看见了,叫着问,'你几岁了?'兄弟卷上是填的七岁,就说七岁。学院道,'七岁是不止,大约有十二岁了。'"黛玉道:"可不是,你真像十二三岁,长的这么高。"舒姨娘道:"这孩子读书倒还不怕,现在这古先生很欢喜他,说,'我教了一辈子学生,没有这个能读书的。我舍不得这学生。'所以把他带了去。"

黛玉道:"吾替你算着,一天不要读了一二百行么,则真是少见的。"琼玉道:"一二百行都能读的,就是作文章难,那时学院问道,'这文章是你作的?'我应道,'是我作的。学院摇着头道,'这文章不像十二岁人作的,只怕是枪手。'我就答应道:'求大宗师面试。'学院道,'你既说你作的,你背来。错了一个字,就不是你作的,吾还要问枪手呢。'兄弟就将两文一诗背了一遍。学院笑道,'我出个题,你作四句诗来'。就说是'幼童'两字,我便念道,'童子年虽幼,文章却是真。公门桃李盛,小草一枝新。'学院赞道,'很好,这诗比文章更好。'当时又有别个童生上来交卷,看见学院问了许多话,大家都站在堂上。学院叫,'都上来。'问道,'这林琼玉你们认得么?'有些人说,'认得。'学院说,'我方才疑心他,故盘问他,你们多听见了么?'众人说,'多听见了,这林童生本聪明能读书的。'学院道,'你们晓得他,实年几岁了?'那认得的齐声应道,'实年七岁。'〔学院道〕,'七岁的幼童能这么着,不可不鼓励他。'当时就说,'我从宽你，把你进了学，你往后认真读书，好做吾的桃李。’我就打一躬，谢了下来。多少人拉着说，‘你倒好，案都没有发，倒先进了。’我下来了倒害起怕来，假使叫我站着再作篇文章我竟作不出来，幸喜只要作四句诗，骗着一个秀才，后来把文章送先生看，说不好，还亏这四句诗，才进了。”

黛玉道：“哦！你竟是个小秀才了。我还没有晓得。”一面拉着他手，笑道：“我今儿也得了这么个亲兄弟了。姨娘不晓得，我在京里，举目无亲，见人家兄弟姐妹，不知怎么的羡慕，眼泪也不知淌了多少。这么个好兄弟，怎么总不给我个信呢？”又叹口气道：“若是父母亲尚在，不知怎么样欢喜呢！”说着又落下泪来。舒姨娘道：“原想今年等他去下场，或者再能侥幸中了，明年中己送他进京去接姐姐。古先生又说，中是还难望，还当用几年功。我想巴到十六岁，无论中不中，总要叫他进京去见姐姐。他也说起来就想姐姐哩。”黛玉道：“我早不知道，倒也罢了。若是早知道，不得见面，也是伤心。这回子又是伤心，又是欢喜。”舒姨娘道：“可不是，老爷原恐怕姐姐为难，所以不教告诉的。小姐如今既见着欢喜，就可以不必伤心了。”说着一面吃了点心。黛玉问琼玉道：“这学院还在这里？”琼玉道：“还未任满。姐姐你道是那个，就是父亲的同榜同年。父亲是探花，他就是状元，叫石其仁，号叫纯金。复试交卷时，学院细问家世，自己说的。后来又进去见他，问了多少话，还问到姊姊的。”两人正谈得热闹，外面众家人媳妇丫头齐集叩见。

黛玉携了琼玉出至中间，程忠带领家人、小子十余人，进至檐下叩头。黛玉起身，叫程忠、李义等四人进至堂屋内，裣衽说道：“你们四人，都是先老爷教训的。辛苦勤劳，扶着少爷，这是我极感激的，我谢谢你们。”说着福了两福。程忠等连忙跪下说：“小的们再当不起。”黛玉忙叫起来，叫媳妇们赏坐。媳妇们随槛边安了四把小杌子，四人请安坐下。黛玉归坐，说道：“少爷才学俱好，这是先老爷遗泽深长，不枉姨娘一番苦节，不日就要发达。望你们始终扶助，将来姨娘、少爷总要一一谢报，同享荣华的。”四人站起来回道：“小的们蒙先老爷恩典，家中本有饭吃，又蒙姨娘恩待，小的们惟有竭力伺候少爷。今年姨娘正愁着家事重大，内外无人。小姐回来，正好主持一切，小的们不胜欢喜。这也是先老爷在天之灵。”说着呈上一本账，媳妇接过，送至黛玉跟前。黛玉置于桌上，道：“一切事还是姨娘主持。我年轻没有经过，有懂得的，自然帮着料理。外头诸事，全仗你们同心协力。”众人都答应着，退了下去。媳妇们粗细老幼八人，见过了黛玉，一一问过了姓名乡贯。丫头自青鸾、翠篑以下，大小辈八个，一一都叩见，问了名字。

黛玉入房中，琼玉又与黛玉谈起诗文来，姐弟二人说得十分高兴。一面送进饭来，姐弟二人对坐，青鸾、翠篑下陪，吃毕又说。

当黛玉奉传见家人时，舒姨娘将青棠招至里间，同他细细谈及仙姑的情形。青棠将警幻仙姑“位分极尊，管理人天一切因果”大略说了一遍。说到黛玉：“这是一位仙子临凡，为些因果，先历魔劫，后享富贵。我们仙姑与这位仙子有姐妹之好，故而暗中护持。此时魔劫已尽，因将他送到这里。其中详细，我亦不能尽知，将来总要一一明白的。”舒姨娘道：“从前我家老爷说，贾府中有位衔玉儿少爷，有大来历的，我家老爷将小姐亲事，属意于他。不知后来怎么样的。我又不好问小姐，姊姊你该晓得。”青棠道：“吾方才说的因果，就是这个因果了。因魔劫未消，所以良缘未就。不然小姐也不死，也不到这里了。”舒姨娘道：“这么说，小姐是为此而病的了？”青棠点头。舒姨娘道：“将来如何？”青棠道：“自然成就的，还有大事业哩。”舒姨娘道：“大约是一品夫人？”青棠道：“只怕还不止些。”舒姨娘道：“吾将来结果如何？”青棠道：“夫人的福泽，是现世修的，不必问前因后果。”舒姨娘道：“怎么叫起我夫人来了？”青棠道：“难道我们仙姑没有叫过？将来还要添几个字儿呢。”舒姨娘道：“我这孩子将来如何？”青棠道：“这亦何必问。姨娘的福不从少爷身上来，从那里来呢？你这少爷，就是我太虚幻境的来头，大有根器的哩。”自此比舒姨娘更加爱敬黛玉。

全家大小都晓得青棠是个神仙，无不兢兢业业。黛玉帮着舒姨娘总持家政，愈加井井有条。琼玉学里回来，与黛玉讲究诗、文，读书歌咏，十分友爱。闲时又有青棠微言指点，翠篑、青鸾相伴劝慰，是以甚为安适。暂且不表，下回另有奇文。

第三回

单说柳湘莲因误听宝玉之言，索取聘物，致尤三姐当时自尽，惊病悔恨，神魂丧失。看着尤三姐殓后，痛哭一场，辞了出来。心中想道："我柳湘莲虽然落魄，却也自命不凡。原想做一番事业，图一场富贵。那料年逾弱冠，一无所成。想得个绝色佳人，作吾配偶，不意中途遇见贾琏，草草定姻。那知竟是个绝色佳人，也算一时奇遇。偏偏又生起疑心来，去问宝玉，觉得宝玉说话含糊，竟冒冒失失，索取聘物，以致如花贞烈之女，一霎时血溅香消，成了千秋恨事。仔细想来，宝玉之言并不欺我。我想一个绝色佳人，原不定要德才俱备。果然绝色佳人，即稍有微瑕，难道便配不过我？偏偏求全责备，便不深思熟审，一味鲁莽径行，刚刚一位德容俱备的佳人，被我一时断送。想我柳湘莲福薄如此，一个妻子尚且得而复失，还有什么功名富贵可想？便功名富贵有分，如此莽撞行为，亦断难处世。"又想："尤三姐贞魂，必含恨九泉，也断不能叫我享功名富贵之福。一身飘泊，四海无家，将来决无好处。"想到此处，不觉心死气绝，神销魄散。也不回家，迷迷糊糊不知走了多少路，忽觉尤三姐在面前，与他说了些话，正要细问，又忽然不见。

举目一看，见荒郊衰草，杳无人迹。到一破庙前，见坐着个跛足道人，与其问答数语，觉心中万念俱空，若有所悟。随向那道人叩头求度，那道人说道："出家最是难事。你是一时悲痛愤激，并未真能了悟。你还是回去，干你红尘中的事业好。"湘莲道："弟子已断尘缘，真心出世，并非愤激。”道人道：“出家人餐风饮露，触暑惊寒，先从涉险履危，历人世难堪之境，以磨炼筋骨，陶洗心神，方能入手行功。恐你吃不来这些苦况，且亦无此耐心。”湘莲道：“弟子至心归命，此身已置度外，即万苦有所不辞。”道人道：“你既然决意，姑随我云游再说。”于是携了湘莲，到处游览。

先从西山一带游起，登高越涧，入雾穿云，皆是些人迹不到，鸟飞不能度，猿猴不敢攀的所在。饥时便是些山果草根、柏实松枝充饥，渴时掬饮涧水。湘莲起初立志不回，且素喜游览，见这些奇峰异障，绝壑深岩，探万古未辟之洞天，历梦游不到之灵境，觉得兴高意逸，旷然忘倦。想道：“神仙乐趣，即此已迥出尘凡，何况更有世外仙境。”遂自沈阳诸山穷医无闾之胜。道人以拄杖化作浮槎，踏波渡海，至登州登蓬莱阁，遍游蓬莱各山，遂至岱顶，穷极观览，于是遍游五岳。每至一处，必缒险探幽，皆见所未见，闻所未闻。遇路穷力尽之时，道人辄手援引。或以拂尘作梯，或以拄杖作桥，或凭片叶而浮江河，或拾寸草而探绝壑；或明明坦途，回望则绝壑万仞，无容足之处；或鸟道横绝，低头徐步，不觉高踞峰颠。每于流连赏玩时，必将山川名目、流传古迹及古今来战守攻取形势利弊，详细讲明，湘莲听之更加高兴。约莫走了好几年，渐渐寒暑都忘，不知岁月。但见一时山容青翠，一时林木丹黄，一时绿树阴浓，一时云霞青寂。

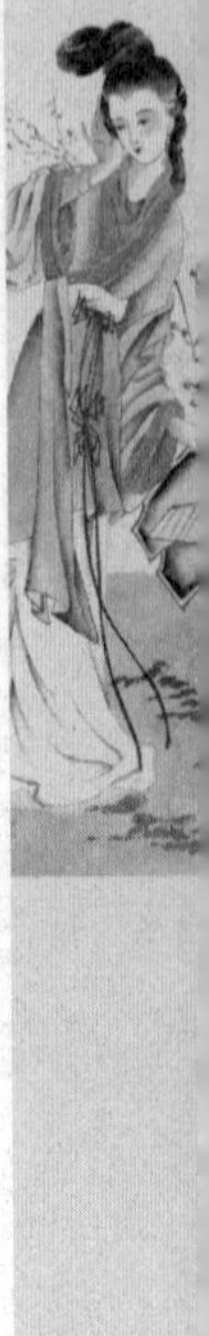

一日，下了一座大山，又至海滨，浮杖踏波，遍游海外各国。直至西北穷海，仰视不见北斗，日月星辰，与中国不同，忽觉耳目一新。千奇万怪，言之不尽。又复历九边，出关城，走西域，度昆仑，过星宿海以穷河源，直至冰海而止。那时湘莲觉天色昏暗，寒冷异常，因问道人道：“我们严寒酷暑不知经了多少，何以此地竟不可耐？”道人道：“此乃北极之下，俗说所谓天尽头，日月之所不照，冰不解而火不然。汝虽稍经历炼，究系凡躯，此地不可久停。”即携了湘莲的手，驾起云头，向着明处而行。

倏忽之间，天色清朗，严寒已退。按下云头，已到一座高山，认得是北岳恒山。随了道人来至洞中。道人命至山中采些山花山果，汲取笆泉，两人对饮。湘莲道："请问师父，闻得蓬莱三山神仙所居，我们遍游海外，何以并未游到？究竟方壶、员峤在于何处？"道人笑道："我们所游皆是世界，神仙乃在世外，岂在海中？神仙自有所居。至于方壶、员峤、蓬莱三山，乃方士造言，并非实有其境。"湘莲道："请问师父何以尚居人间？"道人道："吾自无始以来，便证仙果。今之游戏人间者，了缘度世耳。"湘莲道："请问神仙出世之道何如？"道人笑道："神仙之道，说难实易，说易实难。悟得时片语可了，未悟时万言莫解。你随我数年，勤苦不倦，自是人道之器。但不知静中光景如何。我今教汝养心炼气之法，你随我打坐。"湘莲见师父传道，满心欢喜，即忙跪倒，息心静听。道人附耳授了口诀，湘莲拜谢，与师相对坐下，依诀细细行持。约莫过了些时，初觉心不能静，浮杂之念时时起灭。后来渐觉宁静，竟至寂然不动，不渴不饥，不倦不醒，竟忘却身在何处，身是何人。

忽听洞外有人唤他，起身看时，寂无一人。遂不知不觉，信步走下山来。对面来了一人，叫道："柳二哥，久违了，不意在此间相遇。"赶至跟前，拉着手问好。湘莲抬起头看时，那知是宝玉，不觉惊讶道："你如何跑到这里来？"宝玉道："我与二哥一别七年。今日闻你回来，特来寻访，竟得相遇，可为万幸。二哥你如何飘然远出，竟不通个信儿，叫兄弟眼穿盼断。"湘莲道："不要说起，我自从聘妻尤三姐身故之后，万念俱灰，因此遁迹玄门，也不知过了几多岁月。不意今日复与良朋相晤，反触我胸中隐痛。"宝玉道："尤三姐美而且贤，你那时不加审察，自误良缘。幸喜尤三姐并不曾死，此时现在兄弟家中，即当为二哥择吉合卺。"湘莲道："你又胡说，我亲自看着装殓的，怎说并不曾死？"宝玉道："我说你性急自误。你但知其死，不知其死而复生。你如不信，同我回去，即刻先见一见如何？"一面说，一面拉着湘莲就走。

湘莲不觉随了宝玉走至一处，似乎荣府，又似乎从前与贾琏索聘之地。只见宝玉进去不多一会，同了一人出来。湘莲看时，粉光转媚，春色含嫣，不是别人，正是尤三姐。只得上前作了一揖道：“小生抱恨千秋，不意小姐尚在人世，无端又拖误几年，我更加一层过失了。总望小姐见谅。”只见尤三姐裣衽还礼，颦眉不语。宝玉道：“姐姐，从前是我说话未明，致姐姐受一番磨折。今日我把二哥找回，聊以赎罪。请姐姐入内，我与二哥还有事哩。”说着，尤三姐飘然入内。宝玉道：“二哥，你信了，不是我胡说。但此事不知费了我多少精神，你还须大大的谢我呢。你且干你的公事去。”说着携手送出门来。

只见门外明盔亮甲的兵将，皆执着刀枪，拿着弓箭，摆列两傍。两人牵着一匹骏马，锦鞍金镫，一人执着玉鞭。湘莲说声“请了”，跨上马。见宝玉一拱手，那时马已如飞跑开。又见前面旌旗耀日，队伍森严，约略一望，马步兵丁数万人。看自己身上金甲辉煌，不觉心中得意。倏忽已至教场。上了将台，升座点兵。正点之间，探子报道：“贼兵讨战，已压前营。”遂令本部人马速出迎敌。自跨马持枪当先出阵。只见那敌将甚是猛恶，战了数十合抵敌不住，意要败将下来。忽阵中一员女将，飞马出来，叫道：“元帅不要惊慌，我来助你！”湘莲心中知是尤三姐，想道：“他并不会武艺，如何也到战场？”急急退下，将要阻止，那女将已至面前。看时，不是尤三姐，正拟问之，敌将赶到，与那女将杀将起来。不多时，一刀将女将杀了。湘莲不觉痛哭，正在悲切，听得那敌将大喝一声：“看刀！”急举枪抵格，刀光已至面门，措手不及，不觉大叫一声，将身一跳，颠下马来。睁眼时，原来在石榻之上，跌在地下。连忙爬起，心中犹是跳跃。

那道人开目微微的笑道：“一丝未断，万缘皆起。你有入道之器，尚非出世之时，未可勉强也。”湘莲嗒然丧失，深为悔恨，不敢开言。道人道：“世缘难断，如剥茧抽丝，不如速速了之。但能不昧本真，富贵场中，原可积功累行。此山有吾所度之弟子真元子，艺术精通,你可随之学习。艺成后仍行人世,了却尘缘,吾当援汝大道也!”湘莲道:“弟子跟随师父有年,师父何忍一旦弃之?弟子何忍背师而去?”道人道:“吾非弃汝,正成全汝之大事。我们艺术无以为之,故令汝往从真元。汝若不忘吾,仍与随吾无异。”

说毕,起身转过数重山峰,到一洞府,见一人羽衣道服,跪在洞外迎接。道人进入洞中坐下,向那道者道:“此子名柳湘莲,乃吾新度之弟子。因彼尘缘未尽,尚须入世,故令从汝学艺。汝可将所能者书授之。学成之后,吾另有法旨。”随向湘莲道:“此即真元子,汝拜之为师。”湘莲倒身下拜。真元子连忙扶住道:“我们同在师父座下,岂可如此?”道人道:“业当授受,安得不为师?他日艺成而进于道,仍是吾之弟子也。”湘莲遂称真元子曰“师父”,称道人曰“祖师父”。道人出洞,飘然自去。

真元子问湘莲道:“你随了师父有几时?”湘莲道:“约莫有三四年。”真元子道:“你曾习过武艺的?”湘莲道:“小时习过,未有明师传授,亦无功夫。”真元子道:“汝随了师父这几年,筋骨业已坚强。又经静坐,行摄心炼气之法,学习艺术却亦不甚难。但汝既须入世建功,则为将之道不可不知。”遂与讲论钩铃韬略、御将炼兵、出奇制胜的道理,说道:“此黄石公授与子房之秘略也。你须潜心点识,细细探讨。”原来湘莲虽读书未成,心地本属聪慧,又随了道人几年,胸中尘浊洗净,故益觉颖悟。

过了些时,真元子见湘莲质性灵通,颇加称赞,遂将太乙奇门、六壬、占星、望气诸术一一授之。湘莲俱牢牢紧记。过了些时,又将呼神召将、捉怪除妖、驾云唤雨、缩地隐形、出入水火、通达幽明、五雷天心正法、地煞变化,以次传授。然后令习拳勇、枪刀、弓弩各器械,皆亲为指拨。一日见湘莲所佩之剑,问道:“你佩的什么剑?”湘莲道:“弟子祖传的,名鸳鸯剑。”遂解下献与,真元子接过看了一回,道:“此剑甚古,已有灵气,再加烹炼,便可通神。但有怨气纠缠,却是为何?”湘莲遂将尤三姐自刎一节告诉,真元子十分慨叹。

遂授以炼剑之法。剑成后，真元子道："此剑能刚能柔，能伸能屈，隐见随时，飞行无碍。不特为希世之宝，即与岛洞列仙，亦为珍品矣。"湘莲拜谢。真元子道："吾遵师法旨，凡所能者，俱已授汝。惟剑术乃吾生平得力之技，入道之门，因入世无所用之，故未授汝。俟汝缘尽之后，再当相授，便可因之人道也。"湘莲拜求一并传授，真元子道："此非暂时能成，汝即须入世，如何能学？且汝有这鸳鸯剑，在世间亦可充剑仙，何必定须学此？"湘莲遂不敢再求，复将所授之诸术，从头温习一番，俱已精熟。

一日，真元子道："吾昨袖占一课，你即应入世，早晚定有法旨前来。你此去建立功名，享受荣华富贵，但须切记祖师之训，莫忘本来。吾有数言嘱咐，你须牢记。"湘莲忙跪下低首听受。真元子道："世间之子，易于造福，亦易于造孽。其实，凡造孽之事，皆可造福。最易于造孽，莫如兵刑两事，而最易于造福，亦莫如兵刑两事。为刑官不但民命宜惜，即盗贼奸宄之命亦宜惜。宁使罪浮于法，无使法浮于罪。以生道杀人，以生人之心杀人，则杀人便是造福也。用兵不特将士之命宜惜，即敌人之命亦宜惜。不杀为上，少杀次之。至于处事接物，断不可存一害人之心，居高履盈，断不可存一利己之念。你所学之术，杀人之具俱多，非至万不得已，不可轻用；非端人正士有根器的人，亦不可轻授，不可轻谈。你须牢牢紧记。倘有缓急，吾当前来相助。若背吾言，必飞剑斩你也。"湘莲顿首受教。

正说间，忽见一童子自空飞下，捧着一个简帖，说道："真人有法旨。"真元子连忙跪下，接过简帖看时，上写着："柳生学业已成，即令下山。自有好友提携，努力积功，毋得违误。"送童子出洞门，踏云而去。真元子向湘莲道："你可即行下山。"湘莲恋恋不忍去，眼中垂泪。真元子道："你但努力前程，恪守祖师之训，相晤非难。毋须惜别也。"说罢，走入洞中去了。湘莲只得慢慢下山来，心中想道："向何处走好？师父说我要建立功名，古云'争名者惟朝'，自然应往京师。且京师究系艺游之地。但此处去京师甚远,从前跟着师父遨游,所走皆深山穷谷,以花果草木为食。今既入世,便须从大路而行,身无盘费,又无行李,虽不畏寒暑,不甚饥渴,究不像个行路之人,未免惹人盘诘。”一面想,一面走,且走出山中再作计较。暂行按下。

且说宝玉在嫏嬛福地用功,不知过了几时。一日见道人站在面前道:“你的工夫该驯熟了。”宝玉即站起身来,垂手答道:“弟子谨遵师训,未敢懈怠。”道人点头道:“你随我来。”宝玉随着离了那地方,走了一回,到一山中,仿佛先前打坐之地。道人向一大石上坐下,宝玉侍立于侧。道人道:“你如今觉得心地上如何光景?”宝玉道:“觉得心中始则空洞无物,后来渐渐添许多道理又觉得道理都满满的了,又渐渐融化,仍空空的一般。”道人点头道:“足以出而应世矣。但你情缘甚重,此番入世,须将已种者一一了之,不可更种情缘,又生缠绕。三教宗旨你如今都已明白,一切作为皆本此而行,自可积功累行,为飞升根本。你可即刻下山,前途有你好友作伴。”宝玉听了,连忙跪下道:“弟子蒙师父度晓,那忍轻离?望师父始终教诲。”道人笑道:“你不忍轻离,原是你的性真。但有敕旨,岂可违误?”宝玉道:“师父如此吩咐,弟子亦不敢迟延,但此去前路茫茫,还祈师父指示。”道人道:“你静中见闻,皆系真实,你细细参详,自能明白。”宝玉道:“仙姑所说绛珠,果在扬州么?”道人点点头。宝玉道:“师父所言‘但可了已种之缘,不可再种情缘’,不知如何分别?”道人道:“凡事之机会遇合,推之不去,略无营谋计较者,皆是前缘,就是了缘。不为迎亦不为推,若以人谋撮弄,百计矫强以成之,便种下因缘,纠缠往复不能了结。凡分内应用之情,虽稍过不为害,若用之分外,便又种下因缘。”道人尚未说毕,宝玉已恍然了悟,顿首道:“弟子准遵师训。”道人道:“去罢。”宝玉起来重复叩谢,泪下不止。

一转眼道人不见，只得一步步走下山来。四面一望，鸟道巉岩，更无人迹，不知此系何山何地。看那树木青葱茂盛，似乎四五月天气。只得顺那条山路走了一回，也不知过了几处山头，走了几里，只觉步履轻健，绝不疲乏，遂只管行走。心中想道："那里寻个人问问路才好，偏偏总不见个人。究竟此地还是人间，还是世外？古人遇仙的，一局未终，斧柯已烂，又云'洞中方七日，世上几千年'。我跟了仙人这些时，不知世上是多少年，林妹妹若在世间，岂不老了？"不觉心中忙乱起来。又想道："若果如此，师父又何必叫我下山呢？想来此处还是世间。"又想："记得出门时，系八月中。此时光景又像夏初，不知究竟过了几年。"一路想着，天色渐渐晚下来。又想道："天色晚了，又无洞府可以栖身，若走出一个虎豹来，如何是好。"深悔跟了仙人这些时，不曾学得一点法术。正惶惑间，不觉已到山根。

转出山口，见有一条大路，路上有一人在前行走。正要上前问路，见那人回头一望，宝玉紧行几步，相距不过丈余。那人立定，复回头看，四目相亲，彼此俱叫声"呵呀"！那人抢步向前，一把拉住说道："宝兄弟，你如何在这里！"宝玉道："原来是柳二哥，幸会，好极。"湘莲道："你怎么在这里？荒山中一个人也没有跟着你？"宝玉道："二哥！你一去几年，想来是成了道了？"湘莲道："我上年打坐时梦中遇你，不意今儿果然遇着。我们且找一地方歇了，慢慢细谈。"二人携着手走了一回，见一山村，有几家人家。

湘莲走到一家，向一老者拱手道："过路的人暂借一宿，望老者行个方便。"那老者将二人端详一会，见湘莲是道装，便道："二位从那里来。向那里去？"湘莲道："我们就是这山中来的，要向城里去。"那老者道："二位在山中，想是修炼的了？"湘莲道："正是。"那老者欣然延入草堂奉茶，说道："用饭不用？"湘莲道："我们不用。你有空房，借一间我们安歇。有茶取些来，别的都不要费事。"老者遂引入傍边一间小屋内，似乎客座光景。二人坐下，老者下陪。湘莲道："老丈有事请便。"老者道："二位必是得道的法师。老汉冒昧，有一事奉求，不知二位肯垂援否？"湘莲道："老丈有何事见教？"老者道："老汉姓秦名绪，家有薄田，两个儿子耕种，尚可过活。不幸晚年生了一女，今年十一岁。他母亲前年亡故。小女子得了个病，好若疯颠，又似邪祟。治了二年，总不能好。今幸二位仙风道骨，必是异人，望二位慈悲救治。"湘莲心中想道："治病一道，我却不曾学。如是邪祟，倒还容易。"遂向宝玉道："我们积个功德，替他治一治罢。"宝玉道："老丈！你将女儿唤出来，我们看过，明白究竟是病是邪，方可救治。"老丈欣然入内，携了一个女子，后面跟着两个女人、两个男子进来。那老者向那女子道："双儿，快向二位法师叩头，好请法师救你。"那女子跪下磕了一个头，二人连忙立起逊谢。

宝玉看那女子好生面善，仔细一想，宛然秦可卿一般，心中诧异。那女子见了宝玉，绝不疯颠，一傍站着，将宝玉看了又看。湘莲看那女子面上略有妖气，便问道："你夜里见什么形像么？"女子道："白日黑夜往往见个人来抱着我，我便迷糊了。及至清楚，又不见有人。"湘莲道："不妨。"遂举手在女子胸画了一回，口中默默念诵，说道："好了，你今夜只管安睡，那人不敢再来的了。"宝玉问那女子道："你今年几岁了？"女子道："十一岁。"又问："几时生日？"女子道："正月十五日。"又问："叫何名字？"女子道："就叫双儿。"老者在傍道："到底二位道行高，能镇压邪祟。我家女儿两年来，总是颠倒糊涂，此时竟已清楚，想来是就能全好的了。"老汉先行叩谢，说着跪下。二人连忙扶住，道："老丈你带了令嫒进去歇歇罢，我们还要说话哩。"老者带了女儿、众人都出去了。

二人对坐，挑灯细谈，湘莲道："你且把如何到这里的话告诉我。"宝玉道："二哥你先说了别后情形，再说我的。"湘莲遂将尤三姐自刎起，一直说到师父叫他下山。宝玉道："哦！你所遇的道人是那个，怎么个形像？"湘莲道："我问过真元子，叫做渺渺真人。那

是无始以来第一位神仙。”宝玉道：“这么着，你的师父就是我的师父了。怪不得我下山时，师父说前途有好友作伴。我正想不出是谁，原来是你。”又道：“二哥！你如今本事了不得了。”湘莲道：“这几年苦也吃够了！跟了师父遍游天下，千奇万怪都见过了，心里长了好些见识。后来跟了真元子，才学了些本事。”又将所学本事，大概说了一遍。宝玉叹羡不已。湘莲道：“我的说完，要说你的了。”

宝玉叹口气道：“我的本事与你相仿佛，不过苦却没有你吃的这么多。你为着尤家三姐，我也为着一人，故而弃家学道。记得八月十五出了三场，就随了师父走了。”〔遂说了〕如何在大荒山打坐，如何又至娜嬛福地用功，也不知有多少时候，也不知此时是何年月。〔又道〕：“今儿师父叫我下山，我正怅怅然不知向那里去好，恰好遇着了你。如今你要送我到扬州呢。”湘莲道：“你不回京城，到扬州去做什么，你到底为着何事出家？”宝玉心想：“湘莲亦是已得道的人，两人心事相同，不必瞒他。”遂将黛玉之事，大略告诉一番。湘莲叹道：“你的福分大，有仙姑搭救，死者可以复生，离者可以复合，我是命薄无福，抱恨终身。”宝玉道：“我这事，不知究竟如何下落。此番前去，亦不过了我寻访的心愿。据你方才所说梦兆，看来亦有重圆之分，你且不要伤心。”湘莲道：“你这事仙姑、师父均已说明，还有什么疑虑？我细细参详，只怕将来我二人须一同做些事业，我的功名出在你手里呢！”宝玉道：“二哥本事博大，全仗扶助。”

正说着，忽听得一阵疾风，飞沙走石，湘莲所佩之剑跃跃振动。湘莲道：“不好，有妖邪来了！”随口中默诵真言，只见那一股雄锋刷的一声，拔鞘飞出。顷刻间，风盛猛烈，空中有金戈铁马之声。湘莲携灯走出房来，宝玉正襟危坐。听得霹雳一声，振天动地。不知是何妖，且听下回分解。

第四回

单说宝玉在房内，见湘莲走出房外，忽听得霹雳一声，心中惊讶。正要出去，听得湘莲叫道："宝兄弟，快来看这妖怪！"宝玉走出房来，风声已息。湘莲一手仗剑，一手提灯，向院子里一照，见一物似龙而无角，似蛇而有爪，遍身鳞甲，身首已分，而尾犹摆动，满满蟠了一院子。头上为雷火所烧，看不清楚。宝玉道："这是什么东西？想来是蛟龙之类。"湘莲道："这妖物利害哩，我出来时，见我的剑与他争斗，不能伤他，故发当心雷击，然后斩下头来。此物大底有好几百年，也不知害了多少人了。"说时，秦家父子三人及媳妇、双儿都出来看着，称奇道怪。秦绪向二人重复道谢，说道："幸遇二位神仙，除此妖邪，救了我的女儿性命。吾儿快过来磕头。"双儿走来，正要跪下，宝玉扶住道："你看见这妖怪如何来的？"双儿道："我在房中，尚未睡觉，只见向来来惯的那个人走进房来，正要向前，忽然退后，道，'不好。'遂走了出去。便听见大风，便听见打雷。我正害怕，后来听见嫂嫂叫我说，'妖怪雷打死了，我们快去看'。方才同了嫂嫂出来。"宝玉道："你向来看见这妖怪，共有几个？"双儿道："我总是看见这一个，并无别个。"湘莲道："明日将这妖怪拖到山中去，烧了他。"秦绪应了。

湘、宝二人仍回房来，道："我们正谈得高兴，这妖邪偏来打岔。"湘莲道："宝兄弟！你如今胆气竟大好了，足见功夫精粹。"宝玉道："若是从前，这会子，我早唬死了，我还敢去看他么？"湘莲道：

"我们如今扬州去,约莫有几千里路。我是遍游天下过的,这点子路是不要紧,你如何能走呢?况且,我们在山中,还可将就,若到大道城市中,既无行李,又无车马,不像个客人,必随人盘诘,必须要弄些盘川,方可走哩。"宝玉道:"要盘川行李也不难,只怕顷刻就有。"湘莲道:"那里来呢?"宝玉道:"你瞧着罢了。"湘莲向袖中占了一课,笑道:"果然不错,你的心境竟比我灵得多呢!"宝玉道:"我们且静坐一回儿。"于是二人闭目对坐。

不多一回,天已大明。秦绪出来,令两个儿子到外边叫些邻居人来,将死妖扛出,到山中架起树枝柴草去烧。有一人道:"这东西恐怕肚里有珠子,我们何不看一看。"遂各取刀斧,将肚腹破开,又将脊骨敲开。那知每节脊骨之中,有一粒大珠,共取有二十四粒,如核桃大小,众人争着抢夺。秦家儿子赶回与老者说了,老者出去向众人道:"这妖邪是我家两位法师打死的,这珠子是他要的,你们不可抢夺。快取在一处,我与钱列位买酒吃。"众人有的肯,有的不肯。老者道:"你们若抢了去,回来法师动怒,自来问你们要。你们吃了亏,休要问我。"于是众人都将珠交与老者。老者将衣服兜了回来,叫儿子取几串钱与众人分了,又备酒饭与众人吃。遂走到房中,道:"二位法师起来没有?"湘莲、宝玉道:"起来了。"秦绪道:"我正愁无物孝敬二位,忽然得到几颗珠子,奉送二位,看看好不好?"湘莲道:"那里来的?"秦绪道:"就是那妖怪脊骨中的。"湘莲与宝玉接过看玩,果然好珠。湘莲道:"你令嫒吃了此妖的亏,这珠应该给你令嫒,怎么送我们!"秦绪道:"我蒙二位大恩,救了小女,想尽一点心。山乡僻地,无可致送。方才与女儿商量,正要动问,二位可否攀留几日,老汉有话请教。"湘莲道:"老丈有何话说?就请说来。"秦绪道:"二位尊姓贵乡,到底要往那里去?"湘莲道:"不瞒老丈说,我姓柳,他姓贾,都是京里人。只因跟了仙师学道多年,略有些小术。昨日仙师命我等下山,说世间还有未了的事,叫我们了了再来,因此来到这。"秦绪欢喜,又叫女儿出来陪着。不一回拿出素饭来。湘莲、宝玉久断烟火,忽觉饭香,腹中似乎饥饿,二人遂吃了些饭。双儿与宝玉问话,颇有依依之意。过了二三日,山中男男女女都来看他二人,也有说是好体面的神仙,也有说这么年轻,怎么有本事拿妖?也有说神仙是不老的,你说他年轻,你知道他几百年了?只怕比你祖宗年纪还大些哩。纷纷不一。

秦绪与二人做了一副细布铺盖,又凑了二十千钱,又取一个小拜匣;叫双儿缝廿四块袱子,将珠子包好,放入匣中;叫两个儿子挑着,送二位起身。二人别了秦绪出门,秦绪送二位至门口,说道:“二位中途保重,贵府在京城那里?二位说下了,将来遇便,亦可寄个信儿问候。”湘莲道:“我的住处没有一定。这位贾二爷,住在荣国府,乃荣国公的公孙,京城里个个知道的。”秦绪道:“原来是个贵人,老汉失敬了。”说毕,拱手而别。

二人出了山,到一镇市,知是曲阳县所属,遂命秦家儿子寻个客店歇下。秦家儿子道:“此地没有车雇,只有牲口。”湘莲道:“就烦你雇两个牲口来。”秦家儿子去雇两个骡子,两个骡夫赶来,说明送到府交卸。次日起身,秦家儿子送上大路,告辞回去了。

二人一路行来,到了真定府。心想盘川不够,湘莲遂取了一粒珠子,走到一家当铺,递与柜上人。柜上人接来一看,道:“这珠是那里来的?从没有看见这大珠。”湘莲道:“是家藏的,因短了盘川,当几两银子,就来赎的。”柜上人道:“要当多少?”湘莲道:“五百两。”柜上人将湘莲看了一回,见其衣服虽不华丽,亦不褴褛,人物轩昂体面,便道:“五百两太多,三百两罢。”湘莲道:“若说卖,壹千两还不卖,这原不过暂押,何必争多嫌少。”那柜上人又传观了一回,说道:“就当五百两罢。”当时兑了银子,写了票,湘莲走回客寓,又去雇了车。将银子分放行李之内,又置些应用的皮囊帽盒食物等类。次日坐车长行。

一日,行到仙桃镇地方,打了中伙,听得街上热闹,问那店小二道:“你们此地,今日有什么胜会么?”小二道:“我们镇上有个富户陶家，专好武艺，摆下一个擂台，要结识天下英雄。已经摆了整年，打坏了多少人，如今正在打哩，客官吃过饭，何不去看过热闹？”湘莲道：“这姓陶的有何本事，如此夸张？”店小二道：“这陶官人名叫陶长春，一身好武艺。他的妹子不过二十来岁，武艺更强，生得体面。这回擂台，只怕是为他妹子，想拣个有本事的配他。这左右的少年人，个个想这个好处。无奈打不倒他，反吃了苦。”湘莲听得，不觉高兴。吃了饭，向宝玉道：“我们去看看如何？”宝玉正想着：“女子能武，必是个蠢人。且去看看，到底是何等样人？”遂一同出了店门，往人丛中走去。

湘莲前行，宝玉随后，来至台前。只见台中坐着一个人，台前站着一人，身长膀阔，大目浓眉。有十几个少年武生上台，与台前那人打了一回，都输了。那人得意扬扬，说道：“四方朋友，还有那个纳命的上来！”湘莲便应声道：“俺来也！”将身一纵，跳上台来。那人吃了一惊，下面看的人早喝了一声采，惊动左右两台人。原来台上那人是个教师，那陶长春在左台上，他妹子在右台上，一见这人美貌英雄，心中想道：“不知那里来这两人，若是武艺高强，竟是个全才了。即便差些，这两人物亦不可多得。”

只见湘莲跳上台，向那教师一拱手道：“请教尊姓大名？”教师道：“我山西莫望”，指坐着这一人道：“这是家师聂成，在此摆擂年余，未逢敌手。尊客请留下名来。”湘莲道：“我京都柳湘莲。”说罢，拱手道请。二人踢了一回行鸡步，立定门户，渐渐折到台心，打将起来。往来进退，上下左右，搅作一团。湘莲见其本事甚低，故意撮弄他，玩了一回，忽的一拳打倒。一手抓住绑领，一手揪住绑腰，往台下一掠，说声：“去罢！”聂成连忙跳起，湘莲见来势甚猛，留心招架，二人又打起来。聂成膂力甚大，湘莲放出本事，聂成不能取胜。只得使尽平生伎俩，抖擞精神，恨不得将湘莲一下打翻。格架遮拦，腾挪偏闪，看看要输了，聂成得空，当心一掌打来。掌下藏着一腿，名鬼袖腿，诱湘莲的手来格。指望一腿蹬去，想湘莲必伤。

那知湘莲乖觉，知道这腿之法，假意用手去挡，把身子往边一扭，右手往上一托，正托住聂成腿股，左手用了三四分劲，说时迟那时快，照后股上一拳，跌得二丈远。聂成挣了一会，才爬起又斗。湘莲又合他走了几转，聂成力尽筋疲，汗流浃背。湘莲心想："不如早开发了他，免得延缠。"手上解数紧逼起来，聂成心慌，招架不住，又被湘莲打倒。这拳重些，挣扎不起来。湘莲将他一把提起道："我今发手容情，下去罢！"也轻轻放下台来。看的众人一片喝采之声，轰闹不已。

湘莲正要下台，只见那右边台上，坐着一个美女，忽然立起身，脱去长衣，里面结束齐整，将小脚在朱栏上一点，纵至台心。湘莲一见十分纳罕。那女子道："柳先生慢行，奴要请教。"湘莲道："小姐高姓芳名？怎敢与小姐抗衡？"女子道："姓陶，小字绛英。"湘莲道："失敬了。"绛英道："我们只比擒拿，不必挥拳发腿。我若擒住你算输，你若擒住我算赢。"湘莲道："遵命。"二人缓缓的踹势走盘。那些看的挤得推来耸去，如潮涌一般。远望的只见那美人英雄打做一团。忽见旁首一个大蝴蝶，往台心一扑，原来就是绛英，穿得花红柳绿，那彩裙呼着风纵来，如蝴蝶展翅一般。台上一双美男女相扑，人人看得眼花心乱，口呆目瞪，也有发呆的，垂涎的，痴笑的，失惊打怪的。

宝玉见湘莲打倒二人，正在赞叹，忽见一女人上台，心想道："这必定是陶家妹子了。"看那女子不过二十上下，生得娇嫩俊美，品格在纹、绮之间，不信此等佳人，都有武艺，为生平所未经见，不觉心中快乐。又恐湘莲卤莽，一时损伤了他，心上替他担忧。正踌躇间，见二人斗了多时，绛英急欲拿住湘莲，忽的将身一纵，右手在湘莲肩上按了一下。谁知湘莲身法极捷，左手抓住绛英右臂，绛英的腿刚从湘莲腰间擦过，说时迟那时快，却被湘莲顺手拿住腿腕，身已擒空。宝玉在台下，急急的叫道："柳二哥不要认真，快快放手！"湘莲将绛英朝上一举，口内低低的说道："我手上留情，小姐要知道。”绛英亦低声道：“承先生指教。”湘莲将绛英轻轻放下，绛英将身一纵，仍上右台，回去了。

那时，陶长春在左台上，见湘莲擒起绛英，轻轻放下，知其留意，十分感激。忙邀齐门客十数人，齐奔上台，一轰而至。湘莲不知来意，高声道：“要打一个个的来，若诸位齐上，我发手就不容情了。”长春忙道：“言重，言重！小弟欲请先生到舍一叙。”湘莲道：“素昧平生，怎好轻造！”长春道：“小弟摆此擂台，原是招接四方豪俊。先生天下英雄，小弟仰攀一叙，薄酒一觥，为先生贺。还有微礼奉敬。”湘莲再三谦让，长春固邀不已。只得下台，同了宝玉来至陶家。湘莲道：“小弟先人世袭武职，父母早亡，依姑母度日。因贫游学到此，不久就要回去。这位好友贾二爷，那荣国公的公孙，因游览山水，从北岳到此。”长春听了是荣公之孙，十分起敬。当时备酒款待，又与湘莲讲武艺。长春道：“先生拳法海内无双，未识从谁学的？”湘莲道：“数年前入山学道，得异人传授。师父姓名也不知。”长春更加罕异，留住家中歇宿。一连数日，意气甚属相投，遂成莫逆。每日教些拳棒武艺，拜门生的甚多。

陶长春与绛英商议道：“贤妹！你看这两人品貌俱是世间有一无双的，一文一武，那姓贾的文才，吾虽不知他深浅，但他是个公孙，门第显赫，将来也必定个贵官，姓柳的武艺，妹子是见过的了。究竟两人那个强些，吾竟委决不下。我们既上无父母，妹子终身大事，你自己须拿个主意。”绛英道：“妹子生性好武，且这人已与妹子交手，又输于他，岂有别的念头？哥哥不必推疑。”长春知妹的主意，就出来找宝玉闲谈，说了一回话，因道：“小子先人曾做个总戎，故小子幼而习武，舍妹尤好武艺。不幸父母早亡，兄妹二人僻处乡间，见闻孤陋，是以借此擂台，一则结识豪杰，二则为舍妹择婿。今遇柳兄如此英雄，意欲仰托丝萝，不知柳兄已否完娶，可否求二爷一为执柯？”宝玉道：“这是极好的事。令妹女中豪杰，非柳兄才貌不足以相配，弟当竭力执柯。”

少时湘莲回来，宝玉即将陶长春之语一一说了。湘莲道："好是好，只是我不忍有负前妻。"宝玉道："据你静中所见，尤三姐与你有重圆之日，安知不就应在此处？你说我引尤三姐与你相见，今日恰是我为媒，可见事皆前定。你既要人世做一番事业，岂可中馈无人呢？"湘莲道："你说的何尝不是？但我静中明明说尤三姐不曾死，我心上也要寻访他哩。"宝玉道："三姐亡故，事隔有年。这'死不曾死'的话，或者别有机关，非我的事可比。茫茫天下，从何处寻访？依我说，三姐原是你正配，不妨与他说明，作为续弦。将来诰封一切，都要先尽三姐。万一三姐复生，便要奉屈为次妻，看他如何说，我们再商议。"湘莲点头叹道："也只好如此罢了。"

宝玉即请陶长春，将湘莲如何聘了尤三姐，如何误听人言，索取聘物，尤三姐如何殉烈身亡，湘莲如何弃家学道，因仙人说他尚要做番事业，令其下山。又说故妻有重圆之日，故一心守着故妻，不肯再娶。〔宝玉道〕："是我再三劝说，方才肯了。但须言明，令妹只能作继室。万一尤氏重圆，令妹屈居其次。其实，尤氏亡已多年，不过是柳兄痴想，未必便有其事。兄可与令妹斟酌之。"陶长春进内，与绛英说了一回，绛英低头不语。长春知妹子愿意，即出来与宝玉说道："既承不弃，一切遵命。"宝玉便与湘莲商议，择吉行聘。湘莲道："客中如何措办？"宝玉道："一切繁文可以说明删了，聘物是要的。有现成的珠子在此，何不用他呢？"湘莲道："这珠子我打算送你的。"宝玉道："这又何必拘呢？就算你要送我，将来嫂子过门，你再送我亦不迟。况且这么些在这里，取一二颗亦可以算个礼。"湘莲点头，宝玉遂与长春商酌，定了吉日，写了礼帖，将明珠一双，做一锦匣装好，作为聘礼。

是日陶家设酒宴客，有许多本家亲戚邻居等，热闹一天。

次日，湘莲便要起身，长春又固留，复住了几日。湘莲因劝长春求取功名，长春亦欣然高兴。长春极赞那珠子，湘莲说明来由，又将珠子取出与长春观看，长春惊奇，更加敬重湘莲本事。宝玉又说起途中缺了盘费，当了一颗。长春道："此乃希世之宝，当了可惜。二哥，你将当票交与我，我去取了来，明年进京带还你。"湘莲道："甚好。"就将当票交出，说道："我们已打搅多时，明日一定要告别了。"长春道："既如此，我叫人去雇车。"原来，陶长春邀二人回家时，已将车子打发了。又与二人重新置行李什物等件，又选了两个小童，年俱十五六岁，跟随伏侍。即将秦家所置的行李与了二童。跟宝玉的取名灵儿，跟湘莲的名鹤儿。长春道："这两个手脚俱还活动，人亦不蠢。二哥闲时指拨，还可以用的。"湘、宝二人一一道谢。次日起身，取路向江南来。暂且不题。

却说黛玉自到家之后，每日帮舒姨娘料理家务，闲时便与翠篢、青鸾等闲话，或教他们读书写字，借作消遣。琼玉学中回来，又与黛玉谈诗论文，时或唱和，姐弟友爱异常。偶有烦闷，又有青棠从傍宽解，是以黛玉甚为安逸，体气日渐丰健，丰神愈加艳丽。一家上下，待其主婢二人竟如活神仙一般。不觉过了数月。

一日，程忠进来回道："小的大家筹议，如今家事日盛，所有典铺、收字号铺之外，还闲着十几万银子。向来都分派人各路走水，并随时塌置货物。小的们想本钱不多，可以如此做；如今本钱多了，分派的也多了，零星散漫，难于照应。小的想就近并做一个买卖，较为正齐。刚有一家商人乏了，卤台出示招商。因此来回禀小姐、姨娘，不如我们去顶了他。行运起来，利息比别的买卖大些，将来若做得好，再行扩充，做得不好，仍旧告了乏亦容易的。请小姐、姨娘定夺。"黛玉道："不知要多少本钱？"程忠道："不过十几万现银子，便可下手。不够时，我们还可会兑。指着这些铺子，怕会不出银子来？"黛玉道："姨娘意下如何？"舒姨娘道："我是不懂得的，小姐裁夺。"黛玉道："你们再细细筹画，议出章程来。果然有利无弊，便顶了就是了。但不知我们现在可靠的人够分派不够？"程忠道："我们不过派两个管事拿总的人，至于一切办事，须要请些熟手的伙计的。”黛玉道：“你们且去议定了再商量。”程忠退出，遂将如何顶承，如何行运，派何人总理，何人分头督办，先须支现银若干，约计有若干利息，开了一个清折呈进，舒姨娘送与黛玉。

黛玉正看着思索，见青棠立在傍边，便问道：“你看此事如何？”青棠道：“小姐的意怎么样？”黛玉道：“我看此事做得，惟恐长远难于照应。及官吏需索，难于应酬。”青棠道：“斯是后来情形，此时不必虑。凡事总以气运为主。此时小姐气运正旺，你要做得的，总无不妥，不必畏缩。”黛玉听了，不觉晓然。即吩咐程忠，一一照行。就派程忠总理卤务。将典铺事务派李义管了。田租及各铺事务，派孙财管了。家中一切及银库事，逐日出进账目银钱，派向贵管了。卤务中应用之人，令程忠自行拣选，开单呈核。程忠应了出去，传知分头各办各事。不多时，程忠将事办妥，领了银子，将派的分管家人四名，及伙计八人，开单请定。黛玉看家人是张信、赵成、柏顺、金旺，便叫进四人，一一吩咐“小心随同办理”的话。众人答应自去行。行了一年，甚是兴旺。

舒姨娘见家道日隆，心中欢喜。因琼玉上年乡试未中，还不十分满意。忽忽到了秋初，琼玉又要往南京乡试。舒姨娘替他料理行装考具等物，派老家人向贵，带了家人小子雇船起身。去后，舒姨娘、黛玉未免记挂。

一夜，黛玉睡不着，听窗外微风飘飘，虫声凄咽，不觉心绪纷然。青棠坐在傍边榻上道：“小姐为何今夜睡不着？”黛玉即坐起倚在枕上道：“不知怎么不想睡，妹妹你倒口茶我吃。”青棠取了茶送与黛玉，喝了几口，放于几上。拉着青棠道：“妹妹！你教我一个法儿，叫我心上空空的，一些念头没有才好。”青棠道：“这如何能够呢？要是一念不生，小姐早在太虚宫了。古人说的好，‘不怕念起，只怕觉迟。’小姐你觉得念多，便可随时止灭，往后便渐渐少了。”黛玉道：“吾自从得仙姑指示，又服了丹药，比从前已经好许多了。但总觉心上不空，觉之不破，止之不灭。”青棠道：“譬如治病一般，必对症的药，方能将病立时消灭。止念亦须真觉，方能即灭。不然反致两念相争，如何得灭呢？”黛玉听了，默默半晌。青棠道：“此时心中记着少爷，但想少爷即可中举，不日回来，念便灭了。至于贾府中，此时正否极生泰之时，又何必去想他。”黛玉见他说出自己心中念头，一一如绘，知不能瞒他，便道：“我也这么想，但心上总不清净。不知不觉，一念一念的上心来。”青棠道：“凡念头都有根柢，小姐你这根柢本深了，难怪止之不灭。我说与你罢，那人此时正心死气绝、万念皆空之际，一灵不昧，只记着小姐，已经离却红尘了，你何苦再去萦绕？横竖不多时便可相见的。”黛玉道：“如此说，莫非他也死了？”青棠道：“你尚且不死，他如何能死呢？小姐难道忘了从前说的誓了么？”黛玉顿然记起，沉吟了一回。青棠道：“小姐你安心睡罢。天已不早，不要又生出病来。”黛玉听了，知有去机，不便细问，想来不是假话，便渐渐睡了。

倏忽八月下旬，琼玉回来，一家欢喜。问了些“场中平安，文章得意”的话。琼玉取出头场、二场的文字，与黛玉看。黛玉看了，道：“我虽不懂，但这文章生气勃发，机势浩荡，必该中的。”琼玉道：“那里就想中？觉得比从前的略为说得出些么？”黛玉道：“好多了。”琼玉又取出些在南京及途中作的诗来。黛玉看时，是些记程游览及咏古迹的诗，各体俱备，有七八十首。黛玉笑道：“这几天便作了这些诗，诗亦大长了。不久就要成名家了哩！”琼玉道：“姐姐太奖属过分了，姐姐闲时请批改批改。”黛玉看到后面，有怀黛玉的诗，不禁赞道：“此诗更好。”遂又细细吟咏。

正说着，外间传进：“有客来拜！”琼玉正衣冠出去了，不免有一番应酬。又将文章送与古先生看，也说有望。黛玉向舒姨娘夸琼玉不绝口，舒姨娘道：“都亏小姐早晚教导，不然那里能长进得这么快。这孩子能读成了书，才配做小姐的兄弟哩。若读不成书，岂不翻惹小姐看了生气？”黛玉道：“这是父亲怀才未能施展，姨娘苦节动天，故而天生这个兄弟，为先人吐气，报答姨娘。”舒姨娘含泪道：

"但愿应了小姐的话。"青棠在傍忽然笑道:"我们少爷原算天下第二个人。"舒姨娘道:"天下人才多得很,他那里就算天下第二呢?"黛玉知青棠的话意有所指,心中一动,便不开言。看看到了重阳,这日,黛玉与舒姨娘正持螯共酌,忽然外面锣声大振,小丫头回来道:"外间传进来说,报子到了,吵着要喜钱哩。"只见向贵等四个老家人进来,向舒姨娘、黛玉道喜,说:"大喜了!少爷高中了!"黛玉道:"中在那里?"向贵道:"还不知道,报子要讲明白喜钱,才肯拿出录条来。小的们赶着与他讲去。"于是媳妇丫头一一叩喜。舒姨娘自是欢喜。青棠道:"小姐的眼力果然高,看少爷的文章,说必要中的,果然中了。小姐再决一决,到底中在那里?"黛玉道:"这个我就不知道了,你自然晓得。"青鸾道:"他从前说的,少爷是第二人,大约是第二名了。"青棠道:"我说的是天下第二人,这才是两省哩。"黛玉忽然省悟,道:"如此说来,竟是第一了。"青棠微笑。正说着,外面传进来道:"少爷回来了,在厅上谢恩阅录。"一语未毕,听见外边鼓乐大作,飞传进来道:"少爷中了解元。"大家拜服"青棠真是神仙"。一回儿,琼玉进来与舒姨娘磕头,又与黛玉磕头。黛玉手拜道喜,众人又与琼玉道喜。于是收拾行李,往南京谒见座师、房师,赴鹿鸣宴,会同年。送座师起程后,才回来祭祖谢客,请喜酒。又忙了些时,要往苏州祭墓。舒姨娘、黛玉俱要同往,内里只留青棠、青鸾看家,外边家人照应。

正在择日起程,却好看坟人陈孝闻知少爷中了,前来叩喜,并回明贾府爷们送到灵柩,说是小姐的,葬于老爷墓侧,葬毕已回去了。一个家人喝道:"休胡说,我们小姐好好在家,那里有个小姐的灵柩?"程忠忙拦道:"你不知道其中原故。"便叫人拿饭与他吃,说:"我替你回明。"遂进内一一回明。舒姨娘道:"叫他先快回去,打扫坟屋,料理一切,我们明日便起身。"程忠答应着。舒姨娘道:"听他说来,小姐的幻形已经安葬了。小姐回来已一年多,贾府中尚未通个信,将来如何来往呢?不如专人写个书信去,将原故说明方好。"

黛玉正默然有所思，未及答应。青棠道："不必忙，少爷不日进京，自然要到贾府去的，何必专人写信呢？此时那边正在忙乱，亦顾不到这事。"舒姨娘道："姐姐说不要紧，就是了。"

次日下船赴苏州来。不知祭墓有何事情？且听下回分解。

第五回

单说黛玉同了琼玉、舒姨娘到苏州祭墓，不日到了苏州，上岸至坟堂屋内。家人们将祭品端正，将鹿鸣宴上根盘等物摆设停当。琼玉穿了与宴吉服，簪花披红，随着舒姨娘、黛玉来至坟前。黛玉一见墓道，那眼泪已不住的下来，只得忍着。待琼玉行过礼，又让舒姨娘。舒姨娘让黛玉，黛玉上前跪下，不禁痛哭。舒姨娘在傍，亦大放悲声。琼玉亦伤心，陪着哭了一回。媳妇丫头们再三劝止。舒姨娘磕了头，家人媳妇丫头们亦分班磕了头。黛玉想起回南安葬时，不觉已是十年。自己死而复生，兄弟幼年发达，〔假〕使父母尚在，必当开颜一笑。今日墓木森然，音容愈渺，能不伤心？又呜呜咽咽哭起来。

复走到左侧，见一新冢，陈孝的女人在傍道："这就是京里送下来新葬的。"黛玉见坟土乍干，草芽未发，想："我若非仙姑援救，此时已入冢中。今日自临己墓，恍如化鹤归来，令人伤感。"对着墓前连连挥泪。舒姨娘、琼玉都来劝道："小姐不必过伤了，且到坟屋内歇一回，再下船去。"琼玉道："此墓乃古今少有，他日必成胜迹。古来列仙尸解，多有幻化之冢，然自己都不在世间。古人有衣冠之墓，亦因体魄无踪，招魂作墓。未有身在世间，幻留身幻者。他日兄弟拟树一碑，书某人衣钗之墓，定足流传千古。"黛玉拭泪不语，同回坟屋，歇了一回。又嘱咐陈孝小心看守，遂下船回来。

到了扬州大码头泊住。黛玉在舱中，看见前面一只大船，上悬蓝色布旗，写着“工部都小司副郎”，又看那门灯上也是黑字，仿佛有“荣国府”三字，看不十分明白。〔因〕想道：“二舅舅正是工部，难道是他的船？为何旗灯俱是素的？”又想道：“或者他本家的人用他旗号，亦未可知。”一时轿子到来，上轿回家，各自息息。

晚间黛玉与青棠闲话，想起日间所见，便告诉青棠。青棠道：“这就是送小姐幻形来的。”黛玉道：“不知何人送来，却打了二舅舅的旗号，却又是素的，令人不解。”青棠道：“小姐你还不晓得，那人恰恰今日到此，就到那船上拜别了才走的。”黛玉不觉诧异道：“他跑到这里来做什么？拜别那个？走那里去？”青棠道：“一个人要出世了，自然要拜别父母，这是天性。他到那里去，小姐应该知道。”黛玉呆了，细细想了一回，自忖：“莫非真个出了家了？”青棠笑道：“这有什么假的。他此时还不知小姐在世间哩，向海角天涯找寻去了。”黛玉不禁凄然泪下。青棠道：“小姐不必感伤，从此放了心罢。”自此，黛玉刻刻萦怀，虽有青棠随时点醒，终难放下。

看看残冬一过，又是新年。到灯节后，打点琼玉进京，一面择了吉日，收拾行李土仪礼物等件。琼玉向舒姨娘、黛玉商量道：“到京后，贾府中要去不要去，有那些长辈，姐姐的事如何说法，望姐姐教给我。”黛玉道：“外祖母尚在，你自然要去拜见。况且两位舅舅、舅母俱是长辈，但那里一向从未晓得有你，须得我写书一一说明。我的事，你照着吾书上说便了。我还要另打点些礼物，去送各长辈及姐妹们，停当了一同交给你罢。”琼玉道：“如此甚好。”琼玉自去拜客辞行。

黛玉晚间密与青棠商酌。青棠道：“少爷的事，非小姐亲笔作书不能明白。至小姐的事，惟有据实直书，无可缘饰。倒是带了的礼物，要逐一斟酌，各人得宜方好。”黛玉道：“你替我想来。”随取纸提笔道：“想着的说来！”青棠道：“先从老太太的说起。”遂提笔道：“沉香释迦文佛一座，白玉观音一座，古鼎一座，紫檀香几一座，饼盒全付，香饼十匣，拣金寿鹤仙桃蜡签一付，寿字香十匣，古尊彝陈设二件。”黛玉道：“服用之物都没有么？”青棠道：“贾府中那样少了？”遂又道：“大红缎十四，湖绉十匹，纺绸四匹，各色线绉袍套十付，锦绣艳色花袖十双，绵绣香色手帕十件，这是二位老爷、夫人的。”黛玉点头。青棠又说道：“湖绉四匹，大缎四匹，香泥漱杯一对，沉香拐杖一枝，这是薛姨太太的。”黛玉道：“觉得轻些。”青棠道：“再加纺绸二匹便了。”又说道：“大缎四匹，湖绉四匹，花袖十双，手帕十件，这是大奶奶的。”又道：“江绸袍套二付，湖绉二匹，大缎二匹，花袖四双，这是东府大爷、大奶奶的。再加纺绸四匹，手帕四方，是琏二爷、二奶奶的。”又道：“减却大缎花袖，是环三爷的。大缎四匹，花袖四双，手帕四件，这是三姑娘的。”黛玉道：“三姑娘该送些文雅的东西，这些他不爱。”青棠道：“加诗笺、湖笔、徽墨、端砚便了。薛大〔奶奶〕、〔薛〕二奶奶、喜鸾姑娘、薛二姑娘、李家两位姑娘都是一样。”又道：“古鼎一座，管夫人水墨观音一副，《石刻金刚经》一部，连香四匣，沉香四匣，这是四姑娘的。”黛玉心中似有会意，便不斟酌，依着写了。青棠又道：“羊脂玉锁金项圈一件，珊瑚钱串一件，点翠金丝细络香串一匣，金冠金铨镯等十〔件〕，红绿湖绉各二匹，这是宝二奶奶的。”又道：“江绸袍料一付，大缎一匹，湖绉二匹，花袖二双，这是小蓉大爷奶奶的。再加紫颖二匣，徽墨二匣，兰哥儿的。”又道：“湖绉一匹，院绸一匹，花袖二双，手帕二件，这是送周姨娘及大老爷跟前姨娘。东府各位姨娘都是一样。再用香串一匣，香囊一匣，香粉十匣，时花十对，是与紫鹃、莺儿、琥珀、秋纹、麝月、玉钏、碧痕、五儿、四儿的。此外，丫头每人四匣花，二匣粉，一匣香串，一匣香囊，带些去见人分派便了。媳妇们多，不如带些番钱去，林家、赖家这些有体面的，给他四枚，以下的，每人二枚，他们看着好玩儿。还有史大姑娘，应送素湖绉二匹，纺绸二匹，笺十匣，笔四匣。还有巧姐儿，应送妆缎衣裙一袭，被褥全副，花袖四双，安息香十匣，这就全齐了。”

黛玉道：“还有那个？再记记，不要漏了一分，倒不好。”青棠道："都有了。"黛玉道："似乎还有两个人，我一时想不起。"青棠道："没有了。"黛玉又看了一遍，道："你这单子很有意思，吾约略有些明白。"青棠道："自然总要明白的。这会子不错就是了，又何必预先费心去盘算他。"黛玉便不言语。一会儿将信写起稿子，与青棠看，青棠道："这信要给老爷、太太的，不必写给老太太。"黛玉一想，不觉伤心道："我知道了，必是老太太有些缘故了。"青棠道："原为省小姐费心，我故多说几句话。小姐若是如此。反是多费了小姐的心。即算有缘故，几时知道，几时再伤心不迟哩。"黛玉就将信改好，亲自誊写，封口不粘，以便琼玉阅看。

过了几日，将礼物收拾停当，开一总单点与琼玉，又将手卷付与琼玉道："这是父亲遗书，我将他装成手卷。我已将舒姨娘抚孤守节创业的事实，作了一跋写在后面。你到京可呈二位舅舅阅看，并请题志诗文，并可请父亲同年相好中之关切者，及你座师、房师、同年交好一一题之。他日传之子孙，亦可表彰姨娘一番苦节。"又有与李纨、探春的书，谢其病中亲看照应的情，并托其将礼物一一分送，又托看顾紫鹃。琼玉一一答应。转瞬行期，不免洒泪分别，下船北上。

却说荣国府中，自宝玉走失之后，王夫人、宝钗等悲伤凄楚，内外上下人等无不垂头丧气，意兴全无。后来探春到京，一番劝慰，略觉好些。又贾赦、贾政赦罪归来。贾政到家，又细说在船中亲见宝玉被一僧一道引去，上岸追赶，倏已不见，劝王夫人等不必想他。宝钗、薛姨妈见王夫人悲伤过甚，只得返加劝慰。是年腊月，宝钗生下一子，贾政题名芝哥儿。王夫人稍为慰藉，然终不能忘怀，不免触物伤情。

宝钗虽外面端庄，强为旷达，百般宽慰王夫人，自己不露一毫悲戚之态，而心中亦复凄楚难堪，每深霄不寐，吊影伤怀。及生下芝儿，虽亦自慰，然不觉见子思父，更难排遣。倚枕独坐，事事上心。想起："从前初进京时，有金玉因缘之说。偏偏又有一黛玉从中打岔，与他情意缠绵，用尽心计，方能不为所挤。人心归附，声誉籍然，众口一词，都说在黛玉之上。及至因缘成就，方谓人定可以胜天，那知始而病，继而疯。又费尽心机，病也痊了，疯也好了，也肯用功上进了，也不与女孩子们缠绕了，真是十分妥当，从此可冀美满前程，尽吾受用。那知中了举人，为和尚道士所迷，飘然弃家而去。记得临出门时些话，句句都是有意，即未出门之先所说之话，亦句句都有机关。我当时原料着几分，随时破解，那知竟如此绝决。细想十余年情分，于我情分似乎不薄。新婚后，那缠绵缱绻，亦极意温存。想其与黛玉之情，必更胜于我，不知黛玉如何方法，至于着他死生眷恋，固结不移如此。悔我从前但知以端重宽厚胜黛玉，不曾将些小意思笼络他，亦是一时疏虞。"又想："那年要取我红麝串时，神魂失据的光景，宛然在目。可见未尝不爱我，大约与黛玉早为生死之约，故难负前盟。早知如此，我便让了他倒也罢了，即不然，便与黛玉同归，终胜此时恓惶苦况。记得从前妈妈与他戏语，他面有喜色，拜妈为母，与我结为姐妹。及我因缘成就，便抱恨而亡。其情亦可怜可悯。今时其在九泉，安知不笑我恨我，我竟做了一个损人利己的人，损了人于己仍无所利，岂不可悔？他是想来不得回来的了。便算我这芝儿也与兰哥儿一样能读书，我也同大嫂子一样，眼见芝儿发达，也不知要受了多少苦楚，耐了多少凄凉。珠大爷亡过的人，死生有命，大嫂子守节抚孤，原是分内之事。我是好好的人，忽然抛家离室的走了，岂不可恨？"如此反覆思想，真如万箭攒心。又值产母月之内，易于受病，不到一月，不觉恹恹病起来。王夫人、薛姨妈加意调治，又不知因何致病，总说是身子单弱，新产尚未复原，请大夫上紧医治。大夫那里晓得病源？一味笼统调理，如何中用？故满月后虽勉强出房，而精神意兴竟大差了。

一日，王夫人早起，流泪不止。李纨、平儿、宝钗、探春、惜春俱来请安。王夫人道：“我昨儿梦见宝玉回来了，仍是出门时的样子，并没有出家，抱着我大哭，又说了些话，到媳妇房里去，我便醒了。醒来还笑着，把老爷惊醒了，也说梦中见他，说了好些话，醒来通不记得了。二人同梦，却也奇怪。莫非宝玉还念回来？”李纨道：“这是老爷、太太想着宝兄弟，故而入梦。或者宝兄弟已得了道，回来安慰老爷、太太，亦未可知。”探春道：“这得道的话，有些意思。我昨儿也梦见的，不知宝姊姊也梦见没有？”宝钗道：“我梦见却也不止一回，昨儿觉得更清楚些。梦中我正坐着，还没睡，见他进来说道，‘宝姊姊，我回来了，你不要生气。’我梦中一见，就忍不住哭起来，便哭醒了。”惜春道：“这是真的，我也梦见来。再查查，只怕还有梦见的哩。”王夫人便道：“真个的，我们四姑娘是参悟的，很有功夫的了。你比我们自然明白，你何妨说说，这宝玉到底是什么来头，与我们什么冤孽？生生死死的磨人。自小就古怪精灵的，同人不一样。”惜春道：“太太但想二哥这块玉，是天下古今那一个有过的呢？这就是天下古今有一无二的人，便是大来头了。至于各种变幻，俱是因缘。因缘原是人心造的，还是人心去灭。”王夫人道：“你这话我虽不能很明白，大概宝玉不是寻常孩子。只可怜我辛苦生长他一场，就这么撒手去了，这是什么因缘呢？老太太这么爱惜他，也不能受他一日孝养，我自然更不必说了。”惜春道：“老爷、太太的深恩，二哥哥如何能忘呢？总是要报答的。太太这梦不是寻常的梦，请太太从此宽心，不久就有消息的。”王夫人道：“真个的，还能回来？”惜春道：“只怕回来的还不止一个呢。”王夫人道：“这话我就不懂了。”

正说着，贾政进来。众人俱站起问安，贾政叫道：“都坐下。”王夫人又说起梦来，并将惜春、探春、宝钗同梦及惜春所说述了一遍。贾政道：“宝玉有来历是不错的，我也深知。大约是晓得你想他，故托个梦宽慰的意思，岂知更惹出一番想念来。若果思念父母，能自己回来也是好事，只怕未必呢。”只见莺儿在宝钗耳边说了几句话，宝钗回王夫人道："真是奇怪，竟还有人同梦的，四姑娘的话一点不错。"王夫人道："还有那个？"宝钗道："是麝月、秋纹、莺儿、五儿、紫鹃。"王夫人道："真是少有的事，十来个人都是一样的梦。"贾政也不觉称奇。又问惜春："你如何知道？"惜春道："不过以理揣度，老爷、太太是天性之情，我与三姐姐是同气之情，宝姐姐是伉俪之情。既都有梦，以下凡二哥所爱之人，自然也该有梦了。"贾政点头道："你这话另是一个理，都很有意致。"向王夫人道："到底宝玉是为什么忽然出家，你们究竟晓得不晓得？"王夫人沉吟了一回，道："从前一回病了，一回疯了，一回儿好了。后来，自己用功，好好同着侄儿下场，出场就走了。究竟是为什么，那个晓得！"贾政未及开言，惜春道："太太倒不必隐瞒，向老爷说明了倒好。"探春道："此时死的死了，走的走了，说也无益。"惜春道："惟其如此，一无避忌，可以说明。"那时李纨碍着宝钗，平儿碍着凤姐，宝钗见贾政在座，俱不好开言。贾政道："据四姑娘说来，其中大有情节了，何必瞒着我呢？"王夫人见惜春说出，只得说道："这也不过是大家猜度之词，原没有什么实据，故一向不曾与老爷说知。就是已过的林姑娘，从前来到这里，老太太钟爱，同宝玉一块儿长大的。后来又奉娘娘的命，同住园中。宝玉与林姑娘，似比别的姐妹更见好些。林姑娘又一时病，一时好。宝玉病的时候，林姑娘也病了，一病就死了。宝玉后来晓得，哭了几场，也就罢了。大家因此疑心，说为着这节事，究竟也不知他二人心上是怎么样的。"贾政道："这些情节，老太太在时，知道不知道？"王夫人道："也知道些。"贾政道："说起林姑娘来，他母亲是老太太最钟爱的。因为幼年丧母，老太太疼念，故接了他来。我看他相貌也好，心性也聪明，很像他母亲，为什么老太太后来又不甚爱他呢？"王夫人道："老太太爱他，原为他身子单弱，恐怕不能当家，辛苦不来，故而属意宝丫头。"贾政道："身子单弱，辛苦不来，在自己至亲家里，到底好些。若到别人家去，不更为难了！林丫头心里不舒服，自然也是有的。"又道："宝玉既有此私心，媳妇过门的时候，难道他不晓得？还是愿意的呢，还是勉强的呢？”惜春道：“那时候，二哥哥还不明白哩。”贾政道：“不错。他送我起身时，还是呆呆的；到我回来，略觉清楚些。”惜春道：“林姊姊不在了，先前瞒着二哥哥的，后来晓得了，大哭了一场，病倒好些了。及至和尚送了玉来，依旧明白，能用功读书的。”

贾政点头道：“这东西实在作怪，既然能用功读书，怎么又走了呢？”惜春道：“这明白并不是真明白，不过一心专注一事，别的一概看空，心神反宁静了。”贾政道：“据你看来，宝玉出家，一定是为林姑娘了？”惜春道：“大约是的。”王夫人道：“你既然知道，为何不早说！这回子令人后悔不迭。”惜春道：“今日是太太问我，才据我意见乱说。从前我怎么敢多话呢！况且老太太作主，老爷、太太都遵着办，还有那个敢开口！其实晓得的亦不止我一个，我还是以理推测，并不有所见闻。大嫂子何尝不知道呢。林姐姐不在的时候，大嫂子、三姐姐都在那里送他的。”王夫人道：“正是林姑娘不在时，这么个光景，说些什么没有？”李纨道：“就说是，‘我的身子是干净的，务必送我回南去’。没有说别的。”探春道：“临去时，叫了两声‘宝玉你好……’就咽气了。”贾政叹息泪下，王夫人亦不禁伤心。

过了几日，探春回家去了。原来探春之舅，上年内用都统制，探春因王夫人悲痛，贾政初归，住到年底始回。新年复又归宁，住了十余日回去，自此时常往来。此时，荣府一切事情仍是贾琏、平儿管理。平儿已回明贾赦扶正，才情不弱凤姐，而温厚恤下，甚得人心。贾政、王夫人亦甚看重他。巧姐已许周家，媒人来说亲，因贾赦、贾政俱未服阕，不便办理，回复俟服阕后办理。贾赦年老体衰，一切不管，但闭门颐养，与姬亲们消遣而已。

一日，贾赦、贾政兄弟二人正在书房闲话，又说起宝玉来。贾政遂将前日各人同梦及惜春所说，大略说了一遍。贾赦道：“这么说来，这事竟办错了。我从前听见外头大家说起宝玉的亲事，总疑是林姑娘。那知一个死，一个走，都是为此。好好孩子，自己弄坏了。我若早知道，我必要劝老太太的。自然彼此爱慕也是常情，便有些私情，也该成全他，况且一无苟且的事。我瞧这一小辈子里头，除了宝玉，也就没有出色的孩子。琏儿已是不能读书的了，琮儿是不中用的，环儿也不肯好生念书，将来再望底下一辈子罢了。幸喜兰儿已中，大有可望。”说着，连声叹息。贾政亦默然无语。

忽见门上进来回道：“有扬州一位林老爷，来会试的，特来拜见。”说罢，呈上名帖。贾政一面接，一面说道：“那个林老爷？”见帖上写着：“愚甥林琼玉顿首拜。”门上道：“又有一个帖，说是请老太太的安的。奴才回他老太太已于上年归天，这帖儿还了他了。”贾政将帖递与贾赦，道：“这大约是林妹丈的本家子侄。去年江南解元林琼玉，我正想怕是林妹丈本家，快请进来！”一面叫兰哥儿、琏二爷去接进来。门上答应出去。

一会儿，贾琏、贾兰陪着一个人进来，行了礼坐下。贾赦先说道：“恭喜孝廉，一手抡元。这么英年，真令人倾敬。”琼玉站起身道：“舅舅的奖属，外甥生不识父，依着姨娘生长，故一向不知舅家，未能早来拜谒。”说着，怀中取出一封书子呈上道：“二位舅舅请看此书，便知外甥的踪迹。”贾政接过拆开，凑着贾赦一同观看。一面骇异，一面摇头，一面称奇叫怪。看完递与贾琏，又将琼玉细细端详了一回。琼玉将一个手卷递过，二人又细细看了一遍。贾政道：“这真是意想不到之奇事，我竟糊涂住了。”贾赦道：“大喜，大喜！我们妹丈忠厚清介，应有这个好儿子。甥女有仙子救援，这都是世上罕有的，不必迟疑。这书是妹丈亲笔，我认得的。这外甥品貌神情，与妹丈很相像。只甥女书是否亲笔，我认不得。”贾政道：“我亦认不清。”叫：“兰儿，你先将书拿到上头回明太太，给姑娘们瞧瞧！”一面叫贾琏吩咐备饭。

琼玉道要叩见舅母，听说外祖母已经西归，还要到神主前磕头。贾政道：“你且坐下，我们谈谈。吃了饭再上去。”琼玉只得坐下。贾政、贾赦又细细盘问了一回。贾赦道:“那仙子毕竟是如何样子?”琼玉道:“外甥那日在学中,不曾得见。听得姨娘家人们说,竟是个少年美貌的仙女。说与姐姐有缘,究竟是什么仙子,连姐姐也不晓得。他还留下一个侍女伏侍姐姐,如今还在外甥家里。这侍女亦长得很俊,但不吃烟火,此外亦与人无异。”贾政道:“甥女到扬州那一日?”琼玉道:“是二月十三日。”贾政问贾琏道:“林妹妹是那一天不在的?”贾琏道:“就是宝兄弟结亲那一天晚上。老爷是明日起身的。”贾政道:“我起身正是十三日,半日功夫,怎能到得扬州呢?”贾赦道:“你不见甥女信中说,是坐着鸾车,驭风而行的。仙人原可顷刻千里。”贾政道:“甥女灵柩是我送回南,遣蓉儿到苏州安葬的。据这么说,灵柩是空的了。可曾打开看看?”琼玉道:“外甥正想打开来看,因匆匆乡会试,尚未得暇。将来总要开出来看一看,方可解后人之疑。”贾赦道:“贤甥几时到京的?”琼玉道:“前日。”贾赦道:“何不来舍间住?”琼玉道:“因场头已近,就住在小寓中,俟场后再来打搅舅舅。”说着,跟琼玉的两个家人,门上带来叩见。贾琏认得向贵。门上回道:“这向管家,从前来接过林姑娘的。”贾赦、贾政又问了一回,二人略述大概。贾赦命贾琏陪着吃饭,二人一同到上房来。

却说贾兰拿了书信,来到王夫人正房。见王夫人歪在榻上,他母亲在傍站着。贾兰回道:“又一件奇事来了。”王夫人听了,连忙坐起来,道:“什么奇事?”贾兰道:“上年江南的解元,叫林琼玉,今日来拜。说是林姑太爷的儿子,拿着林姑娘的书子,说林姑娘现在他家中,并不曾死,这奇不奇?还有林姑太爷的亲笔遗书。爷爷看了这林姑娘的书,叫送给太太,叫姑娘们大家瞧瞧,是林姑娘亲笔不是?”说着,李纨接过,递与王夫人。王夫人道:“你念我听。”李纨念那书道:

甥女黛玉,肃拜谨启,舅舅、舅母大人尊前:

甥女自龆龄失恃,依居膝前,蒙外祖母暨诸长者垂怜,衣食教诲者十余载，不幸福薄灾生，沉疴不起。自知短折，有负深恩。乃弥留之际，忽有仙子飞来，将拂尘幻作形骸，携之迳出。谓甥女尘缘未了，禄命未终，饮以琼浆，饵以丹药。偕乘鸾车，驭风而行，顷刻至一大宅。甥女细加问询，始知先君有遗妾舒氏，遗腹生子，苦节抚孤，已读书成立，现居扬州城内。舒氏姨娘，甥女幼本识之。又出先君遗书，及他遗物手迹相证。琼玉弟神情品榜酷似先君，旧仆四人，一一俱能言其始末。事虽意外，略无可疑。窃念先君有后，天佑善人，甥女忽获天亲，真梦想所不到。宿疴尽脱，顽健有加。只因道远事奇，非楮墨所能尽达，是以未即奉陈。兹琼玉弟仰邀荫庇，得冠乡闱，公车北上，特属晋谒崇阶，面陈一切。用肃寸启，恭叩外祖母大人暨诸尊长金安。外先君遗书一卷，琼玉面呈，伏乞赐览。并求题志数语，以示后世。附上土仪数种，另单分呈，伏希赏纳。敬请福安，不备，甥女黛玉肃拜谨启，正月十六日。

李纨念毕，一面称奇，一面说道："这字迹我是认得的，真林姑娘亲笔。再请他们大家来看看。"丫头们分头去请，惜春、平儿、宝钗、巧姐都来了。王夫人又叫："快打发个媳妇去，接三姑娘回来。"大家看了，都说是黛玉亲笔，又道："林姑娘想是有大福，故有仙子来救，令他姐弟相逢。"李纨道："林姑娘是我送他入殓的，不信竟是假的。这实在奇了。"王夫人道："不管他福大福小，真的假的，林姑娘既不死，我们这个怎么又走了呢？这不是我们这个倒叫那仙人弄去了？若就在此救活了林姑娘，或者不去也未可知。"惜春笑道："太太既想到这里，就不必烦闷了。林姐姐还在世，岂有二哥哥反出世的理。"王夫人道："你二哥哥呢？"惜春道："少不得回来。"王夫人道："何时回来呢？"惜春道："这那里晓得！我不过以理而论罢了。"

正说着，人回："大老爷、老爷进来了。"王夫人忙下炕，出至堂屋，说道："方才这书子，大家看了，都说正是林姑娘的亲笔。"贾赦道:“我们的奇事,接连连的来。我想宝玉的来历,本来就奇怪,想来不是寻常人。这位林姑娘亦是个出奇的,他同宝玉必定有夙世的因缘。我想林姑娘如今既在世间,不如赶紧把他接了来家,少不得宝玉也就肯回来。二太太的意思怎么样?”贾政道:“这事我终究不大明白,如今这些且慢说。林家外甥是确确凿凿的,他又与宝玉同年,要上来拜见你,你且见他,我们且商量怎么款待,再说别的。”王夫人道:“这么就请进来罢。”于是就传话出去,叫兰哥儿陪着林少爷进来。贾赦道:“外甥既已盘了小寓,我们此时不必强他。明日且摆酒请他,到场后再邀他来家住。我方才的话是我一人之见,你们再大家商量。”说着,同贾政出去了。

贾兰同了琼玉进来拜见。王夫人让琼玉上炕,看那琼玉秀骨珊珊,甚是可爱。笑着说道:“外甥这么大了,我们竟一向不知道,疏阔得很。今日不是外甥自己来,我们还不晓得哩。外甥今年十几岁了?”琼玉道:“十二岁了。外甥跟着姨娘长大的,到七八岁,才晓得舅家,便要来京看姐姐。姨娘因外甥年幼,不许,要到十六岁才许来京。不料前年有个仙子,把姐姐送到家中,所以今年姐姐叫外甥来拜见舅舅、舅母的。”王夫人道:“这真是奇事,我们正伤心你姐姐,且喜有仙人搭救。你姐姐病已好了,我们听见了,喜欢得了不得。外甥你这点年纪,已经中了解元,即刻就要中状元的。”琼玉于是站起道:“托舅母的福庇。”又道:“外祖母的神主在那里?外甥要去磕头。”王夫人道:“老太太神主已经送入宗祠了。”叫:“兰哥儿,你陪着到老太太中间形像前行个礼罢。”贾兰答应,陪着去了。

一回过来,要请见二位嫂子,并琏二嫂子、四姊姊,王夫人叫都请来。李纨、惜春、宝钗、平儿都在王夫人屋里,一同出来见了,都问黛玉好。琼玉替黛玉致词问候,又取出致李纨的书子来,说道:“还有些土仪,姐姐托大嫂子分送,回来就送进来。”又道:“这一封书,是与三姐姐的。不知三姐姐可在家?”李纨道:“三姐姐就回来的,这书交给我罢。”王夫人道:“你们看这外甥,比我们宝玉强着多哩。宝玉要是这么着,也不叫老爷生气了。”琼玉道:“正是方才琏二哥哥说起,二哥哥上年场后就不见了,到底到那里去了呢?”王夫人道:“这孽障,忽然抛父母舍妻子的,不知上那里去了,真令人可恨。”说着,不觉垂泪。琼玉道:“舅母放心,少不得要回来,不过耽搁在那里罢了,岂有不回来的道理?”说着站起来,道:“还要到东府去拜见,再来请安。”王夫人命贾兰:“好生陪着表叔出去。”听得二门传语进来道:“三姑娘回来了。”探春进来见王夫人,王夫人指着琼玉道:“这是姑妈家的兄弟,是件大奇事,我所以接你回来。你且见了。”琼玉上前施礼毕,只说道:“姐姐问三姐姐好,有封书已给大嫂子了。”探春未及叙话,琼玉同贾兰出去了。

探春坐下,李纨等将黛玉书信一切情形告诉他。探春连连摇头道:“二哥哥这人真是愈出愈奇了!”李纨道:“这与二哥哥什么相干呢?你岔到那里去了。”惜春笑道:“三姐姐这话是并不岔,不过肚子里有些话还没有说出来,故而觉得岔了似的。”探春道:“我有一句话,不知老爷、太太意思如何?”不晓探春说出什么话来,且听下回分解。

第六回

且说探春向王夫人道:“我说一个人不可有奇处,古今奇事也多,从没有胎里带块玉来的。我们二哥哥,从前为这玉,忽然失了,忽然又得了,已经奇了。初次下场,便中了高魁,忽然又不见了。至于与林姐姐的情分,见面就砸这玉,后来一时好了,一时恼了,为这玉亦闹了好几场。记那年紫鹃说了几句玩话,即刻就病了,前年正提着亲事,那玉就不见了,二哥就疯了。我出门的时候,二哥哥还是呆呆的,听说后来和尚送了玉来,二哥哥才依旧好了。如今算来,这玉忽然遗失,一定是和尚取去了。既取了去,又何必送来?若说要银子,又并没有拿过银子去。玉来了,人又走了,安知不是这和尚先首知道林姐姐要死,故将玉取了去;后来知道林姐姐不曾死,故又送这玉来。二哥哥或者一心想着林姐姐,晓得他不曾死,要去寻访,不知走迷了路,耽搁在那里,也不可知。林姐姐临危偏有仙子来救他,将他送到几千里外向来不晓得的娘家,这都不是人能想算得到的。林姐姐大概也不是个凡人,就是他向来那个性灵脾气,亦与世上人不同。我初回来,听说二哥哥走了,我估量多半为着这事。但人死不可复生,走的既然如此绝决,想来无可挽回。那些事情说也无益,故劝太太不必想他。如今林姐姐既然尚在,我料二哥哥断不出家。前儿四妹妹所说的,竟有些意思。我想林姐姐此时虽在母家,都是一向无人知道的,恐怕二哥哥未必寻访得着。我的意思,不如打发人去,把林姐姐仍旧接了来。此事大家传开,少不得二哥哥就会知道,必要赶紧回来。不知太太意思如何?大家商量商量。”平儿道:“林姑娘一向住在我们家,因为不在了,才送柩回去。今有这大喜事,自然该仍旧接来。若不去接,显得老太太去世,便无人思念林姑娘了。”探春道:“二嫂子这话更是。”宝钗道:“只怕就去接,林姑娘未必肯来。”李纨道:“我估量也未必肯来。只怕宝玉弟回来自己去请他,他还未必就答应哩。”独有惜春默坐不语。王夫人道:“四姑娘怎么不开口?”惜春道:“我的话通说了。三姐姐说的同大老爷的主意相合,只要请老爷、太太斟酌定见就是了。”

说着,贾兰进来,交琼玉带来黛玉所送各礼物道:“表叔说,林姑娘有信给母亲,托母亲分送的。这是单子。这些都是礼物。”李纨接过单子,向平儿、探春道:“大家来帮着清点,替他分送。”平儿、探春即同李纨将礼物一分一分拣齐,遣人分送。又将丫头们的一分分散了。又传林之孝家的进来,将单子交给他,分散众媳妇们,令其具禀叩谢。分送已毕,探春将单子又看一遍,向王夫人道:“林姐姐送的礼也就奇怪,怎么老太太的东西尽是陈设,且中间带着香烛。四妹妹的就一点香奁物事没有,宝二嫂子的就有小孩子的东西,史大姐姐的就是素的。周姨娘等都有,独没有我们姨娘同凤嫂子及袭人的。这是为什么呢?”王夫人道:“难道林姑娘亦是个仙人,我们这里近年的事情莫非他都知道?为什么老太太去世他又不知道,还替老太太请安呢?”探春摇头道:“真是有些古怪。据我看来,这林姐姐的奇处,竟同我们二哥哥是一对儿。”惜春微微一笑。李纨等也都说:“奇怪。”

晚间王夫人与贾政商量,又将探春等方才的话述了一遍。贾政道:“我生平不信这些神仙怪异的事,偏偏一件件到我身上。从前僧道几回来,都是我亲眼见的。如今我也不能说一定不信。四丫头好佛,我本不以为然。如今看来,四丫头的话说得很有理致,竟有些见识。探丫头本来聪俊,他的话又与大老爷主意相同。也只好依着大老爷，写封书子，预备盘川礼物，专差两房家人媳妇去接。媳妇说未必肯来，也有道理。且看来与不来再说罢。若竟不去接，似乎外面亦下不去。琏二奶奶说的话倒是的。”王夫人见贾政定见，便告诉李纨、平儿，一面端正礼物，一面派人。外面又摆酒请琼玉。

贾珍、贾环、贾琏、贾蓉、贾兰陪着又进来见了王夫人，说了好一回。王夫人向琼玉说专人去接黛玉的话，琼玉道：“外甥家里现在一切事都仗姐姐料理。姐姐若来了，恐怕姨娘支持不住。外甥先赶信回去，舅母再打发人。”王夫人道：“你姨娘持了这些年家，你姐姐才到家，怎么就走不开呢？你姐姐总是要出阁的，左不过这一两年罢了。”琼玉道：“从前外甥家里都是姨娘的老娘经管。前年老娘故了，姨娘正着急，刚刚姐姐回来，故而全交了姐姐。”王夫人道：“你姐姐的身子很单弱，不怕劳碌么？”琼玉道：“姐姐身子并不单弱，管了一家的事，还读书写字作诗哩。外甥的诗文，都是姐姐教的。”又将家务大略说了一回，出去了。

却说宝钗自从产后，身子总是恹恹，意兴精神日渐减损。前因十人同梦，又听惜春说话有因，心中一喜：“或者宝玉竟能回来。”又见王夫人有懊悔之意，心中不乐。今又得黛玉未死之信，王夫人又听了贾赦、探春等说话，专人去接，心中又辗转为难，身子益加委顿，不多几日便病倒了，不能起来。王夫人、薛姨妈以下，时来看视，请医调治，但说产后体虚，未能复原，又或外邪，天天服药。其时，探春住了几日，已早回去了。

这黛玉的信息，一经传开，人人诧异。东府里如尤氏婆媳、邢岫烟、史湘云、喜鸾、四姐儿等都来探望问询。知道即要差人去接，各人都预备回敬的礼物，送别的书，种种不一。独有紫鹃自从梦见宝玉之后，又复万绪萦怀，想着：“宝玉走失，定是为着姑娘出家。”想着梦中光景：“姑娘未死，宝玉还要回来，岂不是大怪事！但姑娘是我送他的终的，如何说不曾死，或者转死重生。宝玉于姑娘灵柩回南时,见我痛哭,他反向着我笑,迥非从前光景,我恨他得新忘旧,反面无情。如今想来,难道他早已得了姑娘未死的信息?既然有了信息,为什么又不告诉我呢?”又想道:“或者这梦是我平日思想姑娘,故有此幻,究竟渺茫,作不得准。”每日反覆思量,不觉神情失据,茶饭无心。惜春见他如此,叹道:“痴丫头不要妄想!你不多时就要出门了。”紫鹃听了,呆着不懂。及至琼玉到后,知黛玉果然未死,这一喜非比寻常。又得了黛玉寄与的东西,不觉喜极而悲,泪流满面。因将从前梦境,细细说与惜春知道。惜春道:“我老实告诉你,这是真的。你从此大喜,不必悲伤了。”紫鹃道:“宝二爷既然出了家,人是现在的,怎么会托梦呢?”惜春道:“是静里神游。这仙家的道理,你如何知道呢?我这话不告别人,就告诉你。你姑娘同宝玉,不久就多要回到这里的。你目下主有远行,你将应用物件收拾收拾。”紫鹃道:“那里去?”惜春道:“你不看看姑娘去?”紫鹃道:“看看姑娘是好,只是我一个人,如何能够去呢?”惜春道:“少不得有人送你回去哩。”

过了几日,果然王夫人打发人来叫紫鹃,紫鹃即刻过来。王夫人道:“你们姑娘被仙子送到家中,你晓得的了。这非常喜事,我欢喜得什么多忘了。这会子,遣周瑞家的、来兴家的两口子去接你们姑娘。你是姑娘旧人,你自然也要紧看看姑娘。这里一切事情,你也晓得,信上说不到的,你也好说给姑娘听。你要劝姑娘就起身来。姑娘是老太太最钟爱的,这会子老太太归西了,若姑娘不来,我如何对得住老太太呢?这是我特地托你的,你务必要劝姑娘早早来京,断不可推却。”紫鹃一面答应,一面回道:“太太吩咐的话,一一记着回姑娘,但不知几时起身?”王夫人道:“现在端正礼物停当,就起身,大约不过这月半间。”

紫鹃出来,想道:“四姑娘果然能够先知,但不知太太去接姑娘是个什么意思?姑娘肯来不肯来?”竟拿不定。回到庵中,见了惜春道:“姑娘竟是神仙,果然太太叫我回去接姑娘。”将王夫人的话一一告知。惜春道:“这话我早晓得的了。我并不是神仙。原是我们那天,大老爷、老爷、大奶奶、二奶奶、三姑娘一块儿商量的。你不在眼前,故而不知道。”紫鹃道:“太太要紧去接我们姑娘来,这是什么意思呢?”惜春道:“自然有个意思。你依着太太的,劝姑娘早来就是了,又何必急急尽问呢?”紫鹃道:“我摸不着头脑,怎么劝姑娘?姑娘问我,‘为什么要紧接我’,我说什么呢?好姑娘!告诉我罢!何苦叫我去瞎顶顶了呢。”惜春道:“你这痴丫头,我早就告诉你了。你自己糊涂,这会子倒来缠我!”紫鹃呆了半日,忽然笑道:“姑娘,你道我家姑娘肯来不肯来?”惜春道:“你好痴呀!肯来不肯来,问你姑娘,怎么问我呢?”紫鹃道:“姑娘识见高,能够前知,故而请问姑娘。”惜春道:“那个向你说我能前知?天下事不过是个理,心上不静,便看不出这个理,心上静些,便看得清楚些罢了。你真当我是神仙,我若是个神仙,我还住在这里?告诉你罢,你姑娘送各人的礼,独没有凤二奶奶、赵姨娘、袭人、秋桐。老太太的,尽是香烛陈设。宝二奶奶的,有小孩子的银镯。史大姑娘是素的。我的东西你见了,有一件奶奶、姑娘们的东西么?这两年的事,你姑娘怕不多晓得!你姑娘才成了神仙哩。”紫鹃道:“果然诧异,难道有人在这里打听的?”惜春道:“袭人出去,同生芝哥儿、秋桐不在,都是年底的事。林姑娘的信是正月的,打听也没有这么快呀!”紫鹃无言可答,满腹疑团,自去收拾行李,等候起身。

王夫人一日说起琼玉来道:“这个外甥,我竟爱他到了不得。若老太太在时,不知怎么喜欢哩。”李纨道:“看他神气言谈,竟有几分像林妹妹,大约是像姑老爷的原故。”王夫人道:“老爷原说他很像姑老爷。他才十二岁,倒进了学,中了解元。看着倒像十五六岁的,不比宝玉强多。光景情形胆气也好。我可惜没有一个小女儿,要有,我就肯给他。”李纨道:“太太这么爱他,何不替他做个媒?”王夫人道:“替他做那个?”李纨道:“不是前儿听说本家喜鸾姑娘许的姑爷没了。喜姑娘向来是老太太最爱的,模样儿性格儿都好,岂怕配不过？只是年纪大几岁儿。"王夫人道："好倒好，但他无父母，靠着个嫂子过活，家道贫寒，年纪又大，外甥家未必愿意呢。"李纨道："太太刚说少个女儿，何不把喜姑娘接来，认做女儿，再托人说媒。如果得这好女婿，也是老太太、太太之疼他一场。再者，亲外甥做了女婿，更亲热些。至于年纪，不妨事。况且林妹妹亦认得他，必要赞成他的。"王夫人笑道："这倒妥当，不晓得老爷意思怎么样，且向老爷商量。"

平儿听见此语，告诉贾琏。贾琏正想琼玉少年英发，又听家道甚好，巴不得与他亲近，遂向贾政竭力撺掇。贾政亦以为然，即将喜鸾接至家中，王夫人认为己女。大家道喜，摆了一天酒。家中人都叫五姑娘，跟着李纨一处住，派两个丫头、两个媳妇伺候。

忽忽过了三月十五，琼玉、贾兰都出了场，各送文章与贾赦、贾政看。贾政极赞琼玉文章，即命人收拾书房，将琼玉行李搬来。又摆酒与琼玉接场，又请甄宝玉。甄宝玉一见琼玉，十分投洽。席中又说起宝玉来，贾琏指着甄宝玉道："我们宝兄弟同甄家世兄相貌一模一样，非至亲看不出来。若非口音两样，连我们都辨不清楚。"甄宝玉道："我们这位老同年，真是非凡的人。我与他顷刻之谈，就知道他迥出流俗，果然竟高蹈世外了。到底不知上那里去的？"贾琏道："听说什么大荒山，又查不出这个地方，亦无从寻找。"

席散后至上房见王夫人。王夫人说道："我打发接你姊姊的人，已经候了数日，等外甥出场写封信，叫他们带去。我这里另有信与你姐姐。你信上务必将我的意思恳切写上，催姐姐快起身，不要耽搁。"琼玉道："外甥已有信回去了，此时大约可到。不过月底月初，总有回信来，何不等回信来再起身？"王夫人道："不必等，总要去接的。外甥，你快把信写起来。"琼玉只得答应着，出来写了封信，送进去。王夫人将贾赦、贾政等与黛玉的信，及各人礼物书信，一一交付周瑞家的，同了紫鹃起身南去。

紫鹃叩辞，王夫人又叮嘱一番。紫鹃又去辞了众人，到庵中向惜春叩辞道:“姑娘没有信与我姑娘么?”惜春道:“众人都有回敬的礼物,我无物可送。且相见不远,亦不写信了。你替我问候姑娘罢。”紫鹃道:“我的意思,倒要请姑娘写个信与我们姑娘,只怕我们姑娘倒能相信的。我虽伺候多年,我们姑娘待我好,我晓得我们姑娘脾气,不敢乱说话。太太又吩咐我,劝姑娘务必来。这里太太、奶奶、姑娘们,虽都有信给姑娘,想来总是劝姑娘来京的话,恐怕我们姑娘未必能听,所以要姑娘写封书,比别人强些。”惜春沉吟了一回,道:“我就写两句便了。但这信你另外收着,不要同别人的信一块拿出来。到用着他的时候,你再拿出来,用不着,便不要拿出来。其实,这信有若无的。”随取笔来写了几句,封了交与紫鹃。贾政即邀甄宝玉为媒说喜鸾。紫鹃又道:“我方才看,宝二奶奶的病竟很利害,好像从前我们姑娘的光景。姑娘瞧着妨碍不妨碍?”惜春笑道:“你既然说同你姑娘一样,还有什么妨碍呢?”紫鹃不敢再问,叩头辞去。

且说黛玉自琼玉起身后,未免心有所忆,每日与青棠、翠篑等作诗、写字、下棋消遣。一日,在舒姨娘房内,婆子们说:“程忠上来回话。”舒姨娘、黛玉出至堂前,程忠回道:“前年办的盐,去年结算,共用现银十八万七千有零,连会的银子,总共做了三十五万九千余两的买卖。计得利银,除还会银子外,余十三万二千有零,利息甚好。现共存银三十万有零,又两年各铺余利银十四万有零,共计有现银四十万五千有零。今年还是照旧做,还是扩充做?若照旧做,用不了这些银子,还剩下十余万,又得另寻事做。请姨娘、小姐示下。”黛玉道:“你看这盐务靠得住靠不住?”程忠道:“依小的看来,此时正好做的时候。”黛玉道:“凡事总贵乎乘势。我们初做便顺当,不如趁此扩充。你把四十余万现银通做了,省得又去另寻买卖。做一两年看光景再说。”程忠道:“小的亦这么想。少爷年轻况且发作,做官便更顾不到家事。小的趁此时还未很老,再过数年恐筋力衰颓,不能报效了。”黛玉道:“你精神还好,但累你一人,亦觉太劳。你须强为物色些可靠的,作你的帮手,你亦可有些精神。将来有人接手,你亦可以安享安享。”程忠道:“小的已留心试过几个人,尚属可靠,正要回小姐添派帮办,将来便可接手。回来开出名单,再送上来。”又道:“若尽此现银子办,乐得再会些银子,便可做到百十万的事。”黛玉道:“很好,你就照着去办罢。”程忠道:“各处的账,请小姐核算了发出来。”黛玉点头。舒姨娘道:“到底小姐的福大。小姐来家两年功夫,便长了数十万。”黛玉道:“这是姨娘创起的基业,是姨娘的福。”舒姨娘道:“要是小姐不来,我竟没法撑起这个家来了。”一会儿程忠送进单子。黛玉看时,上面写着一个家人、十二个伙计,黛玉即照单派令分管盐务事件,皆归程忠节制。又将各账算核明白,都发出去了。

一日,青鸾来请黛玉,说少爷有回信来。黛玉至舒姨娘房中,将琼玉的书念给舒姨娘听了。书中说:“某日到京,到贾府已见过各尊长,相待甚厚,场后邀至府中居住。又言老太太已于上年三月去世;宝玉表兄于上年中举,三场出场时走失,至今不知去向。并贾府即要专人接姐姐来京,姐姐能否即来,乞即商定后寄知。余候场后续寄。”舒姨娘道:“路上倒没有耽搁,到得也算快。贾老太太归西,不知有多少寿数?”黛玉道:“八十外了。”舒姨娘道:“这也算有福有寿的了。”黛玉道:“老太太向来精神甚好,不知如何忽然不在了。老太太是最爱我的,可怜不得再见了。”说着,不禁呜咽的哭起来了。舒姨娘劝道:“小姐不必过伤,这么大年纪也就罢了,那里都能活百岁呢?只是说的宝玉,不知可是衔玉而生的这位?既中了举,如何忽然不见了?这倒是奇事。”黛玉呜咽不止。舒姨娘又劝了一回。

黛玉回房,向青棠道:“妹妹你前儿开送礼单子时,我就觉得有些原故。果然老太太不在了,宝玉忽然走了,你自然早已知道的,但不知走向那里去了?”说着,一面拭泪。青棠道:“这又何须问呢?

小姐你向那里去的，他自然也向那里去。”黛玉默然，停了一回，道：“前儿单子上，我说总还少了两个人，如今想起来了。平儿同袭人、鸳鸯，单上没有，难道三人都没有了？”青棠道：“平儿已有的了。袭人也没有死，可以不必送礼，故没有开上。”黛玉道：“何曾有平儿？”青棠道：“琏二奶奶就是了。”黛玉道：“哦，凤姐姐想是没有了。鸳鸯呢？”青棠道：“鸳鸯跟老太太去了。”黛玉道：“这倒难为他，可叹可敬。妹妹你一切都晓得，何不多告诉我？我又不告诉别人，亦不怕泄漏了什么。”青棠道：“大凡要紧的话，我都说过了？没要紧的，横竖不多时总要晓得，又何必耳报神似的尽着说呢？我劝小姐，往后一切事，但管眼前，就事就理，未来不必逆计，已往不必追思，省了多少心机。于将来飞升大事有益哩。”黛玉道：“妹妹教我的话，我当紧记，以后我竟要奉你为师了。”青棠道：“仙姑还不敢做小姐的师父，我是何人？小姐过谦了。”黛玉道：“我久已约你为姐妹，你怎么还是叫小姐？！”青棠道：“我是伺候仙姑的侍女，怎么敢呢？小姐虽格外谦光，我不能不恪守本分。”黛玉道：“仙姑叫我妹妹，是仙姑的忘分，我已执弟子之礼，与你正是姐妹。况且在世间与在天上不同，何必过于拘泥？”青棠道：“原是在世间要依世间法度，我现在伺候小姐，便是个丫头。姨娘同少爷、小姐都抬举我，不当我个丫头，这是格外的好处，亦是看仙姑的分上。我若不安着本分，算个什么呢？安能长久在此？世人看了亦要骇异的。”黛玉听到长久在此一话，知道话中有话，便道：“我也不敢十分强你，我总把你当做亲妹妹就是了。”青棠笑道：“真个小姐把我当做亲姐妹，我倒不能随着小姐在一处了。”黛玉听了，心中了然，连连点首，说道：“到底我的心粗。”青棠道：“小姐不是心粗，倒是心太细了。”黛玉道：“你知道贾府中遣人接我么？”青棠道：“接的人目前就到。”黛玉道：“这是什么意思？怎么样呢？”青棠道：“横竖总要到京的，落得答应着。”黛玉道：“这话我又不懂。”青棠道：“这回不懂，过些时少不得明白了。小姐却断不可说不去的话，将来反有痕迹。这是要紧的，小姐须记着。”黛玉道:“我此时实在不了了,横竖总依着你行就是了。”青棠道:“看这个主意,贾府中亦有一两位灵机的人哩。”黛玉道:“宝姐姐、三姑娘都是极聪明的,可见我竟不如他们。”青棠道:“小姐的灵机如何不及他?不过太着意了,反多窒碍。俗说‘当局者乱,傍观者清’。当局的智慧,并不是不及傍观,傍观的智慧,并不是胜于当局。惟不甚着意,心反灵空耳。”黛玉点头,若有所悟。

看看过了残春,正盼琼玉场后的信。一日午后,媳妇来说:“门上传进来说,京里贾府有家人、媳妇来了,带有少爷的书信。”舒姨娘连忙叫媳妇们去引进来,一面到黛玉房中告知。媳妇们引了两个人来,至黛玉房中。黛玉认得是周瑞家的、来兴家的。站起身来,先请两位太太安,问各位姑娘、奶奶们好。二人方替黛玉请安,黛玉连忙拉住。二人道:“那位是姨奶奶?”舒姨娘见黛玉站起,知道是贾府中有体面的人,也站起说道:“二位过来,且请坐了。”二人向舒姨娘请安,舒姨娘还礼。黛玉让他二人坐,二人不敢。让了一回,只得向底下杌子上坐下。

周瑞家的道:“我们太太、奶奶、姑娘们听见姑娘遇了仙子送回,喜欢得了不得,恨不得立刻见面。所以太太打发我们来接姑娘的,请姑娘就起身,太太们盼望得很。姑娘的丰采比前丰腴多了,身上想来久已大好了。”黛玉道:“承太太们记念,又劳两位姐姐远来接我。我听见老太太归天的信息,正在这里伤心。要想去给老爷、太太请安。因这里少爷进了京,我再去了,剩下姨娘一个人了,想等少爷回来。二位姊姊,你们大远的辛苦很了,在我们这里且歇息几天。先写禀帖,慰太太们的盼望,再定行期。”舒姨娘道:“我们家的一切事,全仗着小姐料理。小姐要进京去了,叫我怎么能料理哩?且再商量。”周瑞家的取出各人书信呈上,说道:“紫鹃姊姊同来的,还在船上。”黛玉叫个媳妇传话出去,打轿接紫鹃上来。舒姨娘吩咐料理住处,,并备酒款待。

一时门上传进来说:“贾府管家请姨娘、小姐安。”递上手禀。

黛玉说："辛苦了！好生款待。"周瑞家的出去，将礼物等一一交上来，舒姨娘收了。紫鹃到来，先见了舒姨娘，来至黛玉房中，叫了一声："姑娘！"磕下头去，那眼泪止不住扑簌簌的下来，扶着黛玉膝盖大哭。黛玉拉他起来，不禁伤感，携着手也呜呜咽咽的哭起来。翠箕等无从解劝。哭了一回，黛玉拭泪道："紫鹃妹妹，我们死别重逢，人生难得。你为我的一番苦况，我却晓得。你也不必伤心，且把别后的事情细细说与我听。"青棠在旁，也劝道："紫鹃姊姊，小姐非常大喜，你该欢喜，怎么倒惹小姐伤心呢？"紫鹃抬头，见这人秀若飞云，娟如新月，正不知是何等人。只得停悲掩泪，道："我见姑娘原是喜欢，不知怎么，见了面由不得伤心。"说着犹哽咽不止。黛玉指着青棠道："你认得他么？"紫鹃又细细看了一回，道："面熟得很，想不出是那位来。"青棠道："能面熟就好。"黛玉道："这是救我的仙姑留下的青棠姐姐。"紫鹃道："我在园中听见说，姑娘这里现住着一位神仙，我还不信，那里神仙肯住着的？果然真的。"忙与青棠相见，说道："我该磕个头。"青棠道："这如何敢当？"拉着紫鹃手道："姐姐来了，好得很，小姐正想你哩。你快把贾府中事细细告诉小姐。小姐尽着问我，我虽晓得的大概，那些细情，实在有不晓得的。"紫鹃道："我此时不知道打从那里说起，怕一时说不尽。且先把太太们吩咐的话先回了姑娘。"遂将"王夫人如何当面再三吩咐，如何急急的打发人，大奶奶姑娘们如何致意，都盼姑娘早些进京"的话说了一遍，黛玉点头。一面听紫鹃说话，一面将各人书信拆阅。看那琼玉书中知已搬到贾府，遂将信送与舒姨娘。舒姨娘道："这两个管家奶奶，身份光景，想是极有体面的，我们自然不可怠慢他。外头我已吩咐程忠等款待，里头该叫那个陪他呢？"黛玉道："贾府的规矩，有体面的丫头倒有坐位，可以同席。有体面媳妇，虽也赏坐，不能上席。我们系亲戚人家，自然要当他个客。况且又是长辈差来的，该叫程忠、向贵的女人陪他，就在这堂屋里，抬举他些。"舒姨娘道："不如我自己陪他。"黛玉道："这是格外抬举他了。"

舒姨娘又至他们住处，料理一回。即命摆席，请他两人。舒姨娘亲自相陪。周瑞家的再三推让，方才坐了。舒姨娘又拉紫鹃，紫鹃不肯。黛玉道："紫鹃在我这里吃罢，我还同他说话哩。"说着，出至中间，向周瑞家的道："二位姐姐！不嫌简慢，多喝一杯！我不陪了。"两人连忙说道："姨奶奶这么抬举，真当不起。自己的人，姑娘怎么也这么说？"黛玉自向房中与青棠、紫鹃、翠篢吃饭。紫鹃细细将贾府中三年的事一一告诉。饭毕又说，足足说到三更方睡。不知黛玉何时入都，且听下回分解。

第七回

单说周瑞家的同了紫鹃来接黛玉。周瑞家的次日即告诉周瑞等，先将到后情形，及林姑娘答应进京，并无推托。先写禀帖寄京，俟定了行期，再行具禀等语。紫鹃即在黛玉房中住了。因房子太挤，将小丫头搬住厢房。紫鹃亦带些礼物送青鸾、翠篑等及媳妇们。

那日，黛玉在舒姨娘房中说话，青棠拉了紫鹃到里间说话。青棠道："你同姑娘说了一大些没有要紧的话，要紧的一句都没有说，这是为什么？"紫鹃道："什么要紧的？"青棠笑道："你这么个人，怎么忽然向我装起糊涂来？"紫鹃呆了，道："我竟糊涂了。并不是装糊涂。好神仙，请你指教我罢。"青棠道："宝玉的话，你怎么一句不提？"紫鹃道："这个话么，我本要说的。因为说话的时候总有人在跟前。再者，从前在园里时，我提这一两句话，碰了姑娘的钉子，以后我们再不敢在姑娘跟前提一个字。姑娘的脾气，我还摸不着么？原想这几天得个机会，或者姑娘问及，我再说的。"青棠笑道："你真傻了，这么着，怪不得把你们姑娘怄得九死一生了。要是我在跟前，你姑娘病都不得病哩。我告诉你，不必等什么机会，今儿晚上，你就将你所见闻的详详细细的尽情告诉。你爱怎么说怎么说，包管你不碰钉子。你不信，我本向来晚上陪惯小姐的，我同你一块儿，你当着我说，若小姐给你钉子碰，你就推我。"紫鹃道："没人在跟前还恐怕碰哩，再有人在旁边听着，怎么说得呢。"青棠道："别人

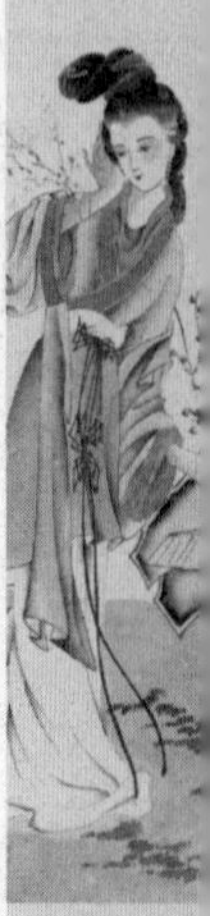

自然不便，我不比别人，你姑娘不向你说的话，独肯向我说的。你不晓得，这一晌你姑娘记挂这事的很，所以我告诉你，你再不提，你姑娘就要怪你了。”紫鹃答应着。

到晚，青棠与紫鹃同陪黛玉。黛玉道：“妹妹！你这两天说话亦乏了。”紫鹃道：“并不乏，我还有些话，要告诉姑娘哩。”青棠道：“我也要听听。”黛玉道：“你还有什么不知道的？还要听。”青棠道：“我不知道的多着哩。”紫鹃遂从黛玉病中说起，凤姐如何设计，如何一概瞒着，宝玉如何糊涂，姑娘如何忽然得病，老太太如何冷淡。后来宝玉听见人赚他，说娶得是林姑娘，他登时就清楚了。及至拜堂的时候，如何叫雪雁去搀扶，如何宝玉知道了吵着不依，口口声声嚷着“要还我个林妹妹”，又道，“林妹妹也病着，想来也要死的，不如把两个病人放在一处，死了也好一处停放”。〔又道〕：“吵了些时，闹得人事都不知了。那时姑娘已经……”说着，便顿住口。黛玉已听得盈盈欲泪，忽然紫鹃住口，便道：“为什么不说了？”青棠推他道：“没有忌讳，只管说。”紫鹃道：“那时姑娘已经不在了。宝姑娘便告诉了宝玉，宝玉一哭，便死过去了，好半天才回过来。到潇湘馆来祭奠，哭得又死过去。又叫我去问姑娘病中情形、说什么话没有。那时我恨他无情，我总不肯同他说话。”后来〔宝玉〕渐渐身子好了。又说宝玉如何圆房，如何又回老太太，要了紫娟过去。如何梦中常叫林妹妹，如何整夜的不睡，要想姑娘来看他。如何一个人睡在外间，要想姑娘入梦。如何晚上跑到〔紫娟〕房外，〔紫娟〕关了门不理他。如何站在窗外说了许多话。又将宝玉如何说，紫娟如何答应，一一说了。到了上年，如何来一个甄宝玉，忽然又病了，大夫都回报了。如何有和尚送玉来，立刻清楚了。如何麝月说“亏得当初没有砸破”一句话，又立刻死过去了。大家都哭了，整天才回过来，又哈哈的笑了。从此就改了脾气，一个人都不理了。如何〔紫娟〕送姑娘灵柩回来，他并不哭，反看着〔紫娟〕笑。五儿如何抱怨，如何和尚又来要银子，如何要把这玉还他，袭人等如何夺玉。

直说到如何用功读书，如何去下场，临去时如何说了多少话，如何出三场不见了，如何老爷信回，见他到船上叩辞……一一告诉，不曾漏了一句。又说自己如何跟了四姑娘住在栊翠庵，如何做梦，如何十人同做这梦。并将四姑娘前后的话一一说了。黛玉初听时还忍着，及听至大半，已不能忍，一面拭泪，到说完时，已哭得哽噎难言。青棠道："这里头我还有些不懂。"紫鹃道："你不过要我说着，你听着玩罢了。你又会不懂哩！我可依着你的，一句也没有敢隐藏。这回子姑娘伤心，你也不劝劝。"青棠道："真个的，小姐前儿说我说的话不错，怎么这回子又忘了呢？这是过去的烟云，听着消遣罢了，怎么又沾滞起来？"黛玉即住了哭，道："不由得人便伤心起来。"青棠道："我真个有些不懂得，你才说麝月说了一句'幸亏当初不曾砸破'这句话，怎么该死过去了？"紫鹃道："这可连神仙都瞒住了。从前宝玉一见姑娘，便问姑娘有玉没有，姑娘说没有，他就不要这玉了，要把玉砸破。他后来为着宝姑娘有了金锁，人家说什么金玉因缘，他知道了又要砸这玉，闹了好几回。"青棠道："哦，原来还有这些枝节，真是人心变幻，神仙也难测的。他们但晓得金玉因缘，怎知道珠玉因缘哩？"紫鹃点头省悟。黛玉遂将仙姑如何救援，如何送回，一切情事，亦细细告诉紫鹃。紫鹃听了，不胜欢喜。紫鹃道："我不敢怨老太太，我只恨着琏二奶奶，为什么这样刻毒？还有袭人，亦可恶。"青棠道："紫鹃妹妹，你的心性比小姐更缠绵，你以后也得改改才好。你晓得琏二奶奶这会子在那里？你去恨他。至于袭人，已明明白白的报应，还有什么可恶呢？"紫鹃道："琏二奶奶在那里？"青棠道："琏二奶奶这会子受的苦，你是不知道的。将来的苦，你还要亲眼见哩。"黛玉道："你方才说见了甄宝玉病了，这是为什么？"紫鹃道："甄宝玉是甄老爷的哥儿，同宝玉一模一样。那天来见，老爷叫宝玉出去陪他，进来便叹气说道，'有这人，我这相貌也不要了。'便就病了。甄宝玉如今也中了，娶了李绮姑娘了。"

又说起宝钗来,“生了芝哥儿,身子便不健旺,后来总不好。我来的时候,正起不来。看那光景病的很重哩,只怕难得好”。黛玉道:“为什么忽然病了?”紫鹃道:“大夫说是产后失调,想来总是心绪不好的原故。”青棠道:“宝二爷和宝姑娘到底好不好?”紫鹃道:“瞧着似乎没有什么,很好。”青棠道:“比你如何?”紫鹃红着脸道:“这是什么话?”青棠道:“这有什么,宝二爷难道待你不好?”紫鹃道:“待我原好,你这么拉扯着说,叫人怎么受呢?”青棠道:“你们心上有事,所以觉得难受。我心上空空的,觉得没有什么。你我都是一块地方的人,你入世十几年,竟全是个世人了。”紫鹃茫茫,不能答应。青棠道:“这回子我不和你细说,过些时少不得就想着我的话。那时,包管你不但不难受,而且好受了呢。”说着一笑。黛玉不禁也笑了,说道:“夜深了,我们睡罢!明日再谈。”紫鹃伺候黛玉睡下,又与青棠悄悄的谈了一回,方才睡了。

一日,又接得琼玉的信,说:“甄同年做媒,说的是二舅舅的侄女儿,如今抚为己女。闺名喜鸾,德容俱备,不知果是如何?说是姊姊认得的。应如何回覆,请姊姊与姨娘商定寄知。”黛玉道:“太太认了喜姑娘做女儿,怎么紫鹃没有说?”紫鹃道:“我并不晓得,想是我走之后哩。”黛玉道:“喜姑娘人是好的。据紫鹃这么说起来,是专为要给兄弟,才认了女儿的了。既然舅舅、舅母这番美意,这亲似乎也做得。”舒姨娘道:“既然小姐认得这小姐,又是亲上做亲,小姐就写信叫琼儿定了就是了。”黛玉道:“只是年纪大几岁。”舒姨娘道:“这倒不妨,我正要个人帮着料理家务。年纪大些,到底老练些。”黛玉道:“姨娘不嫌这个,更好了。人才配得过,我可以保得的。”青棠道:“我又要多一句话。”舒姨娘道:“正是忘了请教神仙哩。”青棠道:“小姐就要进京去,不如寄信少爷说,等小姐到京后,见面商定也不迟。这会子少爷一人在京,也难料理行聘的事。”黛玉道:“我进京还不定的。”青棠道:“已经答应了,怎么又能不定哩?”

正说着，周瑞家的上来道："我们住了半个月了，请请姨娘、小姐的示，这行期定了几时，我们好先写禀帖给老爷太太。"舒姨娘道："我们正商量这事哩。"青棠道："这个月是不必说了，五月中俗语不利出行，六月天气太热了，大约总要过了夏天，到秋凉再择日。两位大娘就先写禀帖回去，省得那边盼望。"黛玉道："周姐姐，我正要问你，你家喜姑娘几时认做太太的女儿？"周瑞家的道："喜姑娘，老太太向来最爱他，常接来跟着老太太。姑娘那时也常见的，并没有认做太太的女儿。"黛玉向紫鹃道："怪不得，他也不知道。"

正说着，听见外面锣声人声嘈杂。门上飞传进来说："姨娘、小姐大喜！少爷中了！"一面儿送进报条，写着："第十三名进士林琼玉。"一时欢声动地，大家道喜。黛玉即写信与琼玉贺喜，又照青棠所说的写了，又嘱咐了"饮食寒暖一切留神"的些话，又叫程忠会银子进京应用。程忠回道："少爷进京时，带的盘川不多，小的恐怕恭喜了一时要用，已经会了五千银子到银号里，想来也够了。"黛玉道："很好。"舒姨娘的喜欢自不必说，黛玉心中也十分畅快。青鸾等这些丫头，一个个笑逐颜开。紫鹃也觉快乐，因想姑娘一向孤凄，如今有这个兄弟，真是可喜。因向黛玉道喜道："姑娘的福气，这位少爷这么年轻就这么高发，将来还不知怎样的贵显哩。从前姑娘羡慕宝姑娘有哥哥，这回子比他强十倍还不止，我们看着也替姑娘乐。姑娘京里是必要去的，也叫他们看看，姑娘不是无依无靠，专仗舅家的。"黛玉道："我这兄弟，真是天下少有的。我的喜欢不等这会子。这会子大家喜欢，我自然也更喜欢了。"青棠道："这还算不了喜，还有更可喜的哩。"

过了些时，报子又到。琼玉点了一甲二名榜眼，授职宏文院编修。大家又复道喜。外间自地方官各绅士，无论来往的不来往的，都来道喜。又有各铺及盐务中伙计人等，纷纷道喜。只得摆酒请客。并无亲戚本家可以代主作陪，只得请了古先生及学中几个同窗、本地方几个秀才，向与琼玉来往的，前来陪客。忙了好些时。

渐渐天气炎热。黛玉本来畏暑,又值南边那年非常炎热,真是溽暑困人。夜不能卧,往往与紫鹃、青棠在院中乘凉,闲谈竟夜。紫鹃道:“我们在京里这些年,从没有经过这么热。不但太阳是热的,连这月亮照着也是热的。”拉着青棠道:“只有这个神仙是不怕热的。姑娘!瞧他身上冰凉,一点汗也没有,难道竟不觉热的么?”黛玉道:“这才是‘冰肌玉骨,自清凉无汗’。”青棠道:“姑娘又何尝有汗呢?”黛玉道:“我虽没有许多汗,然却热得很。”紫鹃道:“到底要做神仙,先这不怕冷热,没有饥饱,这就舒服了。”青棠道:“到了京中以后,就没有这么热的了。”黛玉道:“正是。少爷又该有信回来了。”青棠道:“只怕还有几天。点了词林,正有一番的忙碌。”黛玉道:“少爷该回来一趟,祭祭祖,料理料理,方好进去做官。这一个官,不知多少时候才回家乡。”青棠道:“我看少爷未必回来。家中的事,少爷亦不会料理,原是要小姐料理的。不如先把应料理的料理起来,到秋天大家一同进京,姨娘也好做老太太,去替少爷招呼内里的事,好等少爷做官。不然,少爷一个人,怎么做得官呢?况且还有娶少奶奶这些事。”黛玉道:“你前儿教我写的信,我依你写了去。中间的所以然,我还不明白。”青棠道:“看少爷信里的意思,恐怕不大愿意,故而请小姐同少爷当面商量。这事要各人自己愿意,长辈亦不好硬做主的。”黛玉点头。

次日,黛玉与舒姨娘谈起,将青棠的意思说了。舒姨娘本最信服青棠,自己一想,果然如此妥当,便道:“既然神仙说了,小姐本要进京,我一个人在家做什么?自然跟着小姐去。就请小姐料理起来。”黛玉道:“不过留些人在家经管着买卖田产。带些人去,一面会起银子去,先买一所住宅,置些家伙。等我们到京,横竖总齐全了。”

过了几日,琼玉信回,给姨娘、姊姊道喜。说:“本要请假扫墓,因两位舅舅及举师、房师、年伯、同年们都再三劝说,明年是放差年分,若告了假就不能得差,不如将家眷通接来京,不知姨娘、姊姊意见如何？是否一同出来，抑或仍行告假回南？望即商定示知，至要，至要！”黛玉向舒姨娘道：“青棠所说的意思竟不错，我们就定见秋间进京罢。”舒姨娘道：“小姐就请写几句信给琼儿，叫他不必告假，好生做官。我们一准来京就是了。”黛玉即刻写书，叫程忠专差进京。又叫再会两万银子去。写信给向贵，叫他买住宅，置家伙。于是过了六月，天气渐凉，赶忙料理起身。

黛玉先与舒姨娘商量：“叫程忠、李义、孙财都把家眷都接来，就住着这房子，总理盐务各铺及田庄诸务。程忠的两个儿子程倍、程厚，程倍已有儿女，叫他在家帮着程忠，程厚两口子同李义的儿子李和夫妇、孙财的儿子孙茂夫妇、向贵的儿子向荣夫妇跟随进京。”又于家人中拣了赵成、王发、高升、陈显四个，都是扬州人，在宅服役多年的。又拣了四个小子，福儿、禄儿、安儿、庆儿；媳妇，冯妈、任妈、蒋妈、储妈四个。丫头们只有青鸾、翠篢、花佩、畹云四个，还有四个小丫头，萼儿、芭儿、蒂儿、甋儿。黛玉道：“家人媳妇们不够，到京后可以随时添些粗使的。这丫头不够，还是南边买几个去好，到底人才好些，口音也对。”舒姨娘道：“叫他们领些来我们自己拣，比将来叫他们买更好些，恐怕此地一时亦买不出，我们到苏州上坟时，还可再买几个。”黛玉道：“姨娘说的是，且叫他们拣好的领些来看看。”于是陆续看了好些，才拣了六个。舒姨娘道：“小姐挑两个伺候。”黛玉向青棠道：“你替我挑。”青棠指着一个小的道：“这个就好。”黛玉看他翩如飞鸟，婀娜依人，便取名叫飞霞。青棠又指一个略大的道：“这个小姐留着也好。”黛玉遂取名艳雪。余者取名碧涧、芳岑、翠羽、红罗、云溪、锦蔚，皆伺候舒姨娘。择了九月十二日起身。

过了中秋，便向苏州辞墓。青棠向黛玉道：“小姐把贾府来的来人都带了去。家中只留程家的这三个大娘看家，余者都带了去。”黛玉道：“这做什么？”青棠道：“还有一件事要做的。”黛玉呆了半晌，说道：“我竟糊涂了，你说了我还想不起。”青棠道：“小姐回家的事，保不定将来有人疑心，生出些话来。不如趁此时将墓打开，叫他们众人共睹，以杜其疑。然后立一碑碣，小姐写几行字，留作后来遗迹。况且仙姑的拂子，亦要取出，不可久埋。”黛玉恍然道：“我真糊涂到什么分儿了。亏你指点，不然我竟忘了。去年少爷还说过要立块碑，可见年纪虽小，竟比我强哩。”即向舒姨娘道：“叫周瑞家的来，与他说，邀他们同到苏州游游。”连周瑞等一并跟去。坐了四只大船，到了苏州。

黛玉先发出两张字来，叫家人即日令石匠赶刻，送往坟上。又叫雇人夫伺候，预备开冢。这日祭坟哭了一回。媳妇们回：“人夫都齐集了。”黛玉就叫开冢。一回儿将冢打开，将棺取起，便叫开棺。只闻得一阵异香如浓檀烈麝，家人媳妇们争向前观看，喝教夫子们退下。那夫子们起棺时觉得甚轻，及至打开，只有衣服，并无尸骨，大家诧异，摸不着头脑。周瑞家的是眼看着入殓的，急忙上前看时，但见衣饰鲜明，并无他物。香气拂拂，如开了衣箱一般。青棠忙走来招呼媳妇们道：“衣服中有一柄拂尘，快取了出来！”周瑞家的先将首饰一件件理出，再将衣服一件件解开，中间果然有一把拂尘。正要去拿，只见那拂尘忽然一跳，飞出棺来。尘尾扫着脸，吓了一跳，叫声“呵呀”，脚下一绊，不觉跌倒，旁边媳妇连忙扶起。青棠把手一招，拂子早落在手中。黛玉命众媳妇们将棺中衣饰仍旧理好，一一安放在内。叫家人们招呼夫子们上来掩埋，有要看的只管看，只不许乱动。众人一哄上前，争着看了一回。黛玉同舒姨娘自到坟屋中歇息，吃了点心，又把青棠手中拂子细玩了一回，亦与寻常拂子无异。少停，媳妇们来回：“冢已筑好，碑已树好。请姨娘、小姐下船。”到了船中，周瑞家的过来道：“真是生平未见的，今儿都见了。这个拂子，几乎把人吓坏了。”青鸾道：“周大娘不是叫拂子打了一下？”周瑞家的道：“可不是么，我冷不防的一吓，就站不住了。”黛玉、青棠只是笑。次日又带了些丫头来看，一连泊了五日，买定了四个。黛玉拣了两个十二岁的，取名秀筠、文口。舒姨娘两个，取名金盘、紫绶。又买了两个粗使小丫头，名叫蓁儿、说儿。

回到扬州耽搁两日，行期已近，一切都已停当。黛玉与舒姨娘商量，叫程忠等三人进来，吩咐道："此番少爷在京做官，我同姨娘出去，家中的事全仗你们三个人。你们全家都在这里，各有儿子、媳妇、孙子、孙女儿团聚着。这房子要住不开，你们不拘那所市房，再添一所分着住。你们有年纪的，亦可偷空歇息些。你们的儿子、媳妇跟我出去的，有好材料，我们自然要格外提拔他。"程忠等道："姨娘、小姐放心，这里的事，小的们无不竭力，随时具禀帖禀知。底下要有可以接手的人，小的们再到京请姨娘、小姐的安。京中一切事，向贵很靠得住，可以托付得的。"黛玉道："我想少爷做官，正有时候，隔着二千几百里，究竟往来不大便。将来不如在这南北经行的地方，安几处买卖，或典铺或字号，会银子及人来往，都便当些。京里亦安几处铺子更好。"程忠道："小的也这么想。因今年盐务还没有大结总，不知见多少息，故而未回小姐。"黛玉道："我这是预先说在你心里，你相时度势的做。"程忠等答应了。

周瑞家的道："我本应伺候姑娘去，因为太太在家里盼望，我们打算先从陆路去，快得一个月，先到京销差，也好预备再到通州迎接姑娘。叫来家的两口子在这里伺候。"黛玉道："很好，周姐姐你先去，替我老爷、太太跟前请安叩谢。我一到京，就进府去的。同在京城，来往便当，住在家里同住在府里一样，不必预备什么，也不必收拾屋子。我也不写禀帖了。奶奶、姑娘们，都替我先问好道谢罢。听说宝二奶奶身上不好，不知好了没有，我记挂得很，替我多多致意。"周瑞家的一一答应了。黛玉道："你几时走？"周瑞家的道："送了姑娘起身再走，横竖姑娘没有走到半路，我已到京了。"

那日择了吉时，全家下船。舒姨娘带几个丫头、媳妇坐了两只船，黛玉、青棠、紫鹃、青鸾、翠篔等坐一船，其余家人、媳妇坐了两船，厨子伙夫等类另外一船，由淮安清江运河北上不提。

周瑞夫妇送了黛玉等起身，收拾行李雇船，正打算起身。一日，见程忠的儿子进来找程忠。程忠不在家，李义出去。过一回，进来对周瑞家的道："方才来一人，西北口音，问，'林府上可是这里？'我道，'那个林府？'他说，'从前做过运司，同京里贾府上是亲戚的。'我说，'这里便是从前做过运司林老爷的宅子，同贾府有亲。'那人便说，'现在府上那位在家？'我说，'尊驾是那府上来的？'他说，'跟着贾府上的少爷来的，先打发他打听明白，少爷自己过来。'我说，'少爷现在那里？'他说，'在船上。'我说，'你且请坐。既跟贾府少爷来宅子里，现有贾府爷们在这里，请出来会会。'他说，'贾府爷们，我是不认得的，我去请我们少爷来。'说着，飞跑去了，不知是个什么人，难道你们宝二爷来了？不然你们太太又打发人来了也不可知。你们周大爷那里去了？"周瑞家的道："他早上出去的，说自己去看船，带了两个小子去的。"李义道："他说在船上，忘记问他靠在那里，我且去看看，左不过在这，大码头一带。"说毕走出门来。走不上十来步，迎面看见周瑞回来了，李义拉着又说了一遍。周瑞道："恐怕是宝二爷，我们且到河下找找去。"两人走到河下，李义见方才来的那个小厮跟着一乘轿子上来。李义忙招呼着周瑞赶至轿前，一看正是宝二爷。忙说："好了！二爷回来了！奴才请二爷的安。"宝玉见是周瑞，忙道："你怎么在这里？叫轿子仍旧回到船上，我们先说话。"于是宝玉上了船，周瑞、李义跟了上船，进舱叩见。不知说些什么，且听下回分解。

第八回

单说宝玉上岸见周瑞，心中诧异，因复又下船。周瑞、李义进舱来叩头，宝玉连忙拉起。先问李义道："这个是谁？"周瑞道："这是林府管家，还是林姑老爷旧人。"宝玉道："管家你请前舱坐。"叫灵儿陪着，李义退了出来，上岸回家告诉去了。宝玉向周瑞道："你从京里来的？"周瑞道："是。"宝玉先请了老爷、太太安，道："周哥你坐下，我要细细问你。"周瑞答应着，在舱门口一个小杌子上坐下。宝玉道："你几时到这里来？"周瑞道："四月里到的。二月，这里林少爷到京里说知，才晓得林姑娘并不曾不在，叫个什么仙女救了，送到扬州。老爷、太太喜欢得了不得，就打发奴才同来升夫妇来接林姑娘的。林姑娘同林姨娘十二日起身，来升夫妇伺候去了。奴才夫妇打算明日起身，走旱路先到京销差。刚刚雇了船，二爷到了。若早走一天，便遇不着二爷。二爷到那里去了这些时？老爷、太太想念得了不得，各处都找遍了，还有旨意各处找的。"宝玉道："我如今回来了，也不必说他了，你快叫你女人下来，我有话问他。"

原来宝玉听见黛玉已起身，心中怅然若失。又知王夫人接取黛玉，黛玉欣然进京，心中又觉可喜，故急欲问黛玉情形。周瑞道："二爷一个人走路的？"宝玉道："我同着柳二爷，他上岸逛去了。"周瑞道："这么着，请二爷到林府去罢。既有同伴的客，奴才的女人下来说话也不便。"宝玉点头称是。周瑞便上岸招呼轿子。

一回儿，只见周瑞家的同程忠、李义、孙财及两三个家人都来了。到了船上，周瑞家的先进舱来，见了宝玉请安，宝玉拉着。周瑞家的道："我的二爷！你跑到那里去了？一家子从老爷太太起都哭得死去活来，你怎么去了这些时？今儿好了，回来了，真是大喜！"宝玉听了，不觉凄然道："周姐姐，你且坐下。"周瑞家的道："林府几位爷们都来替二爷请安。"说着，程忠等进来叩见，宝玉连忙拉起。认得程忠，拉着手问好，说道："这位我认得。"程忠道："小的从前接小姐，同向贵到京，见过二爷的。二爷倒还记得。小的小主在京，姨娘、小姐前日都起身进京了，房子空着，请二爷上去歇息几天，比船上略方便些。"宝玉道："我正要上去，但是我还有个同伴柳二爷。"程忠道："一发请上去，另收拾一间书房住就是。"说着退出，招呼打轿。

宝玉即便上岸，向周瑞道："你在这里等柳二爷下船，你招呼到林府来罢。你也该认得柳二爷的。"周瑞答应着。宝玉上轿入城，到了林府，程忠早已命人收拾。周瑞家的带了宝玉来至上房下首一间，说道："这就是林姑娘住的屋子，二爷就在这里歇罢。"宝玉见碧纱尚艳，钿榻犹存，湘帘几间，彷佛余香袅袅。便道："甚好，就在此处罢。"周瑞家的遂将行李安置。

不多时，湘莲来了，住在书房里。宝玉出来道："二哥，你上那里去了？"湘莲道："到平山堂逛了一回。"因道："听说林府全家都已进京了，我们快些走罢，不必在此耽搁了。"宝玉道："我既到此地，姑丈、姑母的坟上要去磕个头。二哥！你也到苏州逛逛。"湘莲道："那不十来天耽搁！既这么着，我明日先走，到王家苍子先把车辆趟整了，在那里等你罢。你这里既有你自己的管家护送，我也放心，我不上苏州去了。"宝玉道："也使得。"

次日，湘莲带了鹤儿，先起身去了。宝玉向周瑞家的细问府中及黛玉一切情形，周瑞一一告诉。宝玉听了，一回喜，一回悲。又说到上坟开冢，棺中只有衣服拂尘的事。又说这位仙子还留了一个侍女伺候林姑娘，长得怪俊的，名叫青棠。宝玉心中诧异，便道：

"周姊姊,太太接林姑娘是为什么?"周瑞家的道:"这个我也摸不准,听说还是大老爷合老爷、太太商量的。"宝玉道:"林姑娘见你们来接他,他说什么呢?"周瑞家的又将黛玉所说的话述了,又说道:"我们是四月到的,因天气热,要到秋凉起身,叫住下等着。后来少爷中了,做了官,一家子通进京去了。"宝玉听了,心中正在踌躇。周瑞家的又道:"林姑娘如今相貌也丰腴了,身子壮健得很。脾气儿也通不是从前的样子了。"宝玉听了,又喜欢起来,因说道:"咱们既遇着,就同我一块儿走,路上热闹些。"周瑞家的道:"自然伺候二爷进京了。"宝玉道:"我还要到林姑老爷坟上去祭奠,告诉你们男人,叫他预备,我们就去。"周瑞家的答应出来,程忠等自去料理酒席供应,不必细述。

住了几日,周瑞夫妇同了林府的两个家人,送宝玉到苏州上坟。将到苏州,因风大,靠了船。宝玉在舱中看那岸上的景致。忽见岸边一个女孩子在那里说什么,低着头看不明白。等了一回,说完了站起身来,正对着船窗,四目相视,不觉呆了。宝玉见那孩子面如圆月,眉目如画,绝似从前的金钏儿,不觉心中伤感,掉下泪来。那女子亦呆呆的望着舱中看。宝玉连忙招呼周瑞家的过来,道:"你瞧瞧这孩子。"周瑞家向窗中一看,道:"呵呀!这不是金钏儿么?天下竟有这样相像的人!"那孩子见又有人来,他上岸走了。宝玉道:"你告诉周哥,快上岸打听打听,是个什么人家的女儿?"周瑞家出来找着周瑞,告诉他原故。周瑞笑道:"我们二爷的事,总是出奇的。"只得上岸来,找着这女儿子看了,也觉得诧异。又在左右细细打听了。下船来回道:"这家人家姓金,是个庄家人。他有三个女儿,这是第二个,小名叫双钏,今年八岁了。家穷得很,上年把大女儿给了人家,这个孩子还没有给人家。奴才向他邻居打听打听,要买他也可以得的,则是要慢慢的说,若骤然去说,恐怕倒要居奇。"宝玉道:"周哥,你就去与他说说,多给几两银子买了他。"周瑞道:"未必一时就能成。不如先托他邻居去说,我们上了坟回来,再到这里耽搁两天就是了。”宝玉点头。

次日，到了苏州。祭奠已毕，见左侧一个新冢立着一碑，上刻着：“林女黛玉衣钗之墓”。碑阴刻着一首诗道：

十七年华暗自惊，平原蔓草傍先荣。
已醒旧梦翻新梦，幻作他生即此生。
身外形骸犹故我，空中笙鹤忆前盟。
绣襦留得思亲泪，黄土难销万古情！

后面写着：“丁巳八月潇湘子自题。时距葬时二年矣。”宝玉反覆吟讽，挥泪不止。心想：“林妹妹这诗，感慨缠绵，又复超脱。果然诗也高了，诗境也略变了。我此番万里相寻，偏又不遇，然得见此诗，亦足慰意。”周瑞家的劝道：“林姑娘大喜，二爷何必伤心呢？天不早了，请二爷下船去罢。”宝玉又将诗读了几遍。叫周瑞派一个人在这里，叫人把这碑拓几十张：“我们路上还要泊几天，叫他赶到船上来就是了。”周瑞答应。宝玉下船开行。

次日原泊在那原处。周瑞上岸找人说了一天，那边知道是京里下来的一位公子，看中了这个女孩子，要买他，大家都想发财，起先一口回绝不肯卖，后来又要几万几千的胡说。闹了五六天，苏州拓碑人回船，交进碑刻。周瑞家的进来回道：“这里人刁滑的很，这事竟难成。不如我们开船去，他看见不要了，少不得又拢来。”宝玉道：“他不过多要几个钱罢了。”周瑞家的道：“要钱亦有个分寸，这么乱要如何使得？”宝玉道：“且等他们再说几天看。”又住了几天，宝玉亦闷了，叫开船。开了二十余里，有几个人赶上来留住。又说了一天，方才讲妥了二百四十两银子，一切在内。

次日，周瑞上去写了绝卖的文契，言明明日送人到船上兑银子，次日领了这孩子来。宝玉叫周瑞家的向箱内取了银子，交周瑞兑给他。周瑞家的一面取，一面说道：“二爷那里还带着这些银子？”宝玉道：“这是一个朋友送的盘川用剩的。”周瑞家的取银白去兑与，又叫人去置了些衣服、铺盖、钗环、妆盒等物，又耽搁两天。

周瑞家的替这孩子收拾好了，送至舱内伺候宝玉。宝玉细细问他家里的事情，双钏一一告诉，甚是伶俐。见了宝玉，竟如熟人一般，一步都不肯离，就在舱里陪着宝玉歇了。

匆匆到了扬州，换了大船起身。宝玉同双钏住了官舱，周瑞家的住了房舱。白天进舱照应，晚上叫双钏伺候。宝玉途中甚不寂寞。一夜，双钏陪着宝玉说了一回话，宝玉道："你认得我么?"双钏道："我这几年，晚上常梦见一个人拉着我，叫我姐姐，又拉着我笑，又拉着我哭，不知梦见了多少回。这个人的相貌都熟了，细想又没有见过这么个人。前儿在河边洗衣服，忽然见了二爷，就是向来梦见的，我就呆了。后来看见二爷向我垂泪，宛然梦中光景。过一天，就有人来说二爷要买我。我父母倒肯的，有几个混账人在里头挑唆，我父母多少的作难。我恨不得要跑到二爷船上来。幸喜二爷不惜银子，不然岂不恨死人？其实我们父母只想几十两银子。去年我姊姊卖出去，才廿两银，年纪比我还大四五岁哩。二爷今儿问我，想来必有个缘故，二爷可告诉我。"宝玉道："说起来真是伤心，我府中太太身边有个丫头，名叫金钏姊姊，合我最好。有一天我同玩笑，叫太太听见了，打了他一下，撵了出去。他怄了气，就投井死了。我听见了，正痛得发昏，偏偏又有人告诉了老爷，老爷生气，把我打了一顿，几乎打死。后来我常常想念，也常梦见他。前儿看见了你，就同他一样儿，所以伤心落泪。"双钏听着，怔怔半日不言语，忽然笑道："是了，是了，我明白了！我是这位姊姊投生的。我听得我母亲说，生我的时候，我母梦见得了一对金钏，生下来就叫镯儿。隔壁一个先生说道，镯儿两字不好听，替我改了这个名。我问二爷，这位姊姊是那年不在的?"宝玉道："就是你生的这年。你生日是那一天?"双钏道："是九月初二。"宝玉拍手道："可不是！金钏姊姊就是这日生日。我每逢这日，必找一个清净的地方祭他。"双钏道："我自小就最怕见井，见了井总要哭的。至今还不敢走到井边，望着心上就凛凛的难过至今也不知道是为什么，如今才明白了。二爷！这么说，我们是两世情分，望二爷疼顾我这个丫头。"说着垂下泪来。宝玉拉着他道："咱们再世重逢，万千徼幸。好妹妹！不要伤心。"一面与他拭泪道："我府中还有你亲妹妹玉钏姊姊在那的，你见了多管也认得他。"双钏道："这我就不晓得了。二爷这回子买了我回去，老爷、太太又生气便怎么哩？"宝玉道："如今我大了，老爷、太太也不管这些了。太太也后悔，伤心了好些时。太太本来爱他的，一时动怒，原打算过几天仍旧叫进来的。你此番见了太太，太太一定喜欢你。"双钏道："天不早了，二爷睡了罢。"宝玉道："你也来这炕上睡罢，我们说话便当些。"双钏答应着，一面伏侍宝玉宽衣睡下，自己把铺打开，换了鞋，把衣服脱在铺上，到宝玉炕上来。宝玉见他粉装玉琢的身子，连忙启衾拥人，说道："不要冻了。"相偎相倚，见肌肤细腻有过生前，想道："从前与金钏姐姐倒没有如此亲热过。"不觉喜心洋溢，两人又低低说了些话，睡了。

次日起来，仍至铺中穿衣。看看到了清江驿，先打发人过河去访着柳湘莲住处，然后过河，到了王家客店。湘莲道："好人！你一去就不来了，哄我等这些时。你再不来，我就走了。"宝玉将途中耽搁的原故说了一遍。湘莲道："大喜。你做这些好事，我这里等得心焦，快请来我见见就罢。"宝玉叫双钏见了湘莲，问："车子可停当了？"湘莲道："早停当了，明日就起身。"

宝玉坐着一辆太平车，双钏交与周瑞家的，同坐大车。一路行来，走到山东地界，下起雨来，又耽搁了几日。那日，因站大路长，四更便起身，趁着残月微明，霜天宁况，走了几十里，走进一个山口。两边皆是山，中间一条路，高高低低，车子甚是颠簸。这路约有十来里，走到中间，忽见一簇人围着两辆车，有哭喊之声，车子便停住不走。湘莲问道："什么事？为什么不走？"车夫悄悄的道："前面有人做事，不要高声。我们等他走了再走。"湘莲道："强盗打劫人么？"车夫道："爷不要管他，妨碍不着我们。"湘莲听了，即带了剑跳下车来。周瑞在后面车上连忙跳下，拉着柳湘莲道："柳二爷！

不要向前去！”湘莲道：“你招呼你们车辆同你二爷，我不怕的。”说着飞步向前，鹤儿亦带了家伙跟去。走到跟前一看，只见两辆大车，有三十余人围着，也有站在车前的，站在车两旁的，也有上车搬东西的，也有坐在地下的，也有躺着的，还有个女人在地下哭喊。

湘莲大喝一声，舞动双剑，一连砍倒四五个，鹤儿又掀翻两三个。这班人冷不防，大吃一惊，车上的亦都跳了下来，各取家伙，一齐向前。细看只有两个人，便都胆大出力死拚。湘莲奋起神威，不到半个时辰，将三十余人砍翻在地。连忙叫鹤儿招呼后面车子上人取绳索前来。鹤儿赶回招呼，周瑞等将车子赶向前来，一齐跳下，车夫帮着取绳子，将未死的一一捆了十六人，其余都死了。湘莲将车上的灯笼在地下细细的照看，果然都死了。又将那个哭的妇人叫过来问他。那妇人道：“我们是从兖州来的，要到保定去做买卖。我丈夫同两个侄儿都叫强盗杀了。我家中并无人，所以丈夫把我带出来同到保定去的。”

其时，宝玉见强盗已捆住，便也下车来走到那里。湘莲正在问那妇人。宝玉看那妇人乡村打扮，虽乱头粗服而甚有姿色，好生面善。听他说了好些话，带着南边口音，猛然想起：“莫非是妙玉？”即问道：“你本乡那里？你不像个北边人。”那妇人抬起头来看了宝玉，半晌说不出话来。宝玉细细认明，便道：“你是妙师父呀！怎样不认得我了？”妙玉道：“原来是宝二爷！”便哭道：“可怜我今儿见了亲人了！二爷好歹救我！”宝玉亦挥泪不止。

正要问他别的话，看看天色微明，周瑞家的与湘莲商量道：“柳二爷！我们这事不得了！杀了这些人，要报官才好。这活的也要有个交代。我们须留一辆车、两个人在这里，一面找地方保甲、去报官。等官来相验过，把这些物勘验明白了，叫事主领了，这事才完结，有些时耽搁哩。方才听这妇人说，丈夫侄儿都杀死了，他一个女人，能在这里伺候见官么？我们既做了这事，不如我们就做个事主，说是我们亲戚，一路同行到了这里，被盗打劫，杀死了两人就是了。省得这女人又拖在这里出官。”宝玉道：“很是，你就在这里料理这事，我们在打尖的地方等你。”周瑞道：“柳二爷也要在这里，官问强盗是谁杀的，要人家承认的。”湘莲道：“我就同你在这里。”于是周瑞、湘莲两辆车留下。周瑞道：“还得问这女人，他的丈夫叫什么，侄儿叫什么，多大年纪，住的什么村庄。”妙玉一一告诉了，又说：“车上的货物，有个折儿在拜匣里，取出来点一点就知道了。”周瑞对他女人道：“你们伺候二爷先走罢！天不早了。”宝玉叫双钏到自己车上，叫妙玉到周瑞家的车上去。周瑞家的又同妙玉到他车边，取下他的铺盖行李来，搁在后面车上，然后开车而行。这里周瑞、湘莲等人自分头去找地方保甲，雇人将人犯扛抬入城报官不提。

原来妙玉自从那夜被劫，中了闷香，口不能言，看着强盗将他背负出园，放入车，走到天明下了船，又走了些路，方才渐渐醒来。见身在舱中被内、衣服等物一概去净。见背负他的人守在旁边，中舱尚有几人。心中想着满拚一死，但一时没有死法，必须哄骗着他，方可得空寻死，因号啕大哭，那人百般劝慰。妙玉乘机道：“你是何人？你将我抢来做什么？我一个清修多年的被玷污了，你把我弄到那里去？”那人道：“我是有名的好汉，因为爱你，所以不顾性命的把你弄来。你嫁了我，包你一辈子快活。你快不要啼哭。”妙玉道：“那些都是什么人？”那人道：“都是我的朋友。”妙玉叹口气道：“这是我前世的孽障，我如今也没有法了，只得依了你。”便止了哭，道：“你把衣服〔与〕我〔穿〕起来。青天白日的，我也饿了，你弄点东西我吃。”那人见他不哭了，甚是喜欢。忙把衣服与他穿了，又拿脸水洗了脸，拿些点心吃了。妙玉此时不管什么，拿来就吃。那人一面看着他愁容泪眼愈加可爱，满面的笑。只听得外面说：“好了！如今新人又笑了，请出来我们见见！”那人同了妙玉出舱来坐下，四五个人上来，一面作揖，一面说笑。妙玉都不理他。众人道：“好人儿！礼也不还一个？”内中有一个道：“你不要装嫂子样儿，我们大家得的,大家有分的。”便上前拉妙玉的手。妙玉一摔手,便进舱来,又呜呜咽咽的哭。那人跟了进来,外面的人还在那里肆行说笑。妙玉一面哭道:“你还说是个好汉,叫人家这么欺负你,你看他哼也不哼一声。要这么着,我便死了也不能依你!”那人连忙安慰道:“这些都是我好朋友,大家玩笑惯的,你不要多心。你在贾府住久了,自然看不惯,我告诉他们,以后不同你玩笑就是了。”

说着出舱去了一回儿,进来叫妙玉出去饮酒。妙玉道:“我是不出去,有饭就给点子我吃。”那人道:“他们预备了喜酒,怎好不吃一杯儿!”妙玉只得同了出来,到中舱挨着那人坐下。众人便来敬酒,胡言乱语说了一回。那人道:“承众兄弟的美意,我先谢谢。但你们这嫂子脸嫩得很,兄弟们不要尽着取笑。”一人道:“大哥!你这嫂子才来了一天,你已经怕了。”一人道:“便是大哥。咱嫂子,我们却不怕。”一人道:“少不得过几天你也要怕起来。”又一人道:“正经话一处有一处的规矩,到了我们这里,自然要依我们的规矩。兄弟从前得了的人,大哥要怎么样,兄弟们没有说半个字,大哥这回子怎么连玩笑话都不许讲?老实说,大哥这位嫂子天仙似的,我们都没有见过,大家要尝一尝,死了也得好处。今儿自然也要让大哥的,明儿就要大家均匀均匀。”一人道:“我们今儿便定了次序,省得明日再争,我们叙齿均轮。”一人道:“这不是叙齿的事,我们豁拳,那个赢得拳多,那个在前。”那大哥只是笑。忽然挨近妙玉坐的这个人一只手伸到妙玉手袖中来,妙玉将身一闪,那手还未抽出,底下又一只手伸入裤中。妙玉急得索性扑入那大哥怀内,哭道:“这是怎么样!你快把我杀了罢!”说着,将头在怀中乱磕。

只见那大哥一把将妙玉抱起,跨进房舱,将妙玉放下;拿了两把刀跑出舱来,先将挨近妙玉坐的这人一刀砍了,接连三四刀砍倒三四个人。众人猝不及防,又无兵器,舱中又窄,一时尽行砍翻。只有靠着外舱门坐的一人,看见持刀出来,知道不好,疾忙跑出头舱,想招呼水手泊船,舱中人早已赶到,手起刀落,砍入水中。水手听见响声，从后一望，知是火并，连忙将船拢岸，弃了船只各自上岸逃命去了。

那人走进舱中，对妙玉道："娘子，这些东西都被我杀了。"妙玉道："到底你是个好汉，杀得好！"那人道："我们如今要商量，这船上住不得了，水手们都逃走了，我又不会弄船，我们赶紧收拾上岸去再讲。"那人遂将船中所有物件，拣金银细软包了一包，余者通不要了。将船靠定，自己先上岸，四面望一望，约莫认得这地方，便下船说道："此间上去不过三四十里路，便有一个相好的人家可以借住。你自不能走，我仍旧背了你走罢。"妙玉只得依他背上，急急走了些路，都是旷野无人。

看看天晚，又走了些时，见树林中似有人家。走到林中，见一所庙宇，用手敲门，里面走出个尼姑来，年纪三十上下，开了门，道："原来李施主来了。"引入房中。又出来一个小尼姑，年纪十八九岁。那人将妙玉放下，妙玉已神魂失据。定了半晌，问那尼姑，方才知道系师徒二人，与这李强盗向来交好，遂留妙玉在房中歇下。那强盗又将行李放在炕上，尼姑做起饭来大家吃了。与强盗说了一回话，尼姑道："今儿怎么个住法？通共两个房，你到我徒弟那里歇了罢。"强盗道："我就在这里，你把徒弟也叫了来，我们一块儿玩玩。"妙玉那时已躺在床上，便说道："好人，我今儿实在乏得了不得了，你让我歇一夜。"强盗道："也罢，你让他在这里歇，我们两个到你徒弟房中歇去。"就拉着那尼姑出去了。

妙玉就在这尼姑床上和衣睡了一觉。醒来天还未亮，想道："这时不寻个死路，还等什么？"坐起想道："怎么死呢？还是上吊便当。"左右一看，并无绳子；只得便将裤带解下来，将裤子两三折扣住。站起来，想找个地方系那带子。看时，并无可系之处，站在炕上够不着上边。想道："须踹个杌子才够得上。"便下炕来。忽听得板壁上边透出灯光，即向那壁缝中一看，只见强盗光着身子仰卧在炕上，闭着眼，动也不动。小尼姑侧卧着，似乎睡着。大尼斜靠在炕旁，呆呆的看。

妙玉心中想道:“这是什么?”又见大尼姑将手浑身摸了一回,又把手到鼻子边试了试,两人相顾甚是慌张。妙玉道:“好好的难道死了?”忽然大尼姑出来,到妙玉这房中,拉着妙玉道:“你去看看你的人。”一同过来,见强盗已直挺挺的死在炕上。妙玉道:“这是为什么忽然死了?”大尼姑道:“你嫁这李大哥几时了?”妙玉道:“我那里是嫁他的?我在京里住,他把我抢来的,今儿才第三天。”尼姑道:“你同他有个事儿没有?”妙玉道:“还没有。”大尼姑道:“他昨儿同我做了事,又同我这徒弟闹。我一觉醒来,他们还未完毕。一回儿,我见他不动弹,才叫徒弟看看,他便是这个样子了。娘子,如今怎样呢?”妙玉道:“师父与他相好,处几年了?”尼姑道:“我们亦不是愿意的,不依他便要杀我们,只得依他。来往也有三四年了。”妙玉道:“知他有几多党友?”尼姑道:“这倒不知,他来总一个人来的。”妙玉道:“他的党友六七人,他在船中多杀尽了。这回子师父拣个地方把他埋了就是了。”尼姑遂叫起小尼,将强盗扛至后边院中,取了锄头,两人轮替着挖了一个大坑埋了,然后开门打水做饭。

妙玉乘他们扛埋时候,将强盗包袱取出。打开看时,尽是金珠银子。便将珠子取出,撕开小棉袄,尽行装入。又将金箔怀了些,余者仍旧包好。在房中寻着针线,将棉袄缝了。吃饭后,与二尼商量道:“我在此不是个道理,你们能送我回京去,我将这包内里东西谢你。”尼姑道:“这里离京却不远,然我们两个女人,怎能送你去?我有个亲戚,约定明日来的,等他来时再商量。我们既遭此事,这庵中也站不住了,也要另寻头去。”妙玉道:“这却为何?”尼姑道:“他的党羽若寻了来,如何打发他?不如早自避开为妙。”

次日果然有一个四十上下的人来,与大尼姑兄妹称呼,坐下说了一回话,小尼姑便向妙玉道:“你今儿在我那里住。”妙玉会意,即携了包裹到小尼姑房里来。问小尼道:“这人是师父什么亲戚?”小尼道:“什么亲戚?是师父的老相好,说了几年要嫁他,就怕这强盗。这回子好嫁他了。”又道:“停回我们瞧,这个主儿也同强盗差

不多。”妙玉道：“你自然也要去陪陪他？”小尼摇头道：“我们师父不肯的。我也不愿意，我今儿不舒服得很哩。”妙玉问道：“两位师父那里人？”小尼道：“师父是保定府人，我是京里人。”妙玉与小尼说了一回，天已晚了。吃了饭，与小尼关门睡了。

次日，大尼姑找妙玉道：“我已同我表兄商量，他肯送你回去，你把什么谢我们？”妙玉道：“我已说了，包里的东西你们拿去就是了。”大尼姑道：“我们今日就走，我也要到京里去。”于是两尼忙着收拾，装上车，三人同坐了。那人跨在辕上吆喝着离了庵门。

走了几日，到了一个村。住了车，三人下来，进了一所屋。有几间砖房，有几间草房。大尼姑让妙玉炕上坐，说道：“这是我亲戚家里，且歇歇再走。”住了一夜，小尼姑不知那里去了。妙玉问大尼姑道：“我们几时走？”尼姑道：“车子坏了，在收拾哩。”一连等了三日。只见尼姑道：“车子好了，今日送你进城。你说的那东西可要留下了。”妙玉道：“这个自然。”即同尼姑将包裹取出，打开看时，尽是金银。尼姑吓了一跳，忙把那人招了进来。那人见了妙玉，作了个揖，便也看呆了。妙玉说道：“这是强盗不晓得那里打劫来的赃。我是不要的，你们只管拿去。但要留神，不要叫人认了去，就不得了了！”那人同尼姑咕叨了一会，说道：“我们把银子领了情，这金子我们难使，轻易不见面，不要闹出乱子来，还请收了。娘子到了城里，再多赏我几两罢。”妙玉道：“也罢，既不要，我且收拾来，你到城里看光景，有好用的地方，你只管来取。”那人问道：“娘子到京里落那里？”妙玉想道：“若说出荣国府来，他们必要害怕，不敢送去。”只得说道：“你送我进了南门，我便认得回去。”那人出去套起车，尼姑送出门，彼此道了谢。

妙玉坐上车，那人赶着走了好半日，望见城门，进了城。妙玉看时，城中甚是热闹，又像京城，又不像京城。走了一回，总看不见南门。到了一家门口，似乎客店光景。那人说道：“请娘子下车歇一歇，这牲口要喂喂。”妙玉道：“这是那里？”那人道：“这是我亲戚开的客寓,里面有干净房子。”妙玉想道:“既到了京城,不怕他了,且进去问个信儿。”便下车走人。那人引到一处,掀开帘子让他进去。看时,里面小小一间房,甚是干净,便坐下了。那人出去半日不见来。看看天色晚了,想道:“难道他把我搁在这里走了?”想等个人来问问,总不见个人。”正着急间,忽见一人卅上下年纪,像个买卖人,白白净净老成的样子,手里拿着一个包裹,说道:“娘子,这包裹是你的?”妙玉〔道〕:“是车上拿来的?”那人道:“是的。”妙玉道:“是我的。”那人道:“方才这赶车来的是令兄?”妙玉道:“不是。”那人道:“不是呀?”说着回头便走。妙玉道:“请回来!”那人转来道:“这事不好!我要去追回这人来!”妙玉道:“什么事?”那人道:“我是山东兖州府人,在这里作贩,客货已毕,正要回去。前日有两个人来说,有头亲事,说明人材十分,还带有资财,嫡亲哥哥出笔卖他。因本地人看不中,要个外方人。说明了写了契,一面交人,一面兑银。若人材不是十分,便不要银。今日送了来。我看着娘子进来,才兑与银子去了。娘子说不是亲兄,一定是拐带了。”妙玉恍然大悟道:“原来把我卖了。”便说道:“身价多少?”那人道:“五百两。”妙玉道:“你也不必去赶,你把我送回,我还你五百两银子就是了。”那人道:“请教娘子尊姓?府上何处?”妙玉道:“我是京城里大家,叫强盗抢出来的,又从强盗那里逃走到这人家。这人说是送我到京,我还送了他好几百银子,他竟把我卖了。”那人道:“呵呀!既这么说,我断不能送娘子回京。到了京里,在我身上要起强盗来还了得?我算上了他的当!娘子,我也不敢勉强,请自尊便,我丢了这五百银子罢。”妙玉道:“我孤身一人怎么能回京里去?”那人道:“我明日便回山东的,我认了晦气就是了。我实在不能再管闲事。”说着,立起身来往外走。妙玉道:“客人!你且坐下。”

说着,一个小伙计点进灯来。妙玉心中想道:“我此时便到京城,亦无颜进荣国府。此外又别无去处,不如跟这客人,隐姓埋名,了此残生罢了。便道:“客人上姓?”那人道:“我姓周,叫元旋。”妙玉道："我看客人是忠厚诚实的人，不知家中还有何人？"周客道："我无父母兄弟，亦并未娶妻，家中颇有田产，可以过活。因年纪已将三十，想成个家。原不过随便娶过作家人，不料遇着这班人，将娘子的美貌夸张，一时高兴，使了五百，原是我自己的错失。"妙玉道："既如此，你想来也不是假话。我已遭盗劫，羞见家人，我便随你回去就是了。"那人喜出望外，说道："承娘子不弃，是小可平生之幸了。"连忙作了两揖。妙玉道："这店中草草，既然你明日起身，且到了家，再结百年大事，也要像个局面。"周客道："这个自然。娘子今夜就在这屋里歇，小可去料理铺陈、衣服、晚饭等事，失陪了。"说着出去。

少停，小伙计搬了铺盖来，都是新的。又有两箱衣服，都搬过来。一时送进晚饭，妙玉吃了睡下。次日天明，周客进来将箱子捆好，铺盖打好，装车起身，一路到了兖州乡里家中。妙玉见瓦屋两重，也还干净，又有些草屋，妙玉住下。周客便择日请了些乡邻亲戚吃喜酒，与妙玉结亲。乡中人见了妙玉，无不啧啧夸奖。周客十分欢喜。妙玉见周客诚实，也甚相得。

过了一年余，周客因得了妙玉的金珠，便至省城兑换了，置了货。回来与妙玉商量道："我要到保定做买卖，你一人在家无人照应。我想这个地方原不是我的祖墓本家，只有两个侄儿，此外无人，往往受他们欺侮。不如把这田产房子通变了，我同你一块到保定开个大铺子，做几年买卖，再回老祖家去。那里本家人多，就不怕人家欺侮了。"妙玉道："也好，不然我一个人在家亦难过活，倘有人来欺侮我，我怎么样呢？我是怕受惊吓的，自然同你出去的好。"周客遂将田产变卖。带了侄儿，同了妻子，满满装了两大车货物，望保定而来。走上大路，便遇了这班强盗暗暗跟下来。到那日，便在山僻路中动手。周客同侄儿当时砍死，见妙玉姿色颇佳，故没有杀他。刚遇宝玉、湘莲救了。

妙玉见了宝玉，心中好生伤感，一路行走。到了店，宝玉把妙玉邀到房中，细问一切。不知妙玉如何向宝玉说，再俟下回。

第九回

单说宝玉同妙玉先行到了店中，邀妙玉过来细问一切。妙玉将被劫之后，如何火并，如何逃到尼庵，强盗忽然死了，尼姑将他拐卖与周家，大概说了。一面说，一面哭。宝玉叹息道："妙师不幸遭此大劫。我那时正在病中，后来才知道的。且喜得脱火坑，这也是仙佛护佑。"妙玉亦问宝玉因何来此，宝玉亦将出家情事略述一回。妙玉叹息道："潇湘子本是神仙中人，应有这等奇遇。你们性情固结，我早已知道。不料有这许多磨折。如今两心相印，尘死不移，月缺重圆，天从人愿，真是人生佳话。只我这薄命人不知造何恶孽，挫折至此！"说罢，泪如雨下。宝玉劝道："妙师不必过伤，仙佛未成时多遭魔劫，劫尽自能证果。门下妙师还是仍回栊翠庵清修，还是欲归兖州？"妙玉道："我遭此恶劫，陷于泥污，何颜重返初服？兖州之事，原是流落风尘。不得已暂留喘息，较胜青楼乐籍而已。况周家都已被杀，田产俱已变卖，并无一人，我去做什么？我今日得遇二爷，是我不幸中之大幸。若遇别人，又不知飘落何地。"掩泪道："二爷，带我回去，我情愿做个侍女，伏侍潇湘子，了此残生罢了。"宝玉道："你所见亦是。盗劫的事，无人不知。这回子仍回栊翠庵，未免惹这些蠢人妄生疵议。本来你这个人老于蒲团，原是恨事。如今周氏既无可依，亦无可守。且同我回去，与宝姐姐、林妹妹、诸姐妹相叙，再作商量。只是如今我倒不好称你妙师，我与你约为姊妹罢，从此我便叫你姊了。"妙玉道："这是断当不起！这回子我还算个什么人呢，容我做个丫头，便是大恩了。”宝玉道：“姊姊言重。姊姊，我想你既入尘世，从前的事过眼烟云，譬如前生一般，不必再提。姊姊的芳名，竟须稍为改换才好。”妙玉道：“请二爷替我换换罢。”宝玉道：“我替姊姊换一个字，将玉字改换了莲字如何？”妙玉道：“就是这么着。”于是，妙玉改名妙莲，号青泥子。

住了十几天，尚未见湘莲、周瑞前来。宝玉又打发人前去打听。终日与妙莲闲谈。又将双钏派令伺候妙莲，又叫周瑞家的与妙莲置些衣服换了。一日，向妙莲道：“你回去竟不必提前事，只说是周氏之妇，被盗劫了，无家可归，更觉干净些。”妙莲道：“也好，但是已有人晓得的了。”宝玉道：“我自然嘱咐他们。”

又住了几日，已是望后，打发去的家人回来了，说：“地官已经相验了，柳二爷、周瑞都到县里去，同那强盗对了两堂供。具了领状，领了赃物出来，照单点了，并没有遗失。现在把两辆车子打发了。所有货物，周瑞打算通把他变卖了。除去衙门用度，余者带回来。三个尸首，官已验埋了，棺木等都是周瑞料理的。因货还未变完，还有几天耽搁。柳二爷也帮着料理，叫奴才先回来告诉二爷。”宝玉点点头。

又住了几日，湘莲、周瑞方到。周瑞将周家的原货单及变卖动用的单子呈上，说道：“还有些衣服行李等物，想来妙师父带去也无用，也都变了。”宝玉道：“周哥很辛苦了。你们五百年前共一家，你也积了些功德。”周瑞道：“这是二爷做的好事，奴才怎敢不出力哩。”宝玉道：“你且歇息一天，我们明日走罢。”又把“到家不必说是妙师父”这话告诉他，叫他传知众人。周瑞答应退出。宝玉看那单子上，除用尚存银二万三千八百五十四两，即到妙莲房中交付了。妙莲道：“周大爷他们辛苦了这些时，把这三千银子送他们罢。其余的八百多两，交给周大爷。请他派个人把他叔侄三人买块地葬了，立个碑，种些树木。剩了的做几天斋，也算尽了我的心。”宝玉即吩咐了，周瑞自去派人办理。次日大家起身，取路进京。

却说贾府自从琼玉报捷之后，又得了周瑞夫妇禀帖，知黛玉已允来京。后来又知琼玉接眷，又得周瑞禀帖：“已于九月起身。”遂命将潇湘馆收拾，预备黛玉来住。其间，因贾兰定亲，又忙了一回。原来傅试家久慕贾府，因妹子秋芳颇有才貌，想与贾府结亲，注意在宝玉。屡遣老妈们到贾府往来探信。后来知宝玉亲事已有成说，遂许了梅翰林之侄。秋芳之妹名叫素芳，也有才貌。见贾兰已中，遂又注意贾兰，央人与门客詹光说知，托其作伐。詹光遂与贾政说了。贾政与王夫人商量：“贾兰年纪已大，正应议亲。”访那姑娘，果有才貌，遂聘定了。

一日李纨、惜春、平儿、喜鸾都在王夫人那里，说起宝钗病来，王夫人愁着眉道：“你们瞧着到底怎么样？说是产后的缘故，已经调理了这些时，怎么总不得好？我瞧这两个月益发重了。这孩子向来心地明白，不大生病，又不是那种轻狂的人，怎么也病得这样？”李纨道：“我们瞧着也着急，想来这大夫不得力，还得请太太告诉外头，访个好大夫才好。”王夫人道：“大夫换了三四个，难道没有一个好的？再叫他们赶紧访去。”向平儿道：“你告诉琏儿，叫他赶紧找个好名公来。治好了重重谢他。”平儿答应着出来。

王夫人道：“我瞧他这光景，竟有些像从前林姑娘病中的样儿。”李纨道：“我们瞧着也觉得像，不但病症相仿，连的神情也很像。”王夫人叹口气道：“天下事真是估不透。一个林姑娘，从前一年病到头，后来竟病死了，那晓这回倒还是好好的。宝丫头向来不病，忽然一病就到这个分儿，这从那里说起？”惜春笑道：“太太宽心，不必着急。这病痛是人人有的，不过年灾日晦，过了自然好了。太太瞧林姊姊这么病还好好的，何况宝姊姊呢？”王夫人道：“难道又有仙人来救？你就是我们家的仙人。前儿老爷都服你，说你说的话有道理。你说不妨碍就好了，但不知几时能痊愈？”惜春道：“这个我也不晓得，大约今年未必能好哩。”王夫人道：“事情真难料，前儿去接林姑娘，你们都说未必肯来，老爷也说你们说的是。

那晓得林姑娘竟肯来。这回子差不多好到了。”李纨道:“这实在估不着。听说坐船来,只怕还到不了呢。”王夫人向惜春道:“你说宝玉会回来,到底是怎样？林姑娘是快到了,宝玉呢?”惜春道:“想在即有信了。”

正说着,外面传进来周瑞夫妇禀帖。李纨接过,看是九月十七日扬州发的,遂拆开念与王夫人听。禀中说:“宝二爷于十五日同柳二爷到扬州,身子甚好,现住林府中。即日要往苏州上林姑老爷的坟。回来,奴才夫妇伺候赶紧进京回府,约十月中可到。先行驰禀,告慰老爷、太太,并叩大喜。至宝二爷一切情事,尚未谕知,随后禀闻。”王夫人一听“宝二爷”三字,已有喜色。读毕,李纨、惜春皆与王夫人道喜。王夫人自是喜欢,说道:“这东西作怪得很,怎么不先回来,倒跑到扬州去。也不知在那里耽搁这些时,怎么又同了什么姓柳的?”李纨道:“这姓柳的就是那年骗着尤家三姐儿自尽了,跟着个道士走的。想来碰见了同回来的。如今太太大喜,快快开怀,不要记挂了。”王夫人叫人将禀帖送与老爷看。一时贾政同了贾赦都上来。薛姨妈、邢岫烟都来看。宝钗听见了都喜欢。过会子东府贾珍、尤氏等都来了,多与王夫人道喜,又打发人通知探春。

却说贾赦进来,见了王夫人,道:“我说的话如何？宝玉到底回来了。”贾政道:“大老爷高见。但不知这畜生如何晓得?”贾赦道:“你等他到了问他。但如今林姑娘是快到了,宝玉也快回来了,你们要赶紧把这亲事商量妥当了才好。不然弄得活的再死了,回来的再走了,那就依旧完了。”王夫人道:“大老爷说的是。还要请大老爷作个主儿。”贾政叹道:“宝玉这畜生,我久已置之度外,此番原是大老爷的高见,我竟料理不来。这事悉听大老爷主持罢。”贾赦道:“你这话就错了。我们弟兄都是一样,事情要大家商量,你怄什么气呢？你说宝玉不好,他也中了个举。你说他不该走了,他原到你船上叩辞的,你为什么不拉了他？你说他借胎历劫的,与我们无情，为什么他又回来？大凡事情诧异了，便要就着事势斟酌着做，不可执着那呆理。我前日不过偶然想起，多了一句话，居然竟应验了。如今宝玉既自己回来，其中必定还有原故。你若只是怄气，我就不敢与闻你的事了。"贾政连忙站起道："大老爷关切兄弟的事，兄弟怎么敢怄气呢？实在素性迂，让这些奇奇怪怪的事已经闹得糊涂了，真是没有主意。还求大老爷吩咐，兄弟依着办就是了。"贾赦道："依我说，古来二女同归的，也多得很。我们这人家，难道还多这一个媳妇？他们姊妹们自幼在一块，想来也没有什么争执的。林姑娘到了，横竖有他们姨娘，是个庶母，同他亲兄弟，都是应该作主的。我们求亲，估量着亲上做亲，亦没有什么不肯。其中细微曲折，应该怎么方才妥当，还得二太太再斟酌。再者，宝姑娘的意思怎么样，也得太太同他商量明白。"贾政道："大老爷说的固然是，但宝丫头已经过门，年纪又长。林丫头不得不居其次，恐怕未必愿意，媒人亦难措词。若要反居其上，这又觉难说。"贾赦沉吟了一回，忽然笑道："你所虑极是。但我想这些事，不消我们费心，等他自己做去，谁愿意让谁，我们可以不必管。娥皇、女英便是成例。古人一娶九女、一娶五女，也有一家的，也有别家的。"贾赦尚未说完，贾政道："外头看着似乎亦觉不定，这停妻再娶亦有干例禁的。"贾赦道："这个益发不消虑了。我们对外人说，原要说是从前老太太本指定了林姑娘，因为住在家中，不曾行聘。后来因林姑娘病故，才另娶了宝姑娘。这回林姑娘复生，仍是原定的人，不可抛弃，故仍行娶回。就是媒人向那边求亲，也要这么说。便是皇上垂问，也是这么回奏。干甚例禁呢？"贾政点头。王夫人道："大老爷指教得极是。但这求亲的媒人，请那一位呢？"贾赦道："这倒要大家商量。要能见他家庶母的人方好。至于向琼玉说，我就可以说得的。我也是亲舅舅，亲舅舅与外甥女做媒与自己的侄儿，有什么不可呢。"说着站起来，道："你们再商量商量，横竖还有些时候哩。"又向贾政道："宝玉回来，你也不必过于责备他。要晓得子弟们总有偏

处，我们节取其长。只要他能孝敬长辈，读书上进，此外有些脾气也不必苛求。从来说‘不痴不聋，做不得家翁’。可以将就的将就些，省了多少事。”贾政只得答应个“是”，同了出来。王夫人到宝钗那里找薛姨妈等说话。

却说宝钗一病缠绵，总不得好。自己也知产后伤感之故，强自排解，终不能开怀。闻得林黛玉并不推辞、欣然来京，心中诧异。想道：“这人竟难测度。他难道不晓得宝玉已走，他来京做什么呢？”后来晓得琼玉接家眷，想来黛玉怕兄弟中了，家眷总要来京，落得先答应了。若是不中，又生出别的缘故来推托，必是这个道理。“这人真是深细到十分。”

一日，略觉清爽些，坐起来靠在枕上。薛姨妈、邢岫烟、李纨、平儿、惜春等都来看他。一进房，便说：“大喜了！宝哥儿回来了！”宝钗听得怔怔的。李纨把周瑞的禀帖一一告知。宝钗道：“他到扬州，一定是去找林妹妹的，不知见着了没有？”李纨道：“没有。林姑娘早已起身了。”宝钗道：“不知他怎么知道到扬州的？”惜春道：“这容易明白。林姑娘是仙人救的，宝哥是跟了仙人走的，自然是仙人告诉他的了。”李纨道：“这话是的，他同行的这姓柳的，也是多年没有下落的人，怎么就会遇见呢？”岫烟问宝钗：“今儿可好些？”宝钗道：“略觉好些，总不想东西吃，也起不来。”平儿道：“太太喜欢得了不得。嫂子一喜欢，就该健旺了。”宝钗不答。说着，王夫人也来看宝钗。又问了些话，邀了薛姨妈、岫烟过那边奉。李纨、平儿、惜春都跟了去。少停，尤氏婆媳也来看宝钗，都与宝钗道喜，说了一回去了。宝钗似睡非睡的歪了一回。莺儿过来问道：“姑娘吃点什么？”宝钗点点头，吃了些粥，又朦朦胧胧的睡了。

忽听得莺儿唤他道：“姑娘！快醒醒！不好了！”宝钗惊道：“什么事？”莺儿道：“宝二爷回来了。”宝钗道：“回来了就是了，什么大惊小怪的！”莺儿道：“宝二爷同了林姑娘回来，来那里拜堂哩。太太叫人来说，叫姑娘去见礼。我想宝二爷不来看姑娘，怎么倒叫姑娘去呢？姑娘你要打个主意才好。”宝钗一听，心中气愤，说道：“我就去见见他，看他怎样！”即起身来，扶着莺儿走到正屋内。只见宝、黛二人并坐，两边站了些丫头，地下铺着红毡。宝玉开口道：“快过来见了二奶奶！”宝钗道：“你们玩些什么？”黛玉道：“那个同你玩？”宝玉道：“你不要装那奶奶体统。你从前千方百计偷天换日，做的事算不了什么。这回子我回来了，你好好的低头伏礼，伺候奶奶，我还不究前情，一样当你个人。你若不然，你不要后悔。二奶奶的脾气，你可知道的。”宝钗道：“你们莫非疯了？我不同你们说话！我见老爷、太太去。”一直走到王夫人那里。见贾政、王夫人都坐着。

宝钗上前哭诉。王夫人道：“这也难怪他们，说不得你委屈些罢。”宝钗一听，愈加气愤。便道：“既如此，太太放我回家去罢。”王夫人道：“你回那里去？你哥哥问了罪了，你母亲不在了，你二哥同了嫂子回南去了。你回那里去？”宝钗听了，不禁痛哭。忽见两个人将他一把拉了飞跑，拉到宝、黛跟前，将他按倒跪下。宝钗正嚷骂那拉的人，只见黛玉说道：“你到老爷、太太那里去告状，告下来没有？你既不懂好歹，这么倔强，我怎能不念前情？我吃你苦也多了，今儿叫你略尝尝。”叫：“晴雯！紫鹃！把他衣服剥了！”宝钗正要不依，一转眼身子精赤，伏在地下，不能转动。想道：“这蹩儿竟如此狠毒可恨，宝玉竟不出言相劝。”因说道：“林妹妹，我不恨你，我只恨宝玉。我死了也不饶他的。”听得黛玉说道：“这东西还是胡说，与我结实打！”只觉得鞭子如雨点一般打来，浑身痛楚。黛玉道：“你服不服？”宝钗道：“我拚了这命交给你就是了，什么服不服！”听宝玉道：“他不懂好歹，妹妹不要饶他。”黛玉道：“你们不会打，我自己来。”说着，拿了鞭子打来。宝钗觉得更比前疼痛。咬着牙恨道：“我认得你这些时，那晓得你这样狠心刻薄的人，我还要这命做什么！让了你们就是了！”将头往地下尽力一碰，见血流满地，痛彻心魂，大叫一声，身子一跳。莺儿急唤道："姑娘！姑娘！怎么了？魇住了！快醒醒！"

宝钗睁眼一看，定了定神，口中犹是呻吟。莺儿道："姑娘的手搁在心口里了，所以魇住了。"取过茶来，宝钗喝了一口。觉得浑身大汗，尚觉隐隐疼痛。歇了一回，叫莺儿扶着起来靠了。莺儿道："姑娘还躺着罢。"宝钗道："等回子再躺。那乱梦颠倒，怪怕人的。"坐了一回，细细想那梦境，清清楚楚。想道："这事看来必然定有的了。妈妈已是这么大年纪，哥哥是靠不住的。太太相待虽好，偏爱儿子也是常情。照梦中光景，必非好兆。"因此，次日，病又重了。

宝钗做梦之时，正王夫人与薛姨妈相商黛玉的事情，将贾赦、贾政的话说了，看薛姨妈的意思。王夫人又道："妹子，你晓得我不是纵着儿子胡闹的，老爷更不必说。这回子是大老爷的主意，叫去接林丫头，保不定宝玉就会回来。我那时将信将疑，不料果然宝玉就回来了，所以大老爷这话老爷亦不好驳回他。总总从前，原是老太太求着妹子救宝玉的命，以致委屈了宝丫头这些时。这回儿还是求妹子同宝丫头说明白了，再委屈他留宝玉这个人罢了。究竟林丫头愿意不愿意，还不可知。我要同妹妹说过了，才好请人去说的。"薛姨妈道："林姑娘同宝丫头一样的都是表姊妹，他们自小一处亦相好的。宝丫头人还明白，断没有说什么没礼的话的。倒是宝丫头年纪大两岁，已经过了门，生了儿子，这回林姑娘做二房，恐怕下不来。若说不是二房，又怎么样呢？这还得姊姊斟酌。"王夫人道："这是大老爷说过的，等他们姊妹们自己商量去。横竖姊妹还是姊妹，难道还能分什么嫡庶么！请妹子且同宝丫头商量商量。"李纨、平儿等又撺掇了些话。薛姨妈过去，见宝钗病势又重，便叫岫烟回去，自己就在宝钗房中住下。

过了两日，宝钗又觉好了些。薛姨妈才将王夫人的话，说了一遍。宝钗正触着梦境，遂哭着道："妈妈！我这病，自己晓得不能好的了，不过挨些日子。随他们怎么闹去就是了。妈妈你也不要伤心，这是我的命该如此。”薛姨妈流泪道：“好孩子！你平日是最明白的人，快不要烦心，好好的养着，等病好了。宝哥儿待你本好，就是林姑娘来了，不过各人留点神儿罢了，也没有什么妨碍处。”宝钗道：“我不是怨恨那个，自己不要他好，是这病拖得久了，只怕难好。”薛姨妈道：“年纪轻轻，这点病算什么！”宝钗又将做的梦悄悄的告诉了。薛姨妈道：“这是你心上想着的原故，那里会有这等事！人说梦中相反，这是吉兆。”

次日王夫人来看宝钗，宝钗便勉强起来坐着，说道：“宝兄弟同林妹妹是同世的同缘。老爷、太太的主意极是的。我别的是不知道，大老爷说的《左传》上的故事我还晓得。论亲戚，林妹妹是老爷手足上的亲，我是太太手足上的亲，也应该让他。论来京，也是林妹妹先到，自然让他。况且我们姊妹本很相好，能够大家在一块一辈子，也是难得的事。太太只管赶着办，我好一点儿，就出来帮着太太料理。”宝钗一面说，王夫人道：“难得你这么贤淑。但这让的话不必说，总是一般姊妹，你年纪大，自然你是姊姊，他自然是妹妹。那大老爷说的书上的话，我也不懂，不要管他。你快些调养着，好起来，才好帮料理。不然，我一心记挂着你，我也没得精神。”正说着，人回：“大夫来了。”贾琏陪着进来，看了出去。薛姨妈又陪了宝钗几天，方才回去。

一日，琼玉进来说道：“算着姊姊也该到了，房子已经买妥，赶着在那里收拾。”王夫人道：“在什么胡同？”琼玉道：“就在这府的西边不远。要把中间这块空地及几十家小人家通买了，便通这园子通得过来。”王夫人道：“这很好，往来近便。”

过了些时，已是冬月。这日，惜春来看宝钗，说了一回。见宝钗恹恹，尽自懒于语言，便道：“宝姊姊！你要快些好才好。”宝钗道：“我这病已睡了大半年，要紧起来，无如总不得好。”惜春道：“病痛原是人常有的，只是姊姊刚碰在这时候，倒不好尽着病。林姊姊从前多病，旁人多笑话他，这回子林姊姊快到了，这事叫大老爷、老爷一说，无人不知。姊姊这回儿病着，人家恐怕要笑话姊姊‘听见林妹妹要来，才病的呢’。”宝钗想道：“惜春向无戏言，这话必有原故。”因说道：“人家爱嚼，只管由他嚼去。那个愿意呢？”惜春道：“赶紧好了，就没有话说了。”宝钗道：“怎么就能赶紧好呢？”惜春道：“姊姊向来最通达的，我瞧近来也有沾滞。大凡天下的事，都有个前定。我们只要随遇而安，任凭他千奇百怪的来，总有一个自立的地步，这便省了多少心机。姊姊这病，我虽不懂，据大夫说也不是外感风邪，不过气血虚弱。心为气血之主，心神一定，气血自然日旺，这病就好了。”宝钗近来本晓得惜春见解不凡，说的话往往合着机关。听了这话，好像知道他心事似的，便不敢以强词相对。因道：“妹妹！你是能知未来的事，你瞧我这病好得了好不了？”惜春道：“这有什么好不了呢？若是好不了，我也不劝你了。你见我劝过林姊姊没有？譬如林姊姊，分明已经死了，他还是好好的在那里。天下事那里料得定？凡人心里不能宁静，有许多妄念，便造作许多因果。恐怖颠倒，皆从心起。姊姊这病，依我说也是由心所造哩。”宝钗默然，若有所会。惜春又说些闲话，去了。自此宝钗略觉好些。

一日，二门上回说：“林少爷进来见太太。”王夫人说：“请。”琼玉进至王夫人处，说道：“姊姊到了。外甥已打发人接去。外甥告辞，要搬回宅中料理料理。等姊姊到了，再跟着过来请安。”王夫人道：“到了那里？”琼玉道：“到了通州，明日可以到京。”王夫人道：“我也派人接去。”琼玉辞出。

只见来升媳妇进来，叩见王夫人，回说：“林姑娘接到了，一路平安。林姑娘同姨娘请太太的安，明日上岸，到京就过这里来。”王夫人叫请琏二奶奶，又问了来升家的许多话。来升家的道：“周瑞夫妇几时到的？”王夫人道：“还没有到。”来升家的道：“他们起早走的，怎么还不到？”王夫人将周瑞禀帖的话说了，来升家的忙与王夫人叩喜。平儿过来说道：“林姑娘到了，可要打发人接去？”王夫人道："我就为这个找你。你派两个媳妇接去。"来升家的道："还是我去。"王夫人道："也罢，再派一人同你去罢。"平儿答应，出来派人。来升家的又到各处走了走，出来，同着派的媳妇迎接黛玉去了。

宝钗那日听了惜春一番话，心中警动，想："四妹妹这人，竟比三妹妹还灵透。"心里觉得定好些。这日，听得黛玉将到。想黛玉必然就来，须挣扎起来方好。遂坐着吃了些粥，叫莺儿伺候起来，草草梳了头，坐在窗前靠了一回，倒不觉疲乏。便道："我太睡得久，人也睡软了。早该就勉强起来行动行动的。"莺儿笑道："姑娘这几天比那些时好些，才能勉强起来。要像那些时，如何能够呢？姑娘不要又乏了，还是躺着歇歇好。"宝钗又坐了一回。方才躺下。次日也起来，叫莺儿梳了头。自己对镜，见形容消瘦，然觉神气尚好，想来不至就死。穿了衣服，正要坐下，王夫人已过来，说道："听说你这两天好些，怎么就起来了？"宝钗道："觉得好些，怕睡久了也伤人，挣起来活动活动身子。听说林妹妹到了，躺着也不像样。"王夫人道："我瞧你神气，也觉比那些时好。"

正说着，丫头来说："林姑娘到了。"王夫人即回自己屋里，丫头已簇拥着黛玉进来。未知黛玉见了王夫人如何说话，且听下回分解。

第十回

单说黛玉到了通州，琼玉遣人迎接，王夫人又打发媳妇同着来升家的往接，已将宝玉到扬州即日来京之说告知。黛玉心想："宝玉将到。不如趁其未到，赶紧至贾府中一行为妙。"遂与舒姨娘道："我打算先到贾府一走，再回本宅，以谢专人迎接之情。姨娘还是同去，还是过几天再去？"舒姨娘道："贾府中人，我一个不认得。同着小姐去好些。"于是收拾登岸，迳往贾府。紫鹃、翠篔相随。

进了贾府，到王夫人处，王夫人已迎了出来。黛玉让舒姨娘在前，进至屋中，说："这是太太。"舒姨娘行礼毕，王夫人还礼。然后黛玉拜见，说道："甥女托舅母荫庇，死而复生。蒙舅母垂爱，又打发人去接，慈恩高厚，甥女今生恐难〔报〕答。"王夫人道："姑娘大喜。这是天下少有的事。我从外甥来了，喜欢到如今。天天盘算你该到了。"舒姨娘道："水路耽搁日子，累太太盼望。琼玉在太太这里，蒙太太疼爱，感激得了不得。"王夫人道："琼哥儿这年纪便连捷词林，将来前程远大，可喜得很。"黛玉道："听说二哥哥回来了。"王夫人道："二哥哥还没到。他到扬州看你，你已起身了。"黛玉道："我今日才晓得。"

正说间，贾政进来。黛玉出至外间见了，说道："甥女蒙舅舅抚养，深思无可报答。又大远的专人去接，甥女感激涕零。"说着，呜咽道："不想甥女死后，老太太就归西了。"贾政听见提起贾母，亦掩泪道："老太太临终还伤心呢。甥女这回子身子是大好了？"黛玉道:“托舅舅福庇,从前所有的病都没有了,竟像换了个人是的。”贾政摇头道:“真是奇事!”是时,李纨、平儿、惜春、喜鸾等都来了,探春亦得信回来。贾政出去,黛玉与众人相见,彼此携手挥泪。黛玉道:“宝姊姊可大好了?”李纨道:“这几天听见妹妹快到了,好了些,也起来了,还不能出外来。”黛玉道:“我到老太太像前磕过头,再去看他。”

王夫人命平儿陪了舒姨娘,自己带了黛玉到贾母屋里,黛玉伏地痛哭,王夫人等亦陪着哭了一回,仍过王夫人这边来。黛玉同李纨等去看宝钗,拉着手呜咽了一回,说道:“宝姊姊,我们是再世重逢了。从前承姊姊见爱,当我亲妹妹,如今更是两世的姊妹,以后姊姊要更加疼我才好。”宝钗道:“你这个事,真是千古奇闻。你原是个仙子,所以有仙子来救你。如今身上是大好了?”黛玉道:“好了。说起来,这事真奇怪。做梦似的到了扬州。过了一年,我总有的疑心。自己到坟上去开开一看,真是古怪,棺中只有一柄拂尘同些衣服,才相信这个身子竟是我的。”李纨等大家称奇,惜春道:“这是仙家常有的事,其实不足为奇。”黛玉道:“还有奇事呢。仙姑送我到扬州,起身时还留了一个侍女与我。这人现在同我一样,但不饮食,又不睡,不知寒暑。差不多事问他竟有些晓得。”

黛玉话犹未毕,惜春道:“这个人我倒要见见他。姊姊几时带他来?”宝钗道:“这真愈出愈奇。”黛玉道:“姊姊不舒服,差不多半年了?”宝钗道:“不止了。那些时竟起不来。这几天听见妹妹要到了,心上喜欢,挣得起来了。”黛玉道:“姊姊虽然消瘦,神态无碍,不久就痊愈了。久坐了,恐怕劳乏,姊姊只管躺着听我们说话。”宝钗道:“我不乏,这几天白日总不躺。妹妹,你还住潇湘馆还住那里,潇湘馆已收拾了两三个月了。”黛玉道:“我一径到此,还没有到家哩。须得到家,帮着姨娘料理料理,过几日再来。横竖相离不远,天天可以来往的。我还要各处走走,再来同姊姊细谈。姊姊歇着罢。不要劳碌了。”说着,起身出来。宝钗道:“恕我不能陪出去。”

黛玉道："姊姊请歇着。"

黛玉到李纨、平儿处坐了一回，要到惜春处。惜春道："我那里远得很，姊姊何必客气。"黛玉道："这我遵命了。"王夫人那边摆饭，黛玉过去吃了饭，便说要到东府去，王夫人留看再坐一回。黛玉道："甥女与姨娘一迳到此，还没有到家。容甥女料理几天，再来请安。"王夫人道："既如此，我也不好强留。过几天再接你去。你的潇湘馆，我已经收拾好了。"黛玉又道谢，同姨娘出来。李纨等相送上了车。到东府见邢夫人、尤氏等，又见了贾赦。贾赦说了好些话，甚是亲热。回来又到薛姨妈处，见了薛姨妈、香菱、岫烟，说了一回，方才到了自己新宅。

琼玉接入，见一切什物铺设俱已齐备，房子甚是宽大齐整。黛玉道："刚刚有这所合式的房子，倒也罢了。"琼玉道："兄弟因这房子与贾府相近，故而定见买了，未免贵一点子。东边一从空地，可以盖个花园，我已请了一位先生在那里打稿子。要盖起来，同贾府的园子不差什么哩。"黛玉道："这更好了。"母子、姊弟说了一天的话。

黛玉晚间与青棠商议送土仪的事，青棠道："等姨娘送些就是了，小姐已经寄过，可以不必再送。"黛玉道："从前尚且寄送，如今自己来，倒没有了。"青棠笑道："小姐过一两日就晓得不消送的了。"黛玉稍然明白。次日，舒姨娘送了几分土仪。王夫人以次皆来贺喜，内外摆酒宴客，闹了几天。

一日，琼玉进来对舒姨娘说道："今儿大舅舅自己来说，替姨娘请安，特来替姊姊做媒，说的就是二舅舅处的宝二哥。我说告知姨娘，商量了，再奉覆。舅舅说，这是夙世良缘，不可拘泥小节的。我听着不懂。宝二哥已经娶了亲，生了子，忽然的出了家，忽然又回来，这个人已经奇了。这回子人还没有到家，家里又忙着说亲，这不更是奇事。姨娘同姊姊谈谈，怎么个回覆他？"舒姨娘笑道："这是你不知道的，我有些晓得。从前你老爷本有这意思，那宝二爷亦敬慕姊姊。因为姊姊不在了，他才出了家。这回子自然晓得姊姊还在，所以又回来。你不晓得他一迳到扬州找姊姊么？我们十二起身，他十五到的扬州，还住在我们家里几天，又到老爷坟上去祭奠。他们知道他的意思，所以赶紧来说这亲事。你不可冒冒的回覆他。”琼玉道：“哦，有这些原故。这宝二哥想来是个了不得的人。但他已娶了，怎么再娶呢？”舒姨娘道：“我们不要管这事，总听姊姊自己作主。我是本来不能作主的，你又是兄弟，只要姊姊愿意就是了。姊姊不愿意，就老实回覆他。”琼玉答应出去。

舒姨娘找了青棠，把方才这话告诉他，同他商量。青棠道：“姨娘只管照着少爷的话告诉小姐就是了。”舒姨娘点首，来至黛玉房中，将琼玉所述贾赦的话，婉转说了一遍。又道：“家中一切事，都是小姐作主。这回子老爷、太太不在，兄弟又小，这事得小姐自己定见的。”黛玉听了，默无一言。舒姨娘道：“小姐慢慢斟酌。”遂起身出来。

晚间青棠与黛玉谈了一回。次日青棠告诉舒姨娘道：“小姐说姨娘是庶母，老爷、太太不在，该姨娘作主。少爷虽是兄弟，然既无哥哥，也是一家之主，也该作主的。”舒姨娘道：“这却难了。我不是不肯作主，实因这事有些为难，所以不敢作主。神仙姊姊，我请教你指示指示，这事该怎么样？”青棠道：“小姐不是凡人，与那个是夙世因缘，这是姨娘早晓得的。什么居长居次，必不拘这个。但是世俗之见，若姨娘作主，将小姐与人家做二房，似乎下不去，其势必要争这个。那里又是一样的至亲，年纪又大，又娶在前，已经生子，也是为难。”舒姨娘道：“是呀！就是这个难处。”青棠道：“姨娘与少爷说，叫他回覆那边大老爷，说道，这是姨娘不能作主的，总要小姐自己作主。姨娘望小姐说了，小姐并无一句话，想是不愿意。请那边拣一位向来同小姐最好的长辈太太，请来同小姐说一说，我们再帮着说，这就有个斟酌了。”舒姨娘便告诉了琼玉。又道：“你的亲事怎么样了？”琼玉道：“我早回报他们，等姨娘、姊姊来京商量。这回子他们忙这个，无暇及此。且把姐姐的事定见再说。”

琼玉亲到贾府，见了贾赦，把话说了。贾赦告诉贾政、王夫人。王夫人与李纨等大家商量，摹拟这人，再想不出。王夫人道：“同林姑娘好的人无非都是家里的人，如何能去做媒呢？”又到宝钗房中，将此话告诉了。宝钗想了一回，道：“我晓得了，这必是我妈妈。从前林妹妹曾拜过我妈妈，认过女儿的。我妈也说过替他作媒玩话。”王夫人道：“这真是的。姨太太又是长辈，又不是我们家人，正好做媒。我们明日亲自求姨太太去。”宝钗道：“我打发人去接妈妈来，太太何必自己去呢？”即叫：“莺儿，你同个老婆子去接太太过来。”一回子薛姨妈过来，王夫人接着，道：“劳动妹子做个大媒。”将黛玉那边话说了。薛姨妈道：“这个媒我该做的。从前本有这句玩话，那晓得今儿竟应了。”薛姨妈来看宝钗，见宝钗渐渐好起来，心中甚慰。宝钗说道：“妈妈到林妹妹家去，竟说是我的意思，我请妈妈去做媒的。就依着大老爷说，‘从前本说定了林姑娘，后来姑娘病重了，才另娶了。这回姑娘好了，我女儿应当让姑娘。姑娘是原聘，我女儿情愿居次，相好姊妹，大家自首同谐，想来姑娘也愿意的。’看他怎么说。若不答应，我们的话也说尽了，太太也不好再烦妈了。随他们去，我们也可不管了。”薛姨妈道：“这么说，还有甚么不妥？他竟直受不辞，公然居长，便怎么样呢？”宝钗道：“他若如此，我们已占了尽让的名。人家要议论他，不能议论我。我守着这孩子，各人过各人的日子便了。还有老爷、太太哩。”薛姨妈点头。

次日遂到林府。当着舒姨娘、黛玉，将宝钗所教的话，剀切说了一遍，又说道：“我承姑娘不弃，从前曾认过我，如今我要帮着你姨娘替你作个主。”舒姨娘道：“我们小姐既拜认膝下，就同女儿一般，太太就作个主。只是太太说让的话，我们小姐未必敢当。”薛姨妈道：“这是我女儿发于至诚，倒不是勉强的话。”于是款留薛姨妈，又到黛玉房中，与黛玉悄悄说了些话。黛玉道：“妈妈从前怎样的疼我，妈妈就是我的亲娘，宝姊姊就是我亲姊姊，还有什么说的。”至晚，薛姨妈回来，向王夫人道喜道:“大喜,大喜!看来成就的了。”遂将问答的话说了。

王夫人谢了薛姨妈,遂与贾政说知。择日请媒行聘,又盼宝玉:“为何尚不见到?”周瑞夫妇亦无信来,心中甚是疑惑。贾政与贾赦商量,请了甄宝玉同薛蟠两人作冰人,择了十二月十二日行聘。王夫人忙着料理。偏偏宝钗因久病之后,勉强起来了几日,恰值冬至大节,又受了些凉,重又发起寒热来,不能起床。李纨又因寡居,不与闻喜事。惜春又向不管这些事,只剩平儿一人。又因香菱近日生产极艰难,虽生一子,却十分危险,产后产母恹恹一息。邢岫烟、薛姨娘都忙着招呼产母,都不能过来帮忙。

王夫人又记挂宝钗,叫贾琏再访好大夫。贾琏进来回道:“前日访得一位高明的,却不是大夫,是个词林。姓柳,号叫次星。我托甄世兄、琼兄弟去请过他,他已答应了。但是这人有些脾气,说无人能治,他才肯来,若是有人能治,他就不必来。又说帐子里看,他是不能的,看病全靠气色合着脉息。又要说明不许谢他,这才肯来。所以回回太太,还是请他不请?”王夫人道:“这人定有本领。他又不要谢,想来不是骗人的,快去请他。”贾琏答应着,忙自己亲去请他。

次日请了来看过,回王夫人道:“这柳词林说这病耽误了,乃思虑内伤,怎么当作产后虚弱,一派呆补!幸喜中气还好,快将思虑屏除,赶紧调理,明春便可痊愈。他说不消天天看,若相信,每日将病形写了,打发人把方子送去,他便可以加减。等要看脉的时候,他自己就来,也不消去请。”王夫人道:“且试着看是怎样。”贾琏道:“薛大嫂子也请他看好的。多少大夫多回说不能治,独他说无碍,如今也见效了。”于是一连服了几服药,果然日见轻减,饮食也好些,又能勉强起坐。

却说黛玉自从薛姨妈去后,知道亲事必成,更服青棠先见。甄、薛二媒又登门说了一次,琼玉听姨娘之话允了,一面舒姨娘料理回聘的事。黛玉一日忽然想起喜鸾的事来,道:“怎么彼此俱不提了?”那日无事,遂命翠篑请琼玉进来,与他闲话。说起喜姑娘亲事,问琼玉:“到底怎样?”琼玉道:“这姑娘姊姊既认得,说好,自然是好的了。但兄弟另有个僻见,非姊姊跟前不敢说。非姊姊这种人,便是亲姊妹也不敢说。”黛玉道:“这倒要请教了。”琼玉道:“我想正配极有关系,古人说‘一与之齐,终身不改’,又说‘夫妇为人伦之首,万化之原’,似乎不可单取才貌,必得要以德行、学问为主。德行、学问之外,又有才貌,果然更好,即不然,还以德行、学问为重。若要才貌,何妨于姬妾中求之?”黛玉道:“你这话极正大,原是如此。这喜鸾姑娘,性情脾气都是好的,能事亲、宜家,便是德行了。至于学问,从古亦不多几人,你若定要拣曹大姑、宋若昭,恐怕世间未必有。”琼玉道:“事亲、宜家,原是德行中事。但兄弟的意思,总要识见高远,学问精深,做得门内师友,方于终身有益。不然,终是世俗所谓贤妇,其实都是姬妾所能。譬如兄弟此时,一切都有姊姊教导,不知道的,怀疑不决的,姊姊便能指示。姊姊倘不在家,我就觉得无可质疑商榷。心想得一个人,虽不能像姊姊这样,也要差不多的,识见性灵足为我的贤师,方才如愿。至于文词相貌,都可不论。其实识见、学问有了,这文辞已在其中,相貌亦必另有出人之处。”黛玉道:“你这议论就已经高得很了,那里再寻个比你高的?照这么说,喜姑娘却非其人。倒是舅舅那边一番好意,如何绝决回覆呢?”说罢,又点头叹息道:“青棠真是先见。”琼玉问道:“青棠说什么?”黛玉道:“你信来时,我同姨娘正要写信,叫你前去求亲。青棠阻道,‘且慢些。’我问他为什么,他说,‘咱少爷未必愿意。’”黛玉尚未说毕,琼玉跳起来道:“真个的糊涂了!眼前的神仙不问到,倒去求签!”说着,便找青棠。翠篑道:“青棠在姨娘那里。”琼玉忙找了青棠,同到黛玉房中。黛玉道:“你的话果然应了,只是如何回覆,还要问你。”青棠道:“不消回覆,少爷去求亲就是了。这事很费力呢!还得小姐过去了,才得成。此时还早呢!”黛玉道:“这话又自相矛盾了,我竟不懂。”青棠与琼玉相视而笑。黛玉沉吟一回,道:“哦!想来你已有属意的人了。这个人是谁?我竟想不起。”青棠道:“小姐再一想就着了。”黛玉道:“你见过他没有?”琼玉道:“见过的。”黛玉道:“我不信他就肯见你。”琼玉道:“兄弟若不亲见,怎就知道这人呢!”黛玉道:“这必是四姑娘无疑了!你竟赏识这人,我倒看不出你。但是这四姑娘立志清修,连老爷太太都拗他不过。现在家中不住,住在栊翠庵。外人连女客都不肯见,就肯出来见你,这奇了,或者你同他有缘,你且去试试看。依我说,竟不必央媒,自己去求两位舅舅向珍大哥说,这还要珍大哥作主呢。”琼玉道:“这些情形,兄弟多已晓得。连四姑娘的平日行为说话,都打听了。即如接姊姊来京,宝二哥回来,都是四姑娘说的。这人的识见如此,天下那里找这个师傅?”黛玉道:“原来你钦慕已久了。”琼玉道:“不瞒姊姊说,兄弟匆匆一见,不过说了几句话,四姑娘并未开口。若论貌相,那时四人同见,自然是四姑娘最差。”黛玉道:“那四人同见的?”琼玉道:“大嫂子,二嫂子,后来又来了三姊姊。若论这一种秀逸之气,除了姊姊之外,就没有见过了。那时兄弟觉得有此奇处。后来搬了进去,细细打听,实在钦慕。至今若是不成,情愿终身虚此正室,胡乱弄个婢妾为似续之计罢了。”黛玉道:“你这眼界真是不凡。我从来没有听见人家赞过四姑娘,只有嫌他的。你也算得他生平第一知己,或者能成也不可知。”青棠道:“别的都不相干,这是全仗小姐一人之力。这位姑娘,除却小姐,别人与他说话亦是听不进去的。”琼玉道:“姊姊最爱兄弟,这事兄弟竟交给姊姊的了。”

晚间,黛玉向青棠道:“我们这兄弟看来不是凡人。”青棠道:“我原说是天下第二人。”黛玉道:“只怕要算第一人呢。”青棠道:“不能,根基差多了。”

却说贾府料理行聘,一切停当。看看到了十二日,媒人已到,内外摆酒,正在开筵,门上报到:“宝二爷到了。”一时欢声雷动。宝

玉进来,先去见了大老爷、老爷、太太。又到厅上,见了甄宝玉、薛蟠、贾琏诸人。贾环、贾兰过来请安问好。连忙进内,一见王夫人,跪下叫了一声。王夫人一把揽住,那眼泪止不住下来。探春忙道:"太太今儿重重大喜,快不要伤心。"宝玉已呜咽难言,见王夫人忍着,反不敢哭出来,扑在怀里只是哽咽。王夫人拭了泪,拉他起来,宝玉才磕个头起来。又见了邢夫人、薛姨妈、平儿、尤氏、探春、惜春、喜鸾等。薛姨妈拉他坐下。王夫人道:"今日替你聘林妹妹,这是聘礼,你瞧瞧好不好?"宝玉又忙跪下道:"老爷、太太格外的恩典。"探春等都笑了。宝玉起来道:"儿子还有件聘礼,一块儿拿去。"王夫人道:"你又带了什么聘来?想是仙人给的。"宝玉忙叫人把行李快拿进来。王夫人道:"你到底在那里耽搁这些时?"宝玉道:"这话长得很,恐怕太太这回子不耐烦听,回来儿子细细的回。"正说着,行李取进来。王夫人道:"你看看你媳妇去,病了一年多了。你儿子多生了,你还不知道。"宝玉答应着,来至宝钗房中。

宝钗早已得信,起来坐着。宝玉进来,叫声:"宝姊姊!"早哭倒在炕边,宝钗亦忍不住拉着哭了。莺儿、麝月、秋纹等忙来劝着。两人拉着哭,绝似梦中光景,一回儿才住了。又与秋纹等挥了一回泪。宝钗道:"你见了老爷、太太了?"宝玉道:"都见了。姊姊你几时不好的?怎么样?"宝钗道:"从去年产后,总不健旺,恹恹的直到如今。这几日也好起来了。今日是林妹妹行聘,你刚刚到家,替你道喜。"宝玉道:"多谢姊姊,姊姊同喜!"因问秋纹道:"我的行李呢?"秋纹道:"在这里。"宝玉道:"有个拜匣,替我拿出来。"秋纹取出,宝玉打开,取出十二颗大珠与宝钗看。宝钗道:"那里得这么大珠?从没有见过。"宝玉道:"这珠共二十四颗,柳二哥借去两颗定了嫂子,这十二颗送林妹妹去,这十颗姊姊先收了,回来柳二哥还来,也是十二颗,送姊姊的。"宝钗道:"这么大珠,那里使呢?"宝玉道:"放一颗在屋里,晚上不用点灯。要放在帐中,比月光还亮哩。"说着,拿了十二颗到王夫人屋里。找平儿道:"姊姊!你替我找一个大匣子，把这个装起来。再找一个这么大的小匣子给我。”平儿也不及细看，回到家中，急忙找了个紫檀镂花、嵌着珠宝的装潢匣子来。中间本是放十二个碧霞犀小酒杯，取出酒杯，刚好放那珠子。即将珠子去了包袱，放入匣中，一时光芒射目，大家称赞不已。又找了一个玻璃匣，本是放一颗珠子的，取出珠子与宝玉道：“这个使得么？”宝玉道：“好，好！”即将通灵宝玉摘下来，放入匣中，叫告诉外头，礼单上添上这两样。王夫人道：“有这珠子就很是了，这玉你还带着，何必要他呢？”探春道：“不妨事，这是二哥哥的意思。我晓得天下物件都是公共的，只这珠、玉二件，才是别人没有的呢。”宝玉连连点头。外间酒席已完，即将聘礼送出，二媒押聘而去。林府亦摆酒待媒，回聘过来甚是丰盛。

宝玉到李纨处说了一回话，又到宝钗处看了一回芝哥儿。听说大老爷、老爷都进来，宝玉连忙出去，见邢、王夫人、尤氏婆媳、探春姊妹都在那里。李纨因喜事已过，也出来了。贾赦叫宝玉在底下坐了，细问出外情形。未知宝玉如何说法，且听下回分解。

第十一回

单说贾赦、贾政细问宝玉出门情形，宝玉回道："那天出场，同着兰儿走到龙门口，见那和尚一把拉着就走，也不知走了多少路，到了一只船上，叫我磕头，我磕了头起来。见是老爷，正要说话，又有一个道士，同那和尚拉了就走。听着老爷叫我，我不能站住。到了一个洞府中，叫我在那里打坐，和尚、道士便去了。我出来一看，四面层峦叠嶂，都无路径，不敢下山，只得依他打坐。过了几天，一日，在山中闲走，听见石壁中有人说话。"把所听的话述了一遍。"回到洞中打坐，忽梦到家中，见了老爷、太太、许多人，哭了一回。又见死过的晴雯，说'林姑娘不曾死，叫仙子救了，现在送到扬州家中。仙子已将前后事奏闻上帝，还要在世办什么事。'我说，'林姑娘并没有家。'晴雯道，'林姑老爷有个姨娘，遗腹生子，如今已十岁了，在扬州住着。你快回去罢，不要乱找。'我说道，'你呢?'他说他要回来的。当时醒来，见那和尚、道士已在面前。说道，'你还要入世。但你虽有根柢，并无功夫，我授你明心觉性之法。'遂在洞中打了百十日的坐。那道人又带到一个地方，叫嫏嬛福地。中间四面围着无数书籍。那道人道，'我授你含英咀华聚精会神之法，你再用百日功。'又在那里耽搁了百十天。那道人又带到一个山中，说道，'你如今可以出面应世矣。'又叮嘱了些话，说完道人不见了，就取路下山，便碰见了柳二哥。"

贾赦道："怎么就碰得这么巧?"宝玉道："柳二哥也是这道人度

的。据柳二哥说，跟着这道人遍游天下，连海外都走过了。也叫在洞中打坐，坐了些时，说道，‘你尘缘未尽，我助你建些功业罢。’又引他到山中，拜了一师父叫真元子。学了许多本事，才叫他下山。刚刚碰着，遂同了一路回来。”又将打死妖怪，及打擂结亲，途中救了盗劫难妇，耽搁了些时的话，一一说了。

贾政只是摇头。贾赦道：“这话不可不信，大率我们祖宗功德还要兴旺，此番仙人叫你下山，自然也要建功立业了。我们国公安知不是神仙下凡？你如今胸中自然比前是大不同了？”宝玉道：“觉得清静些，精神亦着健旺些，胆气亦觉得壮些。”贾赦道：“正是，你自小娇生惯养，何尝经过风霜、奔走。你瞧，他在外这些时，脸面倒胖了，人也高了。”贾政道：“你在山中吃什么的？”宝玉道：“起初洞中米粮锅灶都有，饿了便自己煮些饭吃。一天吃一顿，便不饿了。后来，打了百十天的坐，不觉得饿，也就不去做饭。晚上也不磕睡。”贾政道：“这回子吃不吃？”宝玉道：“出了山，过了几日，觉得饿了，便依旧吃了。一路来，有不便的地方就两三日不吃，也不觉得怎么样。”贾政道：“山中冷不冷？”宝玉道：“也没有觉冷，也没有觉热，也没有换衣服。总是这样的，所以不知过了多少时候。到出了山，细细问人，算起来，才晓得在山中前后二百四十余日。”探春在旁道：“二哥哥自己做饭吃，这才是生平第一回哩。亏你如何晓得会做饭。”宝玉道：“不是第一回，在场里已经见过了。若不是进过场，真要吃生米哩。”大家都笑了。李纨道：“你方才说的绛珠是什么？”宝玉道：“我也不很清楚，想来是林妹妹。”惜春点头不语。

探春向惜春道：“这些话我们听得渺渺茫茫，大约就是你懂得。”惜春道：“都是有凭有据的实话，怎么说渺茫？二哥哥你这二百日的功夫，抵我们老爷一辈子都不止。可见这事总要根基，勉强不来的。”宝玉道：“四妹妹功夫益发长进了。”王夫人道：“这好了，你们两姊妹是个知己了。你仙也罢，佛也罢，尽你闹去，总要守着我就是了。”宝玉道：“太太放心，仙佛也离不了忠孝的。”王夫人道：

"这才是了。但是四姑娘定要出家,我们看着总觉得不舒服。"宝玉道:"其实四妹妹这回子功夫也差不多了,何必要出家呢?"王夫人道:"你从前劝四姑娘出家,这回子怎又这么说?"宝玉道:"那时儿子并未有功夫,四妹妹也没有功夫,这回子都晓得不必一定出家的了。"惜春道:"我何尝出了家?还不是在家里?"贾政道:"我想起来了,宝玉。你还蒙圣恩降旨令地方官找寻,又封过文妙真人,这回须要报金吾衙门,请他代奏谢恩,缴了这真人封号才好。"贾赦道:"是的,明日快报去。二老爷自己去见见金吾大人,求他转奏才好。"贾政答应着,一同立起身来。

贾政道:"你同伴的柳二爷呢?"宝玉道:"他去看他姑母了。便是这柳二哥,现在无家,打算替他买所房子,等他好完姻。还要替他打算明年下场的事。今儿这大珠子就是他打死的妖怪脊骨中取出来的,他再三的送了儿子。这珠子很值几个钱的。刚刚有一箱银子在这里,就是路上救的被盗的人,他有两车子银两货物,他丈夫、侄儿都被强盗杀了,家中无人,故把他带了回来。这货物通变了有二万三千多银子,他把三千多谢了周瑞们。这两万银子他情愿送给柳二哥,柳二哥又不肯要。儿子向他说,'柳二爷是不肯受你谢的。你这银子存在我这里,你要上那里去,交给你带去。'儿子想,横竖白放着,不如先把他与柳二哥使着,将来再还他。回回老爷。"贾政道:"这人怎样呢?"宝玉道:"他说是情愿在府里当个丫头报恩。且留他些时,他要上那里去,随他就是了。"贾政点头,道:"也罢了,这柳二爷几时到了京,我们倒要好好接待他。"说着,一同出去了。

王夫人道:"救的那个人呢?"宝玉道:"我叫他们带到大嫂子那里去了,过天再带来见太太罢。这个小丫头倒奇怪,先叫他来。叫人去告诉,叫把我带回的这小丫头带来。"一回儿带了双钏来。宝玉道:"太太瞧瞧,像谁?"玉钏一见,已自拭泪。王夫人道:"这不是金钏出现了么?"宝玉道:"真是金钏姐姐呢!"遂将前后细细说了,道:“为这个事,耽搁了半个月,很费力哩。”王夫人喜欢道:“这丫头我正想他,原来你又来了。”宝玉向双钏道:“这屋里有你前生的亲妹妹在这里,你去认来!”双钏过来,一把拉着玉钏,泪流满面。玉钏不禁哭了,大家又复称奇。惜春点头不已。宝玉道:“玉钏姊姊!我今赔还了你的姊姊了,你好生照看着他罢。”

王夫人便叫玉钏带了宝玉,回到宝钗处。见宝钗已睡着,便找秋纹、麝月、莺儿、五儿等叙了一回别况。宝玉再三安慰,大家方有喜色。忽然问起袭人,道:“袭人是几时去的?”秋纹大概说了几句。宝玉道:“这也罢了。有安顿日子过,我也放心了。”又问:“紫鹃呢?”麝月道:“太太打发接林姑娘去的,还在林姑娘那里。”宝玉道:“二奶奶怪我不怪我?”麝月道:“这个我们也不晓得,估量着也没有什么喜欢。二爷!你本来太不像了,怎么热辣辣的就这么走了,叫人怎么受呢?”宝玉叹口气道:“那个愿意这么?各人有各人的不得已,你们那里晓得呢?”

说着,宝钗醒了。莺儿连忙进去,宝玉也跟了过来,道:“姊姊醒了?这回子好些不?怎么样?”宝钗道:“也不怎么样,一夜总要醒四五回。”宝玉在床边坐了,道:“我坐着,姊姊只管睡。”宝钗道:“这天不早了,你也该睡了。路上辛苦这些时,还不好好的歇歇。”宝玉道:“姊姊放心,我如今不比从前,在山中整年的不睡,并不乏的。”宝钗道:“我要同你说话,又没有气力,明儿再说罢。你到底要歇歇好。”宝玉道:“姊姊叫我歇着,我就歪着。”说着,就在宝钗床后歪下了。宝钗见宝玉温柔如故,神彩俊发,心中又安慰了些。

次日起来,吃了些粥,拥衾而坐。宝玉进来坐在旁边,两人促膝倾谈。宝玉先将别后的事说过,宝钗方将如何悲痛相忆的苦情,及如何请妈妈与黛玉做媒,情愿让他居长,自愿居次,黛玉方才允了,详细告知。宝玉千方慰解,说道:“我抛着姊姊去了,我原知道对不住姊姊。无奈我有不得已的苦情,故而连太太都离了,姊姊想来能鉴谅我。姊姊为我受了多少委屈,吃了多少苦,我都知道。这会子回来，惟有同姊姊朝欢暮乐一辈子，能叫姊姊多乐一天，就算报答姊姊。不但是我，连林妹妹我也保得住。要是我们两个人不同姊姊一心一意的，仙人也不容我。至于让他的话，那是姊姊的大贤，林妹妹不是这种人，断不肯的。”宝钗道：“能够这么着，是我终身之幸，也不枉……”说着，一面拭泪。

宝玉道：“姊姊不消多虑，我们都是俗世因缘。如今魔劫已消，以后都是顺境了。”宝钗道：“你跟了神仙这些时，自然也有些仙气了，有些神仙的本事没有？”宝玉道：“本事师父并没教我，尽教之柳二哥。我就是打坐。只觉得天下的事理，胸中都有了，那里有什么仙气呢！”宝钗道：“你晓得，四妹妹真有本事，能够先知呢。你回来，他早晓得的。”宝玉道：“四妹妹我同他略谈一谈，知道他功夫大长。这是将来我们家的一位佛爷。”宝钗道：“林妹妹那里，还养活着一个仙女在那里哩。”宝玉道：“我也听见说，姊姊见着没有？”宝钗道：“我总没有能出去，林妹妹那天来，没有带来。他们去的人，不知有谁见过没有。妈妈那天去，我忘记告诉他，也没有见。据周瑞家的说，比紫鹃好多着呢。我们闹了一班子仙人，这倒有趣哩。”宝玉道：“其实都是仙人，姊姊就是个仙人，林妹妹也是仙人。”指着莺儿、五儿道：“连他们都是仙人哩。”宝钗笑道：“这是你的仙人，不是天下的仙人。”宝玉道：“我说你们不信，回来等仙人来说。”宝钗道：“前儿大老爷、老爷问你，你怎么回的？”宝玉道：“就实回的。”宝钗道：“老爷不生气？”宝玉道：“老爷尽着摇头。大老爷说了些话，老爷也就信了。”宝钗道：“这神仙神通真不小，连老爷都信了。以后老爷只怕待你不是从前那样了。从前也不晓得叫人替你担了多少心。”宝玉道：“姊姊！今后再不要耽心了。”

过了几日，宝玉出去拜了些客，各府及薛家都去过了。一日，贾政叫宝玉道：“你快到里头去，有旨意明日召见，你要小心。”宝玉答应，赶忙进内收拾行李，上车进内里去了。一家都担着心。贾政、贾琏、贾兰都送宝玉进去，到了次日午后才回来。贾赦也进来

了。贾政带着宝玉进来，笑容可掬的坐下。大家都静听着宝玉说话。

贾赦、贾政道："你且把奏对的话，细细说来。"宝玉道："皇上先问，'元妃是你什么人？'我奏道，'是胞姊。'皇上问道，'有弟兄没有？'我奏道，'长兄贾珠早年病故，胞弟贾环。'皇上问道，'贾兰是你什么人？'我奏道，'是胞侄。'皇上谕道，'想是贾珠的儿子了？'我奏道，'是。'皇上又问，'你是上科中的？'我奏道，'蒙天恩中了第七名举人。'皇上问道，'为什么忽然跑了？'"贾赦道："这怎么奏呢？"宝玉道："我奏说，出场时，见个和尚拉了就走，不由自主。到了一座山中，又来了一个道士。说道，'你虽有根器，毫无功夫，怎能报效国家呢？你且在这洞中静坐，把心性明了，方好出力办事。'皇上谕道，'在洞中做些什么呢？'我奏道，'打坐。'过了些时，那道士来了，又引到一处叫嫏嬛福地，其中尽是书籍围着，叫坐在中间打坐。又过了些时，道人又来，带到一山中，说，'你可以出去了。你下山去，有你的朋友同你回去。'那道人便不见了，就寻路下山。皇上问道，'这山是什么山呢？'我奏道，'先前到的地方都不晓得是什么山，后来到的这山，下了山来问着土人，说是北岳恒山。'皇上问道，'后来怎样呢？'我奏道，'走到山下，正在问路便碰见了从前相识的一个人，叫柳湘莲，同了回来。'皇上问道，'这柳湘莲是个什么样的人？'我奏道，'也是功臣之后，前几年跟了这道人出家。'据柳湘莲说，跟这道人遍游天下，又到海外，又叫他拜了一个师傅，传他许多本事，然后叫他下山，说，'你好好的出力，报效朝廷，事毕之后，再来叫你。'下山来不多路，就碰见了。皇上问道，'这道人还是一个呢，是两个？'我奏道，'要依相貌光景说来都相仿，想来就是一个。'皇上道，'这到底是什么仙人呢？'我奏道，'都没敢问，不晓得。这柳湘莲拜的师傅，说是叫真元子。'皇上道，'这柳湘莲现有什么本事？'我奏道，'韬略武艺都明白。'皇上问道，'现在有无官职？'我奏道，'他说打算由科目出身。'皇上又道，'你在嫏嬛福地看见了些什么书没有?'我奏道,'那道人说,这书便读一百年也读不尽,叫在书中打坐,就可领略菁华。'皇上道,'你打坐觉得怎么样呢?'我奏道,'觉得向来不晓得的道理,一时都晓得了。向来不知道的事物,都知道了。自己从前读过的书,一一能背诵,没有读过的书也都说得出来。'皇上谕道,'这也就很好了。'便降旨道,'赏你个中书,你好好的在内阁当差。既然仙人说你出力报效,你要好生供职。'我当时叩头谢恩,奏道,'求皇上容臣由进士出身。'皇上笑着谕道,'你还忘不了这进士。中书也可以会试的,你只管会试就是了。'我又叩头谢恩,奏道,'求皇上赏假完娶。'皇上谕道,'你还未娶妻,你今年多大了?'我奏道,'二十岁。'皇上道,'怎么还未娶妻?'我又叩头道,'这有个下情。小时祖母指定了表妹林氏,正要完婚,林氏病故了,因娶了薛氏。后来林氏叫一个仙女救了,送回母家,林氏因有旧盟不肯他适,只得要娶回来。'皇上谕道,'怎么仙女救了?'"贾政道:"你太胡闹了!这怎么奏呢?"宝玉道:"据实奏了。说道,'林氏是苏州人,自幼依居在家。病殁了,将棺木送回去,才晓得有仙女将林氏好好的送在家里。及至将棺木打开,中间只有一把拂子。'皇上谕道,'这事倒奇。'又问道,'林氏的祖、父曾否出仕?'我奏道,'是原任两淮运使林如海的女儿,现任宏文院编修林琼玉的胞姊。'仰见天颜甚喜,说道,'你把这说的做个折帖,呈送礼部,还有恩旨。'我又叩头谢恩出来。"

贾赦道:"这些话不有整个时辰么?"贾政道:"整个时辰还不止。我在外头等的不耐烦,那知道说了这些话。从来没有一个无职小臣,召见这么大功夫的。真是莫大天恩。你要尽力报效才好哩。"宝玉站起来答应了。贾赦道:"很亏他。这奏对很好,竟没有一个字的毛病。"贾政道:"这林氏的话,究竟不该奏的。万一皇上不依,怎么好?到底冒失。"贾赦哈哈的笑道:"我前儿说,就是皇上垂问,也是这么覆奏,可不是又应了我的话了。"

次日,宝玉又去谢恩。回来向各处行礼。大家道喜,摆酒请客。又将折帖至礼部递了。礼部转奏，有旨：“事出创闻，着礼部考古援例，妥议具奏。”宝玉此时不免有上衙门拜客许多应酬。

一日，见了北静王，道：“你前日召见，主上甚为夸奖，说你品貌不凡，应对简捷，又有这奇遇，将来必有些福气。主上的意思，竟要大用你哩。”宝玉道：“蒙王爷提拔。”北静王道：“我就将你衔玉而生的事又奏了，主上说，‘倒忘记了，没有把他玉瞧瞧。’以后你若再蒙召见，务必带了玉上去。”宝玉答应道：“是。”北静王又道：“主上又说起那夫人的事来，已着礼部议奏，圣心甚是喜悦，看来还有恩旨呢。我又奏，‘听说这林氏文才甚好。’主上道，‘这人毕竟也有些来历。’我见主上喜欢，就奏道，‘这总是熙朝洪福，所以仙佛效灵。这些仙人，安知不是上帝所使，为国家教育良臣的呢？’主上首肯至再。”宝玉跪下谢了王爷。回来将这些话告诉贾政、王夫人等，大家欢喜。

匆匆到了残年，探春回去了。正月中，又有些应酬忙碌，白天大约在外的时候居多，晚间到宝钗屋里陪伴闲谈。宝钗屡次劝他道：“袭人出去了，无人伺候你。麝月、秋纹也都伺候惯的，叫他们伏侍你，好好歇着些，不要尽避和衣歪着。天气正冷，我又没有精神招呼你，回来冻了倒是大事。我已叫他们替你把床铺好，你到外间歇着罢。”宝玉道：“姊姊你放心，我不会冻的。我陪着姊姊说说话儿，歪着很舒服。姊姊不放心，叫他们替我盖上一床被就是了。等姊姊好了再说。”宝钗只得随他。心中想道：“他这脾气又觉变了些。从前我怕他又同女孩儿打起交道来，那知他忽然的走了。这回子他回来，估量他离不了旧脾气。那知他听见袭人去了，毫不在意。见了麝月他们，似乎又极有情意，而又不和他们在一块，真是叫人摸不着。”

于是宝玉天天总陪着宝钗，有时醒来便说些话。睡着了，他也睡了。醒来，他还是醒的。丫头们有时睡着了，他也不叫人递茶、添衣、拿什么，搀扶、捶按都是他。宝钗倒觉得意动神驰，似乎比从前在园中的时候更加殷勤熨贴,心中自是慰藉。这病日轻一日,惟身子怯弱,畏风畏冷,饮食不多,尚不能出房行动,大致已是好了。

一日,柳湘莲到了,宝玉连忙出来。贾政已陪坐书房内,“谢了途中照应”的话说了。湘莲道:“我打算要找一所同府上相近的屋才好。”宝玉道:“我替你托琏二哥办去,你且在我这里暂住些时。”贾政命人们:“扫三间书房,请湘莲住下。”宝玉找贾琏,将买宅的事托他。贾琏道:“要与我们这里相近,这倒难。那里又像琼兄弟这么凑巧呢?”宝玉道:“便远些亦不妨,横竖总在城里。一切事都请二哥替他料理妥当才好,要多少银子,说了我送来。”贾琏道:“银子,我晓得你有在那里。要用时,我望你说。柳二哥,我们本相好,不消你操心,交给我就是了。”宝玉道:“柳二哥不比从前,本事大着哩。二哥同他相好,将来也有益的。”说着,进来到李纨屋里来。

李纨道:“我正问你,你救的这个人不是妙师父么?怎么你也瞒着人,他也不肯认,这是什么道理?难道天下有这种相像的人?”宝玉道:“原是妙师父。因为他被强盗抢了去,又还了俗,嫁了人,恐怕人讥笑他。再者,怕老爷太太嫌他。他的意思是大不肯到别处去的了,将来怎样安顿呢?所以我替他改了个名字叫妙莲,叫他不要提前情,大嫂亦不必说破他。他还没有见过太太,嫂子几时带他去见了太太。看不出便罢了,若问得急了,叫他说是有个姊姊叫妙玉,自幼出了家多年,不通音问就是了。四妹妹、邢姊姊他们想来也瞒不住,请大嫂子多致意他们。”李纨道:“这人如此清高,偏遭这些恶劫。遇着你,也算他不幸中之幸,自然不肯再往别处去的了。”又笑道:“你如今学问竟大长了,居然就会撒谎。这谎撒得竟有些意思,只怕除掉四妹妹,都要谎过了哩。”宝玉道:“这也是无可如何的事。”

李纨道:“你晓得还有奇事么?”宝玉道:“什么奇事?”李纨道:“前儿老爷同太太说,这林家外甥又是个大怪的。先前替他说喜姑娘,他搁了半年没有回信。这回子也不提喜姑娘的事,倒自己求着大老爷、老爷，要求四姑娘。老爷同珍大爷说了。珍大爷说这要问四姑娘，就请太太问他。太太说，我不碰他的钉子，叫我望他说。我想了两天，想不出个说法来，你道这事奇不奇?”宝玉道:“这真是奇。这位兄弟，我还没有同他细谈。想来林妹妹的兄弟，必定与众不同。但四姑娘立志出家，林妹妹也该晓得，怎么不望他说呢？我明日倒要去细细问问，他是个什么意思，再来同嫂子说。这回子叫我去说，我也想不出个说法来。喜妹妹到长得越有福泽了，琼兄弟既不成，还得另外拣个好人家才好哩。”又道:“史大妹妹为什么还不来?”李纨道:“想来有事耽搁住，不然，他性子最急，早就来了。”

正说着，丫头进来说道:“史姑奶奶来了，三姑娘也回来了。”李纨、宝玉一同出来，见了湘云、探春。湘云道:“我听见二哥回来了，就要来，偏偏这孩子又病起来，耽搁了这些时，把人都急坏了!”李纨道:“这回是好了?”湘云道:“好了。”宝玉道:“这侄儿是几时生的?”湘云道:“是前年十月生的，今年算三岁了。”平儿道:“比芝哥儿大两个月。”湘云遂问宝玉出外情形，宝玉一一说了，又将召见的话也细述了。又道:“那天我到妹妹那里，太早了，我没有敢惊动。”湘云同探春又去看宝钗，望宝钗道喜，说笑了一回。外头传进来说:“老爷叫宝二爷。”宝玉连忙出来。不知是何事情？下回分解。

第十二回

单说宝玉听说贾政叫他，连忙出来。见贾政手中拿着一张抄的东西，说道："礼部已经议奏，降有特旨，要预备谢恩哩。"说着递了过来。宝玉接过看道：

礼部谨奏，为遵旨议奏事：案据某年月日内阁中书贾宝玉呈称，缘某幼时祖母指定室林氏胞姑母之女林黛玉为配，尚未完婚，林女病殁。祖为改娶适薛氏从母之女。林女之父，原任兰台寺大史、两淮巡盐御史林如海，病故于巡盐任内。林女年方八岁，来依外祖母居住。病殁后，将柩送归原籍，始知林女临终时见一女仙携之而行，倏忽到江南扬州地方，交与林如海之妾舒氏依居无恙。当将棺木开视，中有拂尘一柄，及衣服钗环各件，并无他物。是时某从师入山学道未归，林女因有前盟，矢志不肯他适。今某归来，知林女守志，不忍轻弃，拟仍行娶回。薛氏并无争执，愿让林居长。但事出非常，恐于例未符，不敢率尔径行。昨蒙召见，当即沥情奏闻。面奉谕旨，令赴大部投呈，合行遵旨据实呈请核示等因，据此经臣部春闻奉圣旨："这事出非常，着礼部考古援例，妥议具奏。钦此。"钦遵在案。

臣等议得：内阁中书贾宝玉，经其祖母指定林氏为婚，林氏病殁后另娶薛氏。林氏为女仙所救，送至扬州氏家中。林氏因有前盟，不肯他适。贾宝玉不忍抛弃，薛氏并无争执，征

议惟林氏为女仙救援一节，事涉怪异，例无明文。然据称林女现在，似非虚诞。考史书记载，死而复生者自古有之，神仙幻化之书亦有留传者。殆列仙故示神奇，以彰贾宝玉、林氏之贞义，而为熙朝之盛事也。

薛氏于林氏病殁之后，另行聘娶，于义为正。而林氏又指定在前。征查某年月日原任宏文院检讨文征呈请部示一案：缘文征幼聘同县杨氏女为妻，未及婚配，适遭兵乱，各自逃散。及官检讨，因杨氏寻访无踪，另娶雨氏。后又访得杨氏，知杨氏年已三十，守盟未嫁，复又要回。因雨氏母家不从，致有争执。呈请部示。经臣部奏请，奉旨："杨氏、雨氏准其并为正配，以年齿为次。殁后以杨氏为原配，以雨氏为续配，并加恩一体给与敕命。以旌贞义。钦此。"核其情节，与此案一一相符，是否即照文征之案办理之处，理合摘录案由，奏请圣裁。饬下遵，伏乞皇上训示。谨奏。

本日上谕："林氏恪守前盟，贾宝玉不忍轻弃，俱有合贞义之道。薛氏并无争执，亦属可嘉。着加恩准其并作正配，无分嫡庶，以年齿为次序。后日子孙仍以林氏为原配。薛氏为续配，并着礼部即各给与应得封典，以旌贞义。钦此。"

宝玉看毕，道："天恩高厚，省了多少为难了。原来从前已有过这样事的。"贾政笑道："你一时冒失，竟邀了如此格外的天恩，可谓徼幸。可快告诉你太太去。"宝玉答应了，进来读与王夫人等听了，大家又复道喜。宝玉又拿与宝钗看了，宝钗亦甚喜欢。道："怪不得老爷说你冒失，你真有些冒失。怎么我们房中一句话，你也把他奏了？"宝玉道："姊姊的大贤，我怎敢埋没着呢？不要管他冒失不冒失，横竖这回子省了多少为难，多少口舌。姊姊从今不必再与林妹妹推了。"宝钗道："你为什么不把你林妹妹待你的好处也奏了？"宝玉道："姊姊又取笑我了。"次日，赴宫门谢恩。后来，又去领了敕命。

一日，宝玉自琼玉处回来，到李纨处来。丫头们说："大奶奶在太太屋里。"遂到王夫人处，见李纨与喜鸾陪坐。宝玉说了些闲话，见喜鸾在坐，不便说琼玉的事。喜鸾见宝玉情形，似乎像要回王夫人的话，因起身走了。

宝玉道："我才在琼兄弟那里，细细问了他。那晓他的见解超凡绝俗，他竟是拜服四姑娘，钦慕多时，一定要求。万一不成，情愿终身不娶正室。我所以特来告诉大嫂子，这也算四妹妹一个知己，竟要把他这意达到才好。"李纨道："这实在的奇了。到底是什么意思呢？"宝玉笑道："他这话，若在我未入山之前，我也听不进去，这回子我却明白，竟佩服他，我竟不及他。"李纨道："你也有佩服的人，这可就了不得了。"宝玉道："我佩服的人很多，即如宝姊姊、林妹妹、二妹妹、三姊姊、四妹妹、大嫂子、二嫂子、史大妹妹、邢姊姊这班人，我都是佩服的。惟有男人中，我向来看着都是俗物，只有秦鲸卿、柳二哥这几个人，我与他相好，也说不到佩服的话。从前老爷赞那甄宝玉，我瞧也不过是世路中的俗人。却不想，天下竟还有这么一个人，所以我竟喜欢得了不得。深悔小时候识见小，只见着这几个人，就说天下无人。如今看起来，天下只怕比琼兄弟更好的人还有，也不可知的哩。"李纨道："你且说琼兄弟怎么说？"宝玉道："他说，'一个人总以识见、学问为主，男人不是晓得取功名做官会作文章就算识见学问的，女人不是晓得中馈姒续就算识见学问的。识见根于性情，必定性情迥异寻常，才有超凡绝俗的识见。有了识见，就有了学问。一个人得一终身配偶，若不是识见学问足为师，怎么叫做内助呢？才貌有无，都不足道。至于事亲持家等事，都是二等的姬妾可以做得到的，也不足为奇。'我驳他道，'依你说，把古来的德言容工都批掉了。'他说道，'识见学问便是德，有德便有言，有言便有工。容貌根于性情，性情绝俗，容貌必定另有一种过人之处。何尝不是四者俱全呢？不过不是世俗所解说的四样就是了。'我驳他道，'嫫母、无盐皆贤女，难道容貌亦有过人之处？'他

说道，‘嫫母、无盐，我们并未亲见，依我看来，必定也有一种人所没有的好处。即于武侯的夫人，史书亦说是丑陋，而武侯一定要聘他，自是绝人的识见。所以武侯一生，无内顾之忧，得以鞠躬尽瘁，想来帷幄赞则也得益不少。若要美色，自当于姬妾中求之。究竟美色不过取乐一时，有何用处？’我道，‘你的意思自然是坚定不移的了。但不知我这舍妹，却不是凡人，久已心如止水，恐怕难以如愿呢。’他道，‘我已说过了，不成岂能相强？也只索委之缘悭。但天既生令妹又生我林琼玉，又令遇着，彼此相知，令妹却犹未字，恐非偶然，以此却有几分希冀之想。’大嫂子！你听他这话如何？”李纨道：“真是闻所未闻。不但把古今美人一概抹倒，把古今贤妇贤女才媛也都抹倒了。依他这么说，恐怕四姑娘还不足当此任呢。”宝玉道：“四姑娘呢，原有高绝之处。我却佩服他怎便一见倾心如此。这种识见，我是实在没有的。”李纨道：“我就照他话述与四姑娘听，看他怎样说，再作商量。”宝玉道：“他还有奇说的。”李纨道：“还有什么？”宝玉道：“他送我出来时，说道，‘此事虽是我的妄想，原怕未必能成。然我想四姑娘这人，恐怕二哥哥及我们姊姊还未能深知，我却自问能窥见深交。四姑娘的识见高我几倍，我既能窥测他，他有什么不知我的。既能知我，必当慰我诚求。’以此看来，亦未尝不可成就。这事只好听之于天罢了。”王夫人道：“你瞧，四姑娘许他也罢了。四姑娘究竟意思怎样，我也决不定。”李纨道：“依我看，断不能行，太太既吩咐我，我去尽力一说。横竖林妹妹就过来的，等他来自去求去。”王夫人道：“你说的是。倒是喜姑娘的事，你要留神访一个好人家要紧。”宝玉道：“眼前意中还无人，太太也告诉琏二哥哥，他在外头的时候，也多叫他也留神。”说毕出来，李纨自去与惜春说话。宝玉到宝钗房中，邀湘云闲话不提。

却说黛玉行聘之日，自与青棠在房闲话。紫鹃进来说：“宝二爷回来了。”青棠道：“你怎么知道？”紫鹃道：“送聘的媒人说的。”说着，将手中捧着的两个匣子放在黛玉前，说：“姨娘说的，那些礼物多替小姐收下了。这两件要紧的,请小姐自己收着。”青棠道:“是什么?”紫鹃将匣子打开,道:“是十二颗珠子。”黛玉看时,一色匀圆,光芒夺目。青棠道:“这珠子连大内里多没有的。晚上照着人,更增娇艳。就是略有姿色的人,也要加二三分美丽的。”黛玉看过,道:“这小匣子是什么?”紫鹃道:“这就是那玉。”黛玉吃惊,忙取出一看,道:“这胡闹了,把这个送来做什么?这怎么安放呢?这一点儿的东西,回来又闹不见了,怎么好呢?紫鹃,我交你的,好好收着。”紫鹃道:“这珠子交给我就是了,这个,我却不敢收。”青棠道:“交给我。”黛玉道:“这更好了。”青棠取去,解开衣服,挂在脖子上,将衣掩好。说道:“这总丢不了。”黛玉一笑。青棠道:“小姐!不要笑,我是替小姐挂着的哩。”

过了几日,琼玉进来,告诉宝玉出外情形,及召见具呈礼部的话,一一说了。黛玉心中甚慰。琼玉又说:“四姑娘的话,已面求两位舅舅了。”

到了晚间,青棠伺候黛玉安寝,说道:“这珠、玉分离已久,也该叫他会合会合。”说着,摘下玉来,替黛玉带上。黛玉不觉羞涩,推道:“妹妹也同我玩。”青棠道:“这不是玩,人家一行至诚,小姐不可辜负他的意思。小姐怎么还忘不了世俗儿女态呢?你们神仙伉俪,万劫奇逢,以后乐事正长,我劝小姐把世俗之态捐了才好。若徒然做对世俗夫妻,岂不有负一番辛苦。我知小姐必要拘泥,我才替小姐暂挂的。”黛玉道:“我现在在世上,自然忘不了世俗,不比你已列仙班的。”青棠道:“与世人溷着,自然要一切随俗。与侍者相叙,何定拘世法呢?况你们将来这一班人,都是一块地方的旧姊妹,又何必过拘?”黛玉点头,依他带上。因笑道:“我有句话,久要和你说,又嫌唐突你。这回子,我先告个罪。我与妹妹竟一刻不能离开,我将过去,妹妹总要同我过去,但是太委屈你,不但我心上不安,大家也觉得不安,就是他也必不安。我竟屈妹妹做个绿萼华,不知你肯俯允否?”青棠道:“这是小姐大贤的事,青棠怎好拂小姐

的盛意。说起来，我原因此而来，因一时失检，致有数十年尘世之谪。仙姑念我向无过失，不令投胎，故遣来伺候小姐的。”黛玉道：“如此说好极了，你可不许叫小姐了。”青棠道：“这还要叫奶奶哩。”黛玉道：“这个饶了罢。”青棠道：“这是世法呢。”黛玉道：“我们今日说明，先约定了，人前用世法，闺中用仙法，何如？”青棠道：“这还使得，遵命就是了。”

一日，琼玉来与黛玉商量园子的事，说道：“这是虞先生打的稿子，姊姊看看，斟酌斟酌，该怎么样改，定了就好动手。”黛玉看那图稿。琼玉一面指着道：“这是山，这是池，这是亭子，这是轩，这是廊，这是树，这是桥，这是楼。这个园子，以楼为经，以亭台池馆为纬，共有十二座楼。”黛玉道：“大观园布置也好，就是楼子少。这园尽是楼，倒也有趣。这就很好，这先生胸中甚有丘壑。就是动手造起来，不知几时可完？”琼玉道：“赶紧些，今年年底草速成功。一切停当，只怕明年还要闹一年呢。”黛玉道：“你今年若得了差，这工程怎样呢？”琼玉道：“请姊姊督着，横竖交给这位先生，不过要银子时，写个提银子的条子，发给他，就是了。”

看看到了暮春，宝钗因天气暖了，勉强出房来，各处走了一起。王夫人等见他身子尚未复元，仍旧劝他养着，不要出来。宝玉又将黛玉墓上的诗刻取出，与大家看。又要大家和他。正值贾母大祥，忙着脱孝，亦未能即和。

过了残春，即选择宝玉、贾兰迎娶日期。周家又选了巧姐出嫁吉期，遣媒送来。择了八月二十四日宝玉结亲。贾兰迎娶在九月中。巧姐也是九月。于是大家又忙碌起来。平儿一人，恐来不及，回了王夫人，请岫烟、香菱过来相帮，并接李绮、李纹、宝琴。探春因家中有事，要到七月才能回来。门客詹光又与贾环说媒，说的就是从前替宝玉说过的张家的姑娘。王夫人遣人访了，又看过姑娘，也还合式，遂定了。宝玉道：“不如请他们先生们看看这日子，要是用得，不如就在这一日，也省了多少应酬，又热闹些。”王夫人道：

"这倒也好。"遂将日子命外间看过,说甚是合式,就请媒人到张家去说,张家也允了。于是更加忙碌。

偏偏周姨娘又五月生了一女。王夫人见贾政无人伺候,即派玉钏去伺候老爷。玉钏急得无法,又不敢驳回,只得来找彩云。彩云道:"这怎么样呢?这也是大喜的事,你何必一定不愿意呢。"玉钏道:"你为什么不去?"彩云道:"我是不去的。"玉钏道:"可又来,要去,我们回了太太,两个都去。"彩云道:"这何苦来呢?又不是我的主意,你拉扯我做什么?拉扯了我,于你何益呢?"玉钏道:"你不替人家想个主意,倒拿人开心,我怎么不拉扯你哩?"彩云道:"这叫我怎样呢?我们且去同琏二奶奶商量商量。"遂同玉钏来找平儿。平儿见他神色慌张,面有泪痕,不晓得有什么事,忙道:"你们两位姊姊想是有事,坐下来说。"彩云把玉钏的事说了一遍,说道:"二奶奶替他想个法儿,解了这个结罢。不然又要送一条性命了,那才是亲姊妹一样的命哩。"平儿亦恻然,道:"你且莫慌。但是太太房中现在并无大丫头,除了你们两个,还有那个可以伺候老爷?难道叫老爷干着没得个人伺候么?这要先斟酌了才好说哩。"彩云道:"还有新进来的彩文、翠钿两个,都十五六岁了,老太太屋里玻璃、琥珀,也大了,都可以的。"平儿道:"你晓得他们都愿意?"彩云道:"玻璃、琥珀不晓得,这两个必是愿意的。"平儿道:"我姑且替你们碰一下子去。"说着,即起身到王夫人那里。

王夫人正先要告诉他这事,平儿道:"老爷这回子没人伺候,自己又不肯说。太太,这事好得很,必不可缓的。这回子且不必说别的,等老爷收用了,再开脸就是了。"王夫人道:"原是这么,要说明了,老爷必不肯。还要告诉他们,明日叫他们用心伺候,不要躲躲闪闪的才好。"平儿道:"这人还要请太太斟酌。这玉钏是伺候太太惯的人,这回子宝兄弟又把双钏交给他。叫他去伺候老爷,太太这里未免不使了。再者,双钏跟着也不方便。依我的意思,不如把彩文、翠钿两个叫去,等老爷喜欢那个,挑那个。"王夫人道:"你这话想来也有个意思，大约是玉钏不愿意。”平儿笑道：“太太的明鉴，真是神仙。”王夫人道：“我倒不晓得他不愿意。也罢，就这么着。不过他们两个年纪小些。”平儿道：“老太太屋里还有琥珀、玻璃两个，也还使得。”王夫人道：“从前大老爷要鸳鸯，鸳鸯不肯，这回子不知他们愿意不？也罢，就这么着，不过他要不愿意哩？如今的事，各人定了一个主意，谁都拗不过，我也只好由他们。再不，你去问问他。”

平儿答应着，来找琥珀、玻璃。见玻璃在屋里，问道：“琥珀姊姊呢？”玻璃道：“宝二爷屋里去了。二奶奶找他做什么？”平儿道：“太太叫我问他一句话。”遂将这话告诉了玻璃。玻璃摇手道：“不必问他，他是第二个鸳鸯。”平儿道：“既如此，你去了罢。”玻璃道：“太太叫的是他，与我什么相干？”平儿道：“大喜，大喜！你快跟我来。”一把拉了玻璃，来至王夫人跟前道：“快谢了太太！”玻璃心中明白，只得磕了个头。王夫人道：“你是老太太的人，若把你打发出去，就疏远了。所以，我想要你伺候老爷。我把彩文给你带着去，好好的用心伺候，我断不薄待你的。这回子并没与老爷说明。因为周姨娘生产了，房里没人招呼，所以急要派人去。将来等老爷起复了，再替你们开脸。”又叫彩文，吩咐了几句，一同去了。玻璃姓明，彩文姓魏，后来便称明姨娘、魏姨娘。

此时天气正炎，宝玉陪着宝钗，总不肯向外间睡。宝钗嘱秋纹、麝月两人，百般引逗他。他也一样玩笑，却无沾染。此时宝钗虽未复原，却已大好，见宝玉温雅俊洁，偎傍已久，意中不能无动。又想若再一味矜持，必致为驱鱼之獭。因想宝玉温存体贴之际，亦复缱绻缠绵。那知宝玉虽极意温存，而并无一毫戏狎。宝钗反猜摸不着。一夜，宝钗醒来，斜月横窗，天气尚热。见宝玉穿着白纱小衣、纱小衫，卧在身后，自己忙坐起来取扇扑凉。宝玉开口道：“姊姊醒了，要吃茶不要？”宝钗道：“倒不渴，就是热得慌。”宝玉道：“这天本太热了，姊姊何不把衣服宽了，这天是不怕着凉的。”宝钗低低的笑道:“你为什么不宽?”宝玉道:“我见姊姊穿着,我若脱了,姊姊不怪我么?”宝钗又觉心动,凑到耳边,说道:“我们一块脱。”遂将小衫脱了。宝玉也早脱了,道:“姊姊,把小衣也脱了才凉快。”宝钗笑着摇摇头。宝玉道:“这怕什么!”遂替宝钗解带脱下。宝钗道:“也不见得很凉。”遂躺下了。宝玉亦躺下。一回儿,听得宝钗梦中呻吟,忙问道:“姊姊为什么?”宝钗睁眼道:“忽然胃脘里隐隐的有些疼,想是今日吃的晚饭没有消化。”宝玉道:“我替姊姊摸摸。”忙过来,坐在身旁,替宝钗细细的捶。宝钗道:“你不要乏了,你也躺着,到底好些。”宝玉即同宝钗并枕而卧,一面捶着,紧紧相偎。宝钗心中想道:“这人真变了,竟无所动心。要是这么着,倒又是个闷葫芦。难道林黛玉是喜欢这么着的?”想起从前同梦,虽然不多几回,也甚觉兴浓情逸,怎么这回半年之久,竟是这个光景?一面想着,胸中真觉闷痛起来,又复呻吟不止。宝玉道:“明儿只怕要打发人去改改药方了。”宝玉捶了一夜,宝钗亦终夜未能睡着。次日,心中仍是纳闷,又复恹恹。自此半眠半起,又觉比前差了。

倏忽交秋,探春回来。吉期渐近,荣府甚是忙乱。看看到了八月,先吉期几日,将敕命人装送了过去。新房在潇湘馆中。因新屋里宝钗在内,不便叫他搬移,又不便叫黛玉竟居下首。因潇湘馆已经收拾过,又是黛玉所爱,遂将旨意供于省亲别墅正殿中,就在那里结亲,送入潇湘馆。此时荣府光景不比从前,一切拮据,这回喜事,王夫人因林家局面宽展,不得不稍饰外观。贾琏因闻琼玉有数百万之富,宝玉圣眷方隆,即日可望飞腾,遂竭力打起精神,挪移着办理。平儿因从前都是凤姐经手办事,自己初遇这一件要紧的事,怎好不十分出力办理周到。偏偏这件喜事,因奉有谕旨,无人不知,凡向有来往的,自王公百官无不备礼致贺。八月望前,已陆续送礼,即向无往来的,也备了礼来,想来看个热闹。琼玉的同年、故旧、同官等,亦纷纷致送添妆,也到贾府致贺。

琼玉早与舒姨娘商量,替黛玉置备衣饰奁具。把京中二处当铺，两处银号，作为黛玉奁赠。原来黛玉起身后，到了年下，程忠查算那年盐务最旺，共得利银捌拾七万有零。遂提了五十万，分派四人，领着到京，将十万留供京中用度，其余开设典铺银号各二座。禀知琼玉、黛玉，盐务仍照旧办理，并具禀请示，是否尚须扩充。黛玉即命相机择利办理。春间禀来，又扩充一倍，共资本三百余万。除将各铺余利及田租等凑入外，又添会银九十余万，俟明年提出利银，再添设淮安、山东、直隶、河南各典铺。琼玉又手谕程忠道："所有产业，乃先老爷遗资，小姐调度，尔等四人出力，方能成此巨资。我无独享之理。着将盐务、田租及各铺等每年所得利息，提取二成，你等四人分用。其余我与小姐各半。永著为例。"并不向黛玉说知。后来程忠四人联名禀辞的禀帖到了，黛玉方才晓得，再三辞让。琼玉执意不肯，只得依他，此是后话。

且说到了吉日将近，舒姨娘方将奁簿与黛玉过目，又将四铺册账折子图书等物交与。黛玉道："这个断使不得。我一个女孩儿，姨娘、兄弟替我做些衣裳、首饰等物，我不敢辞。若说这铺子，从前原是我的主意，为着兄弟在京做官支银便当，省得南中往返。要是这么着，我不是自私自利了？况且兄弟怎么便当呢！"舒姨娘道："这是你兄弟一点至诚，小姐还当领他的意思才好。况且自小姐回家，家中顿长十倍。这铺子原是小姐经营的。"黛玉道："去请少爷来。"

一回儿，琼玉来至房中。姊弟二人又苦苦推让，至相对而泣。琼玉道："姊姊，这一点子尚且如此，将来怎样呢？这产业本是姊姊手中起的，姊姊要肯分用，兄弟还可腼颜衣租食税。姊姊若是如此，兄弟宁可弃如敝屣，断不能独享的。"又道："姊姊是绝世的人，何必也效世俗之态，想是看着兄弟还未能免俗尘。"青棠在傍道："我倒有个调停。小姐为着少爷在京用度便当，故而叫开这铺子。这回子尽归小姐，少爷仍旧不便。依我的意思，少爷留两个，将两个与小姐，如何？"琼玉道："也罢！姐姐爱我的意思，我也体贴。但

是姊姊以后断不可再作世俗之态了。”黛玉叹息道：“银钱原是小事，我岂拘拘为此？原为你这一行至性，教我感愧。也罢，我竟有这么一个兄弟，不枉人生一世。我就遂你的至性便了。”琼玉方才喜欢，说道：“兄弟托姊姊的事，不要忘了。”黛玉道：“你放心，尽我本领做去，必有佳音奉报。”

到了吉期，宝玉、贾环各自奠雁行亲迎礼回来。只见贺客盈门，将紧要如北静王等应酬了一回，余者都是贾珍、贾环、贾蓉、贾兰及族中的人，并亲戚如周姑爷、薛蟠、薛蝌；好友如柳湘莲等，分头迎送陪坐，都忙不过来。宝玉的吉时在前，喜舆到门，一切烦文热闹不必细表。迎入园中省亲别墅阶下下舆，先行礼谢恩，然后结亲，皆按金陵规矩。两行红烛彩灯拥导，送入潇湘馆中。不多时，吉时又到，贾环在荣禧堂结亲，新房在王夫人正室内边。

宝玉看着贾环结亲后，见无甚要紧的客，便躲了进来，到宝钗屋里。见宝钗亦盛妆端坐。宝玉道：“那里这些客，把人都闹昏了。姊姊今儿大好，倒不觉乏么？”宝钗道：“正是俗语说的‘人逢吉气精神爽’呢！”宝玉道：“姊姊吃药没有？”宝钗道：“我药也吃得太多了。这两天你们喜事，我叫他们不要弄这个，过了这几日再看。要是好了，就不吃了。”又道：“天快晚了，你这一天也该歇歇了。”宝玉道：“客还未散呢。”两人又说了一回话。内外的客都渐渐散了。

已自初更。贾政进来了，宝玉过去，王夫人叫他回房歇息。宝玉退了出来，又到宝钗屋里，道：“姊姊！今儿暂且失陪。”宝钗笑道：“快去罢！”宝玉一迳来至潇湘馆，秋纹、麝月送到了，依旧回宝钗处。宝玉进了潇湘馆，即命掩了门，进入房中。不知宝、黛二人如何相会？且听下回细表。

第十三回

单说宝玉进至房中，见紫鹃站在傍边，黛玉盛妆端坐。忙上前作了一揖，道："妹妹……"刚说了两个字，已咽住了。黛玉立起回礼。见宝玉光景，忙笑道："请坐。"宝玉坐下，正要开言。黛玉道："我们数年之别，不啻千年一时，也无从叙起。现有二句要紧的话……"宝玉一见黛玉，满腔悲喜，正是茫无头绪，所以叫了一声"妹妹"，几乎要放声一哭。又想："今日似乎不可。"故勉泪咽下，那神色已十分惨淡。但见黛玉笑容可掬，也绝无羞涩之态。又见丰神艳逸，比从前更加了几分，不觉心中欣喜。又听黛玉说有要紧的话，连忙敛容道："妹妹，请说。"黛玉道："你晓得救我的是何人？"宝玉道："我正不知道，听说是个女仙，想来就是警幻仙姑。"黛玉道："正是仙姑留了一个侍女与我，我已与他约为姊妹。我意欲留他尘世多些时，又怕唐突了他。踌躇了两年，才敢与他说及。那知他与你早有因缘，也是为你谪降的。因仙姑体恤他，不令他转入轮回，致遭堕落。今日同我来的，你须要先见他一见。"宝玉道："这时候怕不恭呢。"黛玉道："这时候本好，明日见他便觉简亵了。"便叫："紫鹃，你不见了二爷。"紫鹃道："姑娘说要紧话，我怎敢打岔哩。"说着，与宝玉行礼。宝玉连忙拉住，说道："姊姊……"那眼泪又要下来，紫鹃连忙岔道："二爷，你丰采比从前大不相同了，身子是大好了。"宝玉道："多谢姊姊，好了。"黛玉道："紫鹃，你把这蜡挪到门口去，把红毡铺上，快去拉了青棠来。"紫鹃一回儿携着青棠的手来至中间。

宝玉见他云裳月袂，飘飘然若欲御风而去，色不艳而丽，态不浓而腴，一种秀逸之气，不可名状。惟有黛玉足与相敌，宝钗便觉不如。回顾紫鹃，竟觉粗蠢。心想："这面貌好像见过的。"不觉呆了。黛玉忙携了青棠，叫紫鹃扶了宝玉，双双拜下。拜毕，起来对立。紫鹃又叫宝玉作揖，宝玉作了一揖。青棠回礼，回身向黛玉叩头，黛玉连忙拉住。黛玉替宝玉道喜，紫鹃又与宝玉道喜，宝玉此时大有迷离之意。黛玉携了青棠，紫鹃招呼宝玉，向后边屋里来。黛玉悄悄向青棠道："烦妹妹替我陪他一夜。"青棠道："这个不能。小姐，这是世法，不可乱来的。"向宝玉道："二爷！快请奶奶回房罢。"黛玉道："好妹妹，今儿我实在有些乏了，明儿还要起早，让我歇歇。"青棠道："这百岁良辰，世间最重的，如何使得呢？小姐，你向来听我的话的，快请回房。小姐乏了，二爷自然能体贴。"

黛玉见他执意不肯，只得同宝玉回房。向宝玉道："怎么一言不发，到像害羞似的。"宝玉道："我这回子恍惚，竟不知怎么样才好。"黛玉笑道："真个我乏了，我们歇着罢，有话再谈罢。"紫鹃与黛玉卸妆，宝玉亦宽去礼服，紫鹃退出。宝玉又与黛玉宽了外衣，只剩小衫，进入帏中，同人纱衾。黛玉将通灵宝玉摘下来，亲与宝玉带上。只看帐中忽然明朗如月光一般，略带些红色。宝玉道："这玉更比前亮了，竟把灯光多盖过了。"忽低头，见黛玉短衫衩里闪闪有光，说道："妹妹带了什么？"忙将衣解开，见光在抹胸里。又把抹胸解下，只见当心一颗珠，如鸡头大小，闪出光来，微带绿色。原来黛玉心前天生有一颗红珠，非痣非疣，色如琥珀，佛家所谓智珠，与宝玉的通灵宝玉皆从夙世而来。一刚一柔，一动一静，所谓珠玉因缘者也。平时除父母之外，惟紫鹃侍浴得见，亦绝不敢语人，故而无知者。人但知宝玉有玉，而不知黛玉有珠，故造作金锁为以金配玉之说，以动元妃、贾母、王夫人众人之听，结下幻缘，将珠玉因缘弄得生离死别，所谓情中生劫，劫中生魔也。此珠得宝玉光华一照，其光华更加焕发。此时帐中毫发毕见，迎着光看黛玉，容颜更美丽。宝玉喜心洋洋，因说道：“怪不道仙姑总称绛珠，我正不解为什么要叫妹妹做绛珠，原来妹妹有此奇宝。”黛玉道：“仙姑几时叫我绛珠？”宝玉将山中听得石壁里的话，说了一遍。黛玉恍有所会，便道：“我们夙世因缘是明白的了，不知仙姑如此裁成我们，如何报答？”又道：“我这向前并不觉奇处，自从你把玉送来，青棠把他硬挂在我身上，晚间帐中便觉有光。我以为是你玉的原故，把玉除下来，细看，才晓得我的珠也放起光来。”宝玉道：“珠、玉也离久了，忽然相合，两气相感，光华自然顿发了。只怕将来这光还要大哩。”黛玉道：“为什么？”宝玉道：“我们神情已合，形体还未合呢。”黛玉一笑，道：“天不早了，睡了罢，实在乏了。”遂一同躺下。宝玉道：“妹妹！这香我也久违了。”黛玉不答。宝玉见黛玉倦了，不敢再与他说话，遂也合目睡了。

天明起来，宝玉又将宝珠细细赏玩了一回。俟黛玉梳洗毕，同至王夫人那里请安。是时湘云、宝琴、李纹、李绮、岫烟、香菱及尤氏婆媳、佩凤、偕鸾、文花、嫣红、李纨、平儿、宝钗、探春、惜春、喜鸾、巧姐及琥珀、彩明、玉钏、彩屏、彩云、小红、秋纹、麝月、莺儿、五儿、碧痕等，也等不及三朝见礼，都到潇湘馆，拥着黛玉说笑。黛玉一一酬应，闹了一天。湘云道：“我们要作诗贺林姊姊，上回没有作成，这回定要作的了。今儿晚上大家作起来，明儿见礼时做个贽仪，好不好？”大家都说道：“好。”

次日黛玉到荣禧堂，先参天地，然后出来，同了贾环夫妇乘舆，鼓乐到了宗庙，行庙见礼。回至荣禧堂，又到贾母像前行礼，然后向贾赦、邢夫人、贾政、王夫人行礼。又有本家长辈，下至贾珍、尤氏、贾琏、平儿等，皆双双行礼。李纨、探春、惜春、喜鸾、贾环及本家妯娌贾琛，平拜行礼。然后周姨娘及明、魏两姨娘行了礼，贾蓉、贾兰、巧姐及贾蔷、贾芸、贾芹、贾菖、贾藻、贾苹、贾花、贾芷、贾菱等一一拜了。请出宝钗，宝玉面西，宝钗面东，黛玉立宝钗之下，三人交

拜。众家人、媳妇、丫鬟分班叩见。

王夫人与贾政商定,大家称呼宝钗,叫宝二奶奶,称呼黛玉叫玉二奶奶,众人答应了。以后还是叫新二奶奶的时候多。贾环夫妇亦照样行礼。众人看这张家姑娘,模样也还端正,惟与宝、黛相形,不啻东西施之别。这张家姑娘名叫倩娥,大家都称环三奶奶。足足闹了大半天才毕。于是内外开筵,唱戏欢饮。

席散后,内里重摆合欢宴,一在荣禧堂,一在潇湘馆。宝玉居中,宝钗居左,黛玉居右。宝钗再三不肯,说道:“这宴是为新人而设,我岂有僭客之礼?”湘云、探春等在傍带笑带玩的推宝钗坐了。姊妹们说笑了一回,湘云道:“你们的诗,这回子好出场了。”说着,大家将诗笺取出,送与黛玉。黛玉一一接了,道谢道:“容过天和了送去。”到二更多天才散了。

回到房中,黛玉觉得乏了,即便安寝。次日起来,到王夫人处请安毕,到宝钗房中说了一回,又到李纨、平儿、探春各处。回到园中,去看惜春,谈了许久。又将各人礼物,自邢、王二夫人起一一料理了,遣紫鹃送了去。晚间,宝玉进来道:“今儿我们早些歇罢。”

次日到王夫人处请安,王夫人道:“你那里的神仙来了没有?”黛玉道:“那天跟了过来的。”王夫人道:“我们要见见他,老爷、大老爷都要见他的。你回来把他带来。”黛玉答应了,叫紫鹃去同来,又将与他约为姊妹的话说了。王夫人道:“他是仙人,原该如此。怎好当他下人呢!”黛玉道:“他是依旧守着规矩的。”一回子贾赦、贾政、贾珍、贾琏、贾蓉、贾环、贾兰等都进来,要想见见神仙,紫鹃同青棠飘然而至。众人看时,并不十分美艳,而另有一种灵秀之气,令人不敢逼视。黛玉一一指点,青棠皆行婢子之礼。贾赦等连忙站起来,说道:“快扶着!这是当不起。”都还了揖,贾珍以下都还了礼,然后见王夫人。王夫人一把拉着手说道:“神仙姊姊,你断不可行礼。”青棠连忙跪下,黛玉帮着拉了起来。王夫人又让他坐,青棠不肯。王夫人道:“你如何这么客气?我们就不敢见你了。”黛玉见王夫人站了半天,必不肯坐,便推他到下边杌上,道:“妹妹遵命坐了罢。”青棠谢了,然后坐下。

王夫人问了他一回仙姑的事,青棠一一答应。贾赦道:“这位仙女在家,倒要大家斟酌个称呼才好。”贾政道:“不如把他的芳名摘一字加以仙字,又似别号一般,上下皆可通称。不然那些世俗姑娘、小姐的称呼,不是敬他,倒是唐突他了。”贾赦道:“二老爷说的极是,就叫传知他们,以后大家叫‘棠仙’就是了。”黛玉告诉他:“老爷送你的号叫‘棠仙’。”青棠又出来谢了。大家都出去,纷纷传说不一。黛玉又同他至众姊妹处,一一见了。湘云一见,便与他们谈起来。末后到了惜春那里,两人一见如故,谈得忘形。

黛玉遂先回潇湘馆来。忽然想起众姊妹送的诗尚未酬谢,取出细细的看了一遍。各人都下了各人的款,押了图书,共十人十首。湘云诗曰:

不是仙人化鹤回,等闲飞去又飞来。
情天炼石开香界,洛水凌波恋逸才。
碧月当心同皎洁,名花人手转低徊。
乘鸾莫再轻游戏,稳住秦家引凤台。

岫烟诗曰:

云拥华堂丽日闲,和鸣好鸟语关关。
方欣璧自秦庭返,又见珠从合浦还。
縠雾晓迷帘底月,烟螺浓染镜中山。
羹汤食性仙人识,一笑兰陔彩袖班。

宝琴诗曰:

灵踪艳事古来稀,喜见名花对紫薇。
巫峡飞云神女降,玉笙明月子乔归。
香盟共证三生石,仙骨应披一品衣。
此日茜窗窗外竹,斑斑泪点尚依稀。

李纹〔诗曰〕:

云扶露拥上瑶台，美满缘从夙世来。
辈识性名双璧合，喜看连理一枝开。
鸾回争睹金华丽，鹊驾犹烦玉管催。
我愧诗成如下里，拈花聊佐合欢杯。

李绮〔诗曰〕：

名园重到更欣然，住日刚开合卺筵。
徐淑诗篇推作者，刘纲伉俪本飞仙。
春生玉树风初倚，香人幽兰梦正圆。
想见鸣禽流水外，瑶琴一曲共调弦。

香菱〔诗曰〕：

天风吹动翠云翘，广乐琳琅下九霄。
千载何人见神女，几生修到嫁文箫。
有情仙佛联佳偶，隔世悲欢并此宵。
说与大罗诸伴侣，尘寰艳福镇难消。

李纨〔诗曰〕：

联袂芳园记十年，旧欢重续更缠绵。
共知舞月姮娥去，难忘吹箫弄玉缘。
花绕云軿环佩动，香飞湘馆绮罗鲜。
从兹不羡琼楼梦，信有人间兜率天。

宝钗〔诗曰〕：

天合良缘夙世成，仙心历历证香盟。
九重明诏褒贞义，十美新诗写艳情。
秋丽星桥银浦静，春酣宝帐月珠明。
蒹葭倚玉吾何幸，愿谱同声奏凤笙。

探春〔诗曰〕：

万劫难销意自深，黄尘碧落几沉吟。
直将三舍挥戈力，来慰尾生抱柱心。
一寸精诚天可补，百年美满世难寻。

笙歌缥缈兰房烟，可似仙山法曲音。

惜春〔诗曰〕：

灵河岸畔认前身，消得花宫万种春。

情到尽时方是肃，心从快后不生因。

三三径在名园继，六六禽飞锦水新。

笑我沾泥不飞絮，无端也傍玉楼人。

黛玉看毕，宝玉走来，又同看了一回。宝玉道："这诗无美不备，有趣极了。"黛玉道："枕霞语杂诙谐，可恶。香菱的竟有艳羡之意，可为情不自禁了。宝姊姊的毕竟冠冕得体。三妹妹的沉着警醒，与人不同。"宝玉道："三妹妹的这首，竟说得出妹妹的心。"黛玉向他一笑，道："四妹妹的含着机关，也不大可解。这末语大是奇怪，琼兄弟的事竟有可望呢！"宝玉也道："竟有些意。"

说着，黛玉拈毫，也作了两首，答谢众人，取诗笺写出。宝玉道："须得一人一张才好。"黛玉道："我懒得写。"宝玉道："回来我替妹妹写完。"续那诗道：

倩女离魂黯欲消，飘飘仙佩忽招邀。

骖弯路绝三千里，骑鹤人归念四桥。

身外衣钗青冢在，梦中姊妹碧云遥。

凭谁与说浮生话，回首烟云过眼销。

无端隔世复寻盟，双桨频烦远道迎。

谁遣微忱通帝座，敢劳丹诏下瑶京。

几曾避面同邢尹，别样矜怜念舅甥。

陛我佳章惭藻饰，旧欢新感不胜情。

宝玉道："妹妹这诗，亦缠绵亦感慨，又落落大方，比宝姊姊的更好了。我也来诌一首。"遂提笔想了一想，写道：

信誓原知小节非，三年清泪在征衣。

何曾面壁空诸相，毕竟愁心絮落晖。

碧海仙娥原不死，潇湘妃子本同归。

疏顽合享庸中福，老向温柔锦绣围。

黛玉道："妙而自然，诗也大长了，这是嫏嬛福地的功夫哩。"宝玉将黛玉的诗一一代为写出，遣婢分送。各人看了，都说："林潇湘的诗大长了，竟是名家气象。怡红公子诗也好，竟有些仙气的。"

是晚，黛玉向宝玉道："今儿你该到后边歇去。"宝玉道："我同妹妹正要细谈，怎么妹妹叫我到后边去？"黛玉道："我们的话，十年也说不尽，要慢慢的谈，不争此一时。青棠为你淹留尘世，且又是仙姑亲近侍从之人。我们都受仙姑厚恩，我本不愿僭他，无奈他执意不肯，今儿你岂可再不去？你须要格外敬爱他方好。"宝玉道："我原因仙姑面上，十分敬他，不敢轻动别念。"黛玉道："敬而不爱，不是反疏远了？人家为你下凡，这慕恋深情，亦复不浅，你如何不生感动呢？"宝玉道："他不是世间凡躯，我见他，心上有些凛凛的。"黛玉道："你又忽然迂拘起来了。他那柔情婉态，比紫鹃、袭人，只怕强几倍哩。你快去叫紫鹃、翠篔来陪我。"宝玉犹自依依，黛玉起身推他道："快去罢！"又向耳边低低说道："以后不要瞒我就是了。"宝玉道："我怎肯瞒你，不要说是他，便别人我但不肯瞒你。既这么说，我失陪妹妹一夜。"

宝玉来至后边，紫鹃过来，同翠篔伺候黛玉安寝。宝玉见青棠一人向窗前坐着，便道："姊姊，今儿拜了一天的客。"青棠见宝玉进来，徐徐站起，道："二爷还没有安歇？"宝玉道："妹妹叫我来同姊姊谈谈。"青棠道："小姐也太性急了。二爷同小姐才聚首，怎么就这么急急推让呢？"宝玉道："姊姊是仙人，我不敢说谎，仙姑的大恩，姊姊的深情，我都感激不尽。因为我同妹妹死生离合，一时离不开，所以不能就到姊姊这里。又恐凡愚浊货，有辱姊姊仙灵。今儿是妹妹逼着我来的。"青棠道："二爷的心，我有什么不知道的？况且良缘乍合，自然要多叙些时。"宝玉道："妹妹的意思，姊姊亦不可不领他的。"青棠道："今儿自然我也不便固执了。"宝玉见他语言柔婉，真在紫鹃、袭人之上；意态风神，虽晴雯亦微有不及，心中的矜拣便去了几分。便道：“我蒙仙姑大恩，仙姑的位分功烈，我还不得知道，姊姊的仙踪，我更茫然，请姊姊细细指示。”青棠道：“仙姑总领欲界诸天，位在玄女之下。居太虚幻境，上不在天，下不在人间。所属二十四司，每司正副各一人，掌案二人，皆列仙之上等者为之。宫内侍女二百四十人，亦分等次派司职事。一等十二人，贴身伺候。我即一等中之第三名。我的来头，说起来令人惭悔。”宝玉道：“请慢慢的指示。”青棠道：“我本是盘古时忉利天宫一株夜合花，仗着一点灵气，修成人果。忉利天王将我炼度，充作宫中侍婢。因本性朝开夜合，性中含着一缕情根，时时感动，尘念渐生。天王知道，将我发入太虚幻境，令谪尘寰，转入轮回，备受风月之苦。转辗沉沦，方生悔恨。又蒙警幻仙姑收回幻境，派作侍女，积有勤劳，遂擢至一等。”宝玉道：“姊姊谪降时，不知是那朝那代，降生为何人？”青棠道：“轮回转辗，本性几迷，如梦如寐，也不能尽记。近时的事还略记得，大抵自风尘女子上至后妃，各种的苦趣，多经历过了。”宝玉道：“可略记举一二否？”青棠道：“记得做过汉宫贵妃，名叫合德，触阶而死。又做过藩王之妃，恣情纵欲，不得其死，一时也说不尽。又曾转过男身，姬妾数十人，年未三十夭亡。又曾转为贫家女，后遇一贵公子，买为侍女，遭悍妻凌虐，愧恨而死。这才立心悔过，永不愿再生人间，仙姑方把我收回幻境的。”宝玉一面听，一面点头叹息。青棠道：“自从归到幻境，时候也不少了，总由夙性未能清净，故静极而动，又复生尘。”宝玉道：“正是，妹妹说姊姊与我有缘，我性根昏浊，竟不解缘从何起？”青棠道：“这话说来益发可愧了。这是我一念之痴，你怎能知道呢？你可记得仙姑邀你饮酒听歌的事？”宝玉道：“这是我小时梦中所见，牢牢记着。”青棠道：“那时我站在仙姑身傍，你可曾见我？”宝玉凝思半日，忽笑道：“怪不得我见了姊姊，极觉面善，又想不起来。这回姊姊说了，我才记得。姊姊不是手中拿着拂尘，替我斟酒的么？”青棠道：“正是。歌毕之后，你朦胧欲睡，仙姑引你到密室与可卿相见，授你秘密。我在傍忽然想道，我自入轮回，极尽人间风月，然总未见如此人才。仙姑与他饮宴，又待他如此，想必是大有根器的神仙，怎得与他一叙方好。尘心一动，不可止遏。仙姑出来后，我频偷空窥视。见可卿百方引诱，意态欲飞，你反十分腼腆，不觉心生爱慕。仙姑已经知道，立刻唤去，责罚一番，便要发入薄命司，仍转轮回。我再四苦求，愿力加忏悔，仙姑乃罚我赴赤霞宫守护绛珠仙草。我潜心涤虑，划削情根，无如微芒一念，终难以消磨。那日见仙姑来看仙草，说起你们生死缠绵的情事，我又不禁触起前情，连忙收敛，已怦怦欲动。仙姑将我熟视多时，叹道，‘你立心洗濯用功，不可为不勤。然这一点根苗终未消释。念你往日之劳，姑施格外之恩，免你轮回，令汝遂其所欲罢。我此时往救绛珠，你可跟我前去，随绛珠住世，保护扶持。因满之后，同归幻境。你须小心在意。’所以仙姑救了绛珠，即留我在扬州的。”又道：“我与你并无一言相交，一事相接，然这千点痴情，真是海枯石烂不能磨灭。其中缠绵往复的苦处，我也不能告诉你。虽不能比绛珠，大约与蘅芜君亦差不多。你如何能知道呢！”说着，将绡衣拭泪。宝玉一面听，一面出神，听道此际，已心神惝恍。又见青棠拭泪，不觉感恻难禁，一手拉着青棠道：“我不过是块顽石，乃蒙姊姊如此用情，我竟一些也不知道，我真是下愚了。姊姊！叫我如何报答姊姊这番美意？”说着，泪如雨下。青棠亦拉着手道：“你如何能知道呢！我与你……”说着咽住，又相携呜咽了一回，方道：“如今承仙姑格外之恩，能与你相聚，我已心下快然。你又何必伤心呢？”宝玉也收泪道：“我只恨姊姊深情，无可报答。姊姊，我们且尽人间之乐，再细细的谈罢。”青棠道：“既承小姐雅意，不可负此良宵。我伺候二爷宽衣。”宝玉道：“姊姊，这称呼不可如此。姊姊既承见爱，还求叫我兄弟才是。”青棠道：“我既居尘世，便当依着世法。我现为婢妾，如何不行婢子之礼呢？”宝玉道：“这断不敢当。”青棠道：“以始生而论，虽在你之前；以证道而论，却在你之后。小姐要与我约为姊妹，我也不敢，何况二爷？”宝玉道：“你与妹妹如何称呼？”青棠道：“我只是叫小姐，后来小姐再三说了，方叫姊姊，人前仍是叫小姐的。此后还须叫奶奶哩。”宝玉道：“既这么着，我也同妹妹一样便了。”青棠道：“小姐称呼哥哥，我反称呼兄弟，如何使得呢？”宝玉道：“我与妹妹原是世俗的称呼，姊姊是仙人，并非凡体，难道好叫你妹妹不成？”青棠道：“晴雯、袭人、紫鹃、麝月、秋纹叫你什么，我也便了。”

宝玉听了，不觉面红耳热，不敢再说。便道：“姊姊这衣服，真所谓雾縠云绡，天衣无缝了。”青棠道：“这衣服是仙姑赏的，入水不濡，入火不燃，虽魔鬼妖邪所不能犯，无论人间兵燹。”宝玉道：“姊姊这衣服总不换的？”青棠道：“夏不知暑，冬不知寒。尘垢不生，永无弊败。何须更换？”宝玉道：“我想姊姊这衣似应什袭珍藏，平日还宜用世间罗绮为是。”青棠道：“你不知道，我穿着此衣，那些尘浊之气便不能侵？我离了此衣，觉得烟火之气熏人，十分难受。从前小姐曾做了几件衣服，令我更换。我勉强换了一日，觉得重压肌骨，甚不舒服。与小姐说明原故，还了小姐的。”宝玉道：“不怕污秽触犯了么？”青棠笑道：“不怕的。”宝玉道：“我替姊姊宽衣。”青棠道：“二爷先请，我应伺候的。”宝玉道：“将大衫脱了。”青棠接过。宝玉与青棠脱下一件藕色冰绡衫来，内里尚有一件淡红短衫，非绮非罗，鲜艳夺目。宝玉不觉呆了。青棠带笑解下碧绡水纹裙，露出紫罗小衣，携了宝玉的手道：“二爷请安歇。”于是同入纱帷，那灯也不消吹，自然灭了。宝玉解衣，将玉挂在帐中。与青棠解了短衫，见青棠身上，丰若有余，柔若无骨，肌理细润，拊不留手，洁如积雪，光若飞霞。觉黛玉丰艳过之，而轻柔细腻犹若不及。不觉失声道：“我今日才见所未见了。我何幸得亲姊姊仙躯，真是万劫难逢的事。”青棠道：“我如何及得绛珠？我并无血肉，不过这身子比人却轻些。倘置之怀抱，不致压着身体。”宝玉道：“真可擎之掌上，岂但怀中？”说着拥抱入怀。觉轻若婴孩，而肌肤所着，纨绮不足喻其

柔，迎着玉光，见两肩秀色如过雨春山，双鬓横波如碧天新月，逸情洽艳，仪态飞翔，比宝钗、黛玉等别是一种温柔缱绻，不觉心中恍惚，目眩神摇。青棠推他道："不要出神！我与你说话。"宝玉道："姊姊请说。"不知青棠说什么话，且听下回分解。

第十四回

却说青棠推宝玉道:“你做什么出神?我问你这回子可乐?”宝玉道:“我这乐更是意外的奇乐,还有什么说的?”青棠道:“比昨日的乐何如?”宝玉道:“觉得别有一般滋味。”青棠含笑,向宝玉耳边说了许多话。宝玉一回点头,一回喜笑,一回失惊,一回又点头答应,两人欢洽异常。

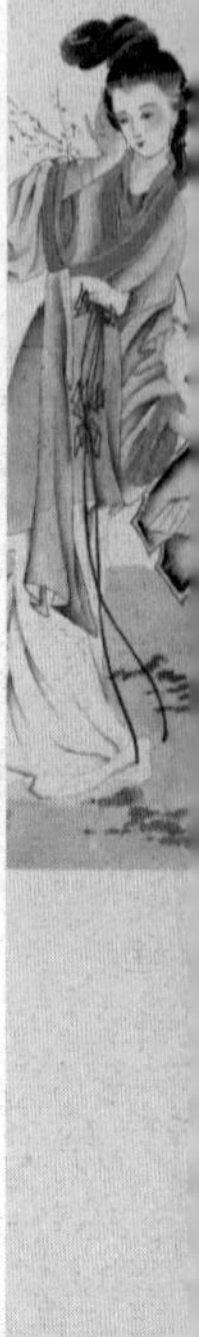

次日起身,青棠送宝玉到潇湘馆中,黛玉才起来。青棠与黛玉叩头,道:“谢小姐格外的恩。”黛玉连忙拉起,道:“妹妹你又拘礼了。从前说明白了,你又忘了。该罚你才是!”宝玉道:“妹妹,今儿没有什么事,我们细细的谈谈。”黛玉道:“你不出门拜客么?”宝玉道:“拜客还要过几天哩。”黛玉道:“姊妹们那里,你也该去走走。”宝玉道:“平姊姊、三妹妹、喜妹妹、宝姊姊他们都忙忙碌碌的,只有史大妹妹、四妹妹、大嫂子还闲些。我们找他们去。”黛玉梳洗毕,同到王夫人处请安。

宝玉到书房,请贾政的安。正值贾琏在里说话,见宝玉来了,便道:“我正要找你。柳二哥的事,一切都停当了。那房子虽略贵了些,居然竟在琼兄弟间壁,你已是看过的了。现在收拾完工,一切家伙什物都已全备,后日便要搬进去。柳二哥自去接他姑母去了,明日可以到来。我想柳二哥既住在我家,他的姑母自然也要留他暂住,况且不过一日。我才回过老爷,正要去回太太,打扫梨香院,请他暂住,你道如何?”宝玉道:“甚好。柳二哥是那一天去的?”

贾琏道："就是你吉期的第二日。他说不要惊动你。"又道："他房子一切总共用了四千几百两银子。我将五千两替他放在银号，每月支取利银以作食用。还剩几百两银子在此，预备他下场用度。那一万银子都存在我们库上，倘他日用不够，再提几千去放着凑用就是了。"宝玉点头，一同来至王夫人处回了话。王夫人说："要好好款待他。"贾琏回自己屋里去。

宝玉到宝钗屋里，见宝钗靠窗坐着。宝玉道："姊姊今儿大好，起得早些。"宝钗道："好了。"宝玉道："姊姊竟不吃药了？"宝钗道："这几天总没有吃药，反觉好些。饮食也香甜，人也不觉得乏。我叫他们把药炉、药罐通检开了。这苦味儿也够了，再不去吃他了。"宝玉道："姊姊还吃冷香丸不吃？"宝钗道："也多时不吃了。"宝玉道："究竟久病之后，还得吃些丸药调理，复原也快些。姊姊既不喜吃别的药，何不把冷香丸吃些？"宝钗道："也罢，明日叫他们找出来。不知还吃得吃不得，恐怕多时坏了。"宝玉道："往后多配些才好。"

正说着，莺儿回道："新二奶奶来了。"宝钗出来，携着黛玉的手，一同进屋中坐下。宝玉道："柳二哥的姑母明日到京，我已回明太太，暂住梨香院，后日就搬进新屋中去。太太说要好好款待他。"宝钗道："房子买定了，在那里？"宝玉道："就在琼兄弟间壁，往来倒还便当。明儿到了，必要来拜太太。姊姊才好，不必出去，请大嫂子、二嫂子应酬他就是了。"宝钗道："我已好了，免不得总要见面的，何必躲着呢？"宝玉道："我去知会大嫂子去。"说毕起身。

黛玉道："妈妈是前儿回去的，没有累着？"宝钗道："妈妈因大嫂子、二嫂子都在这里，家中无人，不能不回去照料，左不过这几天就过来的。三件喜事凑在一块，先前我又病了，不能做什么，大嫂子又避忌，剩平嫂子一个人，如何料理得过来？幸亏三姑娘回来帮着，才觉得渐有头绪。算起来，没有半月功夫，又有新人进门了。"黛玉道："傅家大姑娘久已闻名，是个才女。不知这位二姑娘才貌

如何?”宝钗道:“听说就是这大姑娘教的,也能写字作诗,相貌也好。性情脾气比姊姊还更好些。”黛玉道:“将来我们诗社中又添一个诗人了。”宝钗道:“你那里这位棠仙自然是仙才了,也写字作诗么?”黛玉道:“他博通今古,无所不知,想来诗文书画没有不能的。却总没有见他作过,也总没有同他谈到这里。”宝钗道:“我前儿匆匆一见,没有细谈,想要同他细细谈谈。还要学着妹妹,也与他结为姊妹,不知他肯与不肯?”黛玉道:“他谦下得很,拢说之再四,才答应了。在人前还是叫小姐,如今恐怕更要不肯哩。”宝钗道:“为什么?”黛玉将他与宝玉有缘及已经结就的话一一说了。又道:“此话还没有回老爷、太太,因恐彼此礼节不便,故没有回明。姊姊且不要说破。”宝钗道:“这真意想不到。他既是仙女,怎肯轻染俗情呢?这个理,我也就实有不解了。”黛玉道:“姊姊问他,就知道其中曲折。真是另有一个理,不是世间的道理呢。”宝钗道:“你不回老爷、太太甚好。此时老爷、太太甚是敬重他,若回明此事,恐怕要生起疑心来。但是此时虽不知,将来总要知道的。”黛玉道:“过些时原要回明的。”宝钗道:“我不信,做了神仙还忘不了这事。古来杜兰香、绿萼华、刘阮天台等事,难道竟是真的?”黛玉道:“想来未必全假。我起初想要留他多住些时,惟恐他不肯,踌躇再四,无可措词。若不是他自己说出,那个敢唐突他呢?”宝钗道:“他自然是得意极了。”黛玉道:“二哥哥么?他见了他肃然起敬,话也不敢说。姊姊没有看见,他结亲的时候,还是紫鹃扶着他拜,腼腆得很呢。”遂将那晚情事细细说了。宝钗笑道:“真是新奇的故事,不通知我个信儿!叫我瞧瞧。”黛玉道:“昨儿劝他去,好容易费了许多口舌才去了,不知是怎么样的,姐姐回来问他就知道了。姊姊要瞧,今儿晚上何不同他去?恐伯姊姊未必肯呢。”宝钗道:“这怎么使得?不要叫他打出来。”黛玉道:“必不打出来。”宝钗道:“你瞧过没有?”黛玉道:“我自不要瞧。若要瞧,就去了。”宝钗道:“我同你一块儿去瞧。”黛玉笑道:“真个的?姊姊到那时不要害起臊来。”宝钗笑道:“我是做过新人的了,难道拼不过你这崭新的新人?我害臊,你是不害臊的!”黛玉道:“姊姊说定了,不要到那时候逃了回来。”宝钗笑道:“你才几天的新媳妇,人家不取笑你罢了,你倒取笑起人家来,你真是换了一个人了,脸皮这么厚。我们且不要说玩话,你同我去看他去,且同他谈谈。”黛玉道:“我打发人叫他来就是了,何必劳动呢?”宝钗道:“我要专诚看他才是,岂可叫他?”遂携了黛玉的手同入园中,莺儿随着,到了潇湘馆。

黛玉叫紫鹃,问道:“青棠在屋里么?”紫鹃道:“在屋里。我叫他出来。”宝钗忙摇手道:“我们到后头去。”进至后厅,紫鹃先行说道:“棠仙,宝二奶奶来看你呢。”青棠出来说道:“怎敢劳二奶奶的大驾?二奶奶有什么吩咐,该叫青棠过去。”宝钗进入中间,见下首一间紫鹃住着,上首一间,一床、一塌、一几及椅杌之外,毫无别物。明彻洁净,纤尘不染。说道:“这想是仙人所居了。我今日特来奉拜,有一事妄求,不知能怜我这个俗人否?”遂向青棠拂了两拂。青棠忙请安,道:“二奶奶,这怎样敢当。”黛玉让宝钗坐,又拉青棠一同坐下。

黛玉道:“宝姊姊要同妹妹结为姊妹,我说恐咱不肯。”青棠道:“婢子是何等人?敢肆行僭妄。这都是小姐忘分捐嫌惹出来的,还求小姐婉辞。”宝钗道:“我原知下浊凡人,不当妄攀仙子。但棠仙既度尘世,得以亲近,想来亦有前因。方才妹妹说起,又晓得与我们二爷有缘,所以特来道喜。想援妹妹的例,往后益发亲密些。棠仙若不肯俯从,我更自惭形秽了。”青棠忙站起来,笑道:“二奶奶吩咐的话,教我不敢置对。既承二奶奶见爱,我亦不敢固辞。但既援小姐的命,还求同小姐一样才好。”黛玉道:“姊姊你依他罢。”宝钗道:“同妹妹一样是怎么的?”黛玉道:“人前仍系主下。帏房私室方叙姊妹。”宝钗道:“就依你如此。今日良辰,我与你一拜定交。明日屈你去见见我母亲。”青棠道:“二奶奶谆谆吩咐,婢子不敢有违,故勉强遵命。若竟认太太为母,益发僭越了。就是小姐,我也没有敢认姨娘为母、少爷为弟。这个，婢子竟不能遵命了。”黛玉道：“姊姊！你亦不必勉强他。横竖你总当他妹子，妈妈当他女儿就是了。”宝钗道：“我们且去行礼。”携着青棠手互相称呼，黛玉与二人道喜，紫鹃、莺儿与宝钗道喜，又与青棠道喜。青棠拉着道：“妹妹这玩什么！断断不可！”复至里间坐下。

宝钗先问警幻仙姑、太虚幻境一切情事，青棠略说大概。又问青棠与宝玉因缘，青棠一一告诉。宝钗道：“我见书上说神仙因果轮回的事，似乎可解，又似乎不可解。那驳斥神仙，因果轮回的，其说觉得正大，究竟不知是怎么样的。古来圣贤，如尧、舜、文、武、周公、孔子、孟子，却都没有说过。后来诸贤，亦都排斥。若说有的，圣贤不应置之不论，诸贤亦不该强词排斥。若说没有，古来史书所载及纪录流传，又似乎凿凿可凭。今见妹妹所说的，益发确实无疑了。但这道理我总不很明白。”青棠道：“这所以然的道理，除非请问仙姑，我也不能尽悉。以我所晓得的，看来世间笃信者与排斥者都没有知道，不过入主出奴各事所闻，互相轩轾罢了。大抵圣贤仙佛，其至德要道，未尝不同，不过同归殊途，各有从入的路。圣贤之道，包含仙佛，仙佛之道，不外圣贤。后人不能会通，但执异同粗迹，遂生诽议，以致彼此相争。至于轮回因果之说，圣贤并未驳斥，《六经》已引其端，如何说他没有？”宝钗道：“妹妹这话，真是和平超妙，迥非凡人所能窥见。但说轮回因果之说原于《六经》，我却茫然，不知在那里？”青棠道：“仙佛精微真旨与圣贤相合者，《学》《庸》《论》《孟》所言皆是也。至于变他作用，操修功候，玄机法象，莫详于《大易》。《大易》所言，具有道、释二藏精义。《大易》是浑言之，道、释二藏是析言之。但世传三藏之书，皆有流传错误，增改离乱之文，致多矛盾难通之处。至轮回因果之说，原是推本儒书，畅言情状，并非释氏所创，如《书经》说的‘天道福善祸淫’，又说‘惠迪吉，从逆凶，惟影响’，又说‘天作孽犹可违，自作孽不可活’，又说‘惟上帝不常，作善，降之百祥；作不善，降之百殃’。《易经》说的

‘积善之家,必有余庆;积不善之家,必有余殃。臣弑其君,子弑其父,非一朝一夕之故,其所由来者渐矣’。又说‘善不积,不足以成名;恶不积,不足以灭身’,皆是因果循环报应的道理。轮回者,其图如轮,而回环不断也。天地时载覆帱,阳阴升降倚伏,乾坤往来消息,四时错行代明,都是回环不息的。《易经》说,‘日往则月来,月往则日来,日月相推而明生焉。寒往则暑来,暑往则寒来,寒暑相推而岁生焉’。又说,‘仰以观于天文,俯以察于地理,是故知幽明之故。原始原终,故知死生之说。精气为物,游魂为变,是故知鬼神之情状’。明说出鬼神轮回的真象来。”宝钗道:“死生代命原是定理,但圣贤说到魂升魄降便止了,若六道轮回、地狱天堂之说,似乎未曾说到。”青棠道:“人受天地之气而生,到死了其气复归还了天地。后人所秉受之气,即前人所归还之气,岂不是回环不穷。至于六道,是分拆言之,人与物都在天地中,总而计之,应有六道。地狱天堂,乃推本《洪范》福极之说,福之至者天堂,极之至者地狱。不止天上有天堂,冥司有地狱也。以人世言,则福为天堂,六极为地狱。以幽冥言,则生天多福善之人,入狱多淫凶之鬼。以太虚而言,则诸天岛洞为天堂,谪降轮回为地狱。即一时、一事、一家、一室亦有天堂、地狱之殊,数之不能穷也。”

正说间,宝玉走了进来,道:“你们躲在这里。”黛玉道:“你该替宝姊姊道喜。”宝玉道:“道什么喜?”黛玉将方才的事,告诉宝玉,宝玉忙与宝钗道喜。莺儿回道:“奶奶该吃饭了。”黛玉道:“正说得高兴,何不就在此吃饭?你去拿了奶奶的碗箸来罢。”宝钗道:“也罢,我亦懒得走动了。”宝玉道:“姊姊既懒得动,今儿就在这里歇,我们晚上作竟夕之谈。”宝钗道:“这如何使得?你们新婚燕尔,我来搅扰,岂不成了个恶客了?”青棠微微笑道:“姊姊是断不肯的,若肯,倒是个佳客哩。”宝钗道:“妹妹,你同我到那边歇,我们细细的谈谈,只怕你嫌我那里脏。”青棠道:“姊姊不嫌我,我就去。但这几天恐怕不便当。”宝钗道:“有什么不便当?”青棠道:“只要姊姊不嫌,今儿我就去。”黛玉微微一笑。宝玉笑道：“姊姊，说定了不要翻悔。”宝钗道：“这有什么翻悔的？”紫鹃道：“饭摆好了，请两位奶奶。”

宝钗携了青棠手出至潇湘馆。宝钗首座，黛玉坐在肩下，宝玉对坐，青棠在上面。黛玉叫莺儿、紫鹃都坐，在下面。一回吃毕，啜茗倾谈。宝钗道：“我今儿如读异书，开我茅塞，不是拜了姊妹，竟是拜了师傅了。我过天要备一小酌，请大嫂子、三妹妹，大家听听。”黛玉道：“为什么单要请他们两个？”宝钗道：“他们两个与我脾气相似，也是不信的。若史大妹妹、四姑娘、我们二嫂子本是信的，便不必请他。”宝玉道：“这回子我就去替你邀来，何必另日呢。”说着，站起身，出门去了。

黛玉道：“今日妹妹登坛说法，恐怕天花乱坠，要下满了这院子哩。”青棠道：“我说鼓儿词替奶奶们消遣。”宝钗道：“妹妹怎么又称呼奶奶，该罚什么？”青棠道：“回来奶奶、姑娘们来了，还要称奶奶呢。”宝钗道：“妹妹久历尘寰，可还一一记得？”青棠道：“就像梦里一般，也有记得一二的，也有全不记得的。大抵入世所有的境界、所有的事变、一切悲欢离合、贫贱富贵、吉凶祸福、疾病死生，无不备尝，才能厌弃归真，仍返幻境。”宝钗道：“约略有多少时候？”青棠道：“我在忉利宫中不知岁月，及发至幻境，转入轮回，更是模糊。此时追想起来，汉朝、唐朝、宋朝的年号事迹尚依稀记得，一一想来也有几千年了。”宝钗道：“妹妹历炼了几千年，又在仙姑座下苦行修持，如何尚生尘念，复惹情缘？”青棠道：“情之一字，贯彻天人，惟圣贤仙佛能得其正，此外，都不能无所偏倚。情之正者，即是性，《大易》所说，洗心退藏，寂然不动。感而遂通天下之故。圣贤仙佛都是这般光景，性与情合，不啻无情，而实为情之至情，下此则情彼其情变生因缘。自诸天、外宿以至岛洞群真，皆为所包。情动缘生，便难解脱。至于吾人，从色欲中来，情缘更为事惹，孟子说，‘食色性也。’所以圣贤宽其礼以处之，严其法以防之。仙佛亦然。情天有万古不老之春，孽海有千劫沉沦之狱。我的招惹，原不由人道，只为本性中含着一点情根，以致忽然妄动，磨折万端。究竟苦多乐少，故但能收敛，未得消融。幸而本性犹存，不至沉迷不返。若世人早已化为乌有了。”宝钗道：“妹妹几千年备历诸苦，便应心空性寂，何以反不能消融？”青棠道：“那苦的时候，原是心空性寂，一念不生。及至苦趣过了，不觉又触境生情，以此知其根株未断。”宝钗道：“妹妹，此处人世，比以前苦乐何如？”青棠道：“此处人世，有乐无苦，乃仙姑格外成就之恩，非从前可比。若能从此将久痼情根消融尽净，便可勉希大觉了。”宝钗道：“依妹妹说来，欲断情欲，反须从情欲中求之。这个道理，似乎圣贤仙佛都未说过。”青棠道：“姊姊天分极高，宿根未昧，这一驳就已悟到真处了。要晓得，情欲一事，世人忽之，圣贤仙佛反不敢忽，看作一件大事，再三设法，开导防闲，引人移情复性。无如世人昏里不解，昧却圣贤仙佛一行苦心，以致变幻多端，沉迷难返。”

正说着，只见李纨、探春、惜春、湘云都说笑而来。黛玉等起身让坐，湘云道：“听说棠仙在此开讲，我们特来恭听，不知讲的是何经典？”李纨道：“我们凡人恐怕听了不得懂呢。”青棠道：“这是二爷赚奶奶们的，我晓得什么呢？”众人坐下。湘云道：“讲到那里了？”宝钗道：“讲到你身上了。”黛玉不觉失笑。湘云正要不依，宝钗道：“宝玉呢？”听得背后说道：“在这里。”宝钗回头，见宝玉站在身后，笑道：“你几时进来？怎么不言语，躲在人背后做什么？”宝玉道：“我进来，你们都看不见。我只好在旁边躲着。”宝钗道：“你把以前棠仙说的话说给大家听了，然后等棠仙再说，方可贯串。”宝玉道：“以前说的什么话，我并没听见，还得请姊姊说。”宝钗道：“我真糊涂了。”黛玉道：“依我说，不必再述，听各人随问随答最好。”湘云道：“方才说了什么，宝姊姊竟往我身上拉扯？”宝钗道：“才说太虚幻境的事。”湘云道：“我竟不知太虚幻境是怎么样，姊姊快些说？”宝钗道：“我本来不请你的，你看他急得这个样儿。”湘云道：“你不说，我就去了。”黛玉道：“姊姊权作首座，敷演一番罢。”宝钗将青棠所说大概述了一遍，湘云不住点头叹息。

宝钗又说到因果轮回，探春道：“我正要请教这道理。”宝钗道：“你自问来。”湘云不等探春开口，便问道：“因果之说，善恶都有前因，何以作善又要算功，作恶又要算孽？善有善报，恶有恶报，互相报复，作何了结？譬如，这个人叫那个杀了，转世去自必那个人杀了这个人。再转世，这个人又去杀那个人，岂不因一件事惹出多少事来？”青棠道：“天道好生，人性皆善。上帝及圣贤、仙佛的心，原要有生无杀、有善无恶、有福无孽的，无如阴阳倚佛，气机屈伸，上帝亦不能自主。于是圣贤、仙佛裁成辅相，不得不刑德兼施。明有礼乐兵刑，幽有天堂地狱。六道轮回，强由上帝施行，阎罗发放。然皆顺着天地自然造化，并非勉强作为。世人秉受天命而生，原是有善无恶。孟子性善之说，三教皆同。因后天气质杂而不浮，加以嗜欲习染，缠绵萦绕，遂将性真痼蔽。其中深浅不一，明昧相参，品类万殊，高下等情，类之不尽。性真消尽，便是下愚极恶之人，其所为必是穷凶极恶之事，稍好者千恶一善。至于善恶相半，善多恶少，即其善恶之数为赏罚之数，仍是自然。或台主之者亦无所容心。若气质清浮，而又不为习俗所染，便是上智之质，以功力可入圣贤仙佛，其次亦不失为善人。在天则享天上之福，在人则享人间之福，亦是自然之道。至果报即是赏罚，若依着制断，如分相偿，这事便完了，若有太过不及，便不能了结，须再转轮回。仙佛婆心，原恐冤冤相报，没有了期，故多方为之解脱。在人亦自有能解脱之法。”湘云道：“然则世间事皆听人自为，并非注定的了。那定数之说，又是怎么讲呢？”青棠道：“数之大者，如国家兴替、朝代改革、年岁丰凶、风雷水火、兵燹疾疫一切诸劫，小者如贫富贵贱、寿夭生死、聚散离合，都是前定。而其中仍随时转移，譬如国祚已衰，倘一念振兴，便可感召祥和，挽回气数。大灾、大疫、大兵，若有贤君相省过责躬，力行善政，亦可消除诸劫，减省分数。古时九年之水，七年之旱，若非尧、汤挽回补救，岂不绝了人类么？又如，一人本应富，一人本应贫，这富者恣意造孽，便生灾召祸，贫者敦行为善，便弭祸消灾。当其贫富之初，原是前生因果，到后来是福是孽，虽上帝不能预知而预定之。所以说，祸福无不自己求之者。”探春道："当其定数时，应富应贫，凭何判断？自然是善者应富，恶者应贫了。既是善者何以又复造孽？既是恶者，何以又能造福？上帝既不能预定人的福孽，何以便能预定人的贫富呢？”青棠未及回答，黛玉道："妹妹驳得尚未十分透辟，还有善者反贫，恶者反富，甚至祸善福淫，夭仁寿佞，不知是何因果？果然善者都是获福，恶者都是获祸，便无人能生异说了。”青棠道："我已说过，祸福皆自己求，定数原是顺着自然之化。当其定数的时候，这人有应富的因果，便定是富人，有应贫的因果，便定是贫人。所以应富应贫，仍是自成的因果，这是上帝能预定的。一经转轮，后天气质用事，习染熏陶，所作所为有与前因相反的。始则消却前因，继遂积为后果，其中事变不齐。即以贫富论，富者有保享终身又能延及后世的，有仅仅保得终身的，有始富而终贫的，有不旋踵而倾覆的，有因富而亡身毁家的，有祸延后嗣的。贫者有终身不能发迹的，有流离冻馁不得其死的，有穷困终身而子孙发迹的，有始贫而终富的，有虽贫而安乐的，有因贫而反保全其身家，种种不同，皆就人事的福孽与前因不减乘除。其不减乘除，亦化机自为推移。大小迟速，如分相偿，分毫不爽。至于善者有时困穷，恶者有时富厚，君子有时获祸，小人有时安享，仁者不必皆寿，寿者不必皆仁，这是圣贤、仙佛屡屡说过，都是前因后果，自然乘除。要之，善者的困穷，君子的获祸，有时亦可谓之福，恶者的富厚，小人的安享，当时未尝不是祸。这是化机与大道相权并行而各足的。”

黛玉、探春等默然半晌，点头叹息道："这才明白，理与数原是一件。大家多把理数认做两件，所以言理者辟数，言数者辟理。”青棠道："理数本合而不能分。圣贤言理不言数者，不必再言也。《大易》所言皆理，而实为言数之祖。仙、佛二藏，不过推衍详尽，就事指点而已。”宝钗道：“照这么说，究竟有了圣贤的经书，便可不必再要仙佛的经典。既然说理就是说数，我们但守着理就是，也不必更管数不数了。”探春道：“照这么说，仙佛究竟不及圣贤，怪不得儒家要辟佛毁道，岂不是离了仙佛于天地无碍，离了圣贤天地便成不得么？”青棠道：“这是儒家的正论，却不是圣贤的通论。若如此说，连《大易》也属多事了。《大易》若离了象数，从何处说理？象数万变而不可穷，故理非一端所可尽。理之要者五伦，而五伦之变便不可胜穷。圣贤所说，亦恐未能详尽。故穷极其数之变，而斟酌乎理之中。仙佛亦然。圣贤之所已言者，畅发之；所未言者，尽言之。其精微宗旨，一一皆同。其所从人的道路，及教人，即作用，则各自不同，使人就其性之所近而求之，所谓‘殊途而同归，一致而百虑’也。三教圣人同处天上，不特未尝以异同相争，即其教下人亦未尝一言抵牾，岂能稍分轩轾？二奶奶所说‘但守着理，不管数不数’，这是儒家正宗。所谓各就性之所近的用力，到那成功之候，才晓得原无两样。譬如，一人从东走，一人从西走，走时岂不各别？及至从东的到了中间，从西的也到了中间了。若说但用圣贤经书，不要仙佛经典，则必有理穷势诎之时。三姑娘说‘离了圣贤，天地便成不得’，这是不错的。要知离了仙佛，天地亦大有不便哩！辟佛毁道的，古来亦不止一种。有出于不得已的，有出于不尽知的。至于随人附和、别户分门的，更不足言。”探春道：“棠仙说果报本由人自造，则圣贤所说福善祸淫已是该括，没有佛家所说似乎亦不妨。”青棠道：“圣贤所说，亦有次序。上者心性精微，其次公私义利，其次人事得失。说到降祥降殃、吉凶祸福，已是末等。然中人以下，尚不能信从。还说为善未必有福，为恶未必有祸，所以佛祖畅言因果报应，天堂地狱，专是为中人以下说法。若是上等人，便告诉他为善必得祸，他也是为善，决不为恶的。世风日下，中人以下的人日多一日，所以说，离了仙佛经典，必有理穷势诎之时。”探春尚在凝思，湘云起身道："我明白了，三教所以有异同，还是人心有异同。"青棠也起身道："史大姑娘天分绝高，既晓得人心有异同，便已经无异同了。"湘云大笑道："今日棠仙算点化了我，改日当专诚拜师。我是要学仙的，不知肯收我不肯？"青棠道："姑娘本是仙子，还要学什么仙？"李纨道："我听得四通八达，都是道理，真是畅快。"惜春微笑不语。宝钗道："四姑娘大约是笑我们愚人乱说，所以不发一语。"惜春道："他们竟是舌战，那里插下嘴去？"

正说间，只见素云来请吃晚饭。黛玉道："就在这里一同吃饭罢。"李纨道："人太多了，天也晚了，明儿有客来，还要到太太那里请示去。我们过天再谈。"同探春、湘云一齐起身。宝钗道："四妹妹在这里吃饭罢。"惜春道："我晚上本来不吃什么，再坐会去。"黛玉送李纨等出门。

其时，宝玉在紫鹃房中，与紫鹃谈了半天。见天色将晚，紫鹃道："差不多要摆饭了，他们还谈得高兴，我们看看去。"同至前边，见李纨等已去，紫鹃道："姑娘，可要摆饭了？"黛玉道："我们也吃饭罢。"不多一会，点上灯。一面吃饭，一面说话。惜春道："说了一天，没有说着要紧的。究竟这因果如何起，如何灭？"宝钗道："便是妹妹你说自己的因缘，尚未说完，被他们打断了，我还未听得明白。"青棠道："因果从心起，从心灭，其中有浅深、大小、厚薄之不同，故起灭有迟速难易之不同。大抵根于情者为最深。情之中，根于爱乐者为尤深。皆易起而难灭。至根于性者，则穷天地彻古今而不灭的。"惜春道："欲灭之当用何法？"青棠道："浅小者可划削之，厚大者须逐渐节减之。薄者或克以猛力，或磨以精心。至于深者，则必消而融之。尤深者必顺而化之。"宝钗道："这说的我就不懂。妹妹说我已悟到真处，什么是真处？"青棠道："姊姊说欲断情根，怎么反从情欲中去求，这就是了。"宝钗道："我就是这个不懂。圣贤仙佛无非教人节情欲，那里有反教人向情欲中去的道理？"青棠道："姊姊所说的，与四姑娘的话看是两样，却都是勘到真处。四姑娘，你说如何？”惜春道：“这就是你才说的消而融之、顺而化之的道理么？宝姊姊一时自然未必会通哩。”宝钗向黛玉道：“妹妹！你明白不明白？”黛玉道：“我也不懂。”

说时，已吃毕饭，各人散坐，吃茶。紫鹃、莺儿等各自闲话。宝钗道：“妹妹到底教我明白了才好，怎么又秘而不宣呢？青棠笑道：“不是秘而不宣，如四姑娘已明白了，姊姊这一回儿自然不得明白。我说个比方罢，譬如一点水、一点火顷刻可灭，大了就难了，若江河之水，要拿土去克他，不但不能，反激成他溃决的势力。燔山之火，要拿水去制他，不但不能，反助了他猛烈的光焰。况水火尚非至灵之物，情之变幻更非水火可比。古人说金石可烂，日月可薄，是何等力量。所以古人治情有顺有逆，无非因势利导，使潜移默化而一归于正。不然，以圣贤、仙佛的力量，何妨把天下人物的情根都去尽了，岂不干净？为什么叫天下人物都有了情，又要变尽方法去去掉他？要晓得，情根于性，无性便无天地、无人物，有性便有情，有情便有性，种种变幻。圣贤、仙佛不过要情归于性，不是要去掉这情。”宝钗道：“既不要去掉这个情，则圣贤所说的治情复性的道理，难道还不详尽？”青棠道：“何尝不详尽？然圣贤说了，能依着他性情合一的究有几人？即仙佛所说何尝不详尽，然仙佛中如我之不能解脱，屡历尘世的，亦指不胜屈，难道不是经历千辛万苦、积功累行数千百年的？就是姊姊，你于圣贤所说治情的道理，已是晓得的了，你如今的情是如何光景？”宝钗道：“我又不曾用过功夫，不过记得几句书，晓得有这个道理，不敢纵情就是了。岂比妹妹几千年功夫，还说情根未化，所以心中不解。”青棠道：“姊姊的前因是不记得的了，也有几千年的功夫哩。姊姊若是化了情根，也不在尘世了。姊姊说不敢纵情，恐怕其弊还甚于纵情。”宝钗失惊道：“这怎么说？我更不懂了。”青棠道：“这就是方才说的以土克江河之水、以水克燔山之火了。”宝钗默然。青棠道：“姊姊你慢慢的就事体验，自然就明白了。”

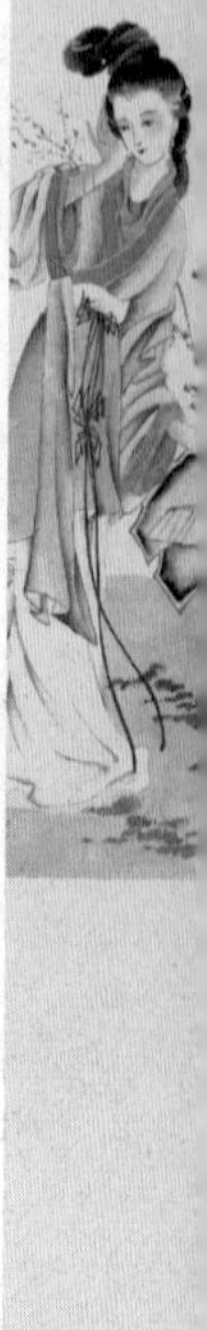

宝玉坐在黛玉下首，听他们谈得高兴，悄悄的向黛玉道："宝姊姊的道学只怕要说散了。"黛玉含笑道："这说的你都懂得么？"宝玉道："都还懂得。"黛玉道："我还不大懂。"宝玉道："你回来再问他，这才说了十分中没有一分哩。"宝钗道："天不早了，我们去了罢，不要打搅他们的良宵。"惜春道："也该散了。"惜春告别先行。宝玉道："宝姊姊不是要邀棠仙过去么？"宝钗道："且过些时再来邀，此时太觉不情。"宝玉道："我说要翻悔的。"黛玉、青棠皆含笑目视宝玉。宝玉道："我送姊姊回去。"宝钗道："这断不敢当。"说着，已至门口，与黛玉、青棠等告别。黛玉向宝玉耳语，宝玉悄悄跟在后面，到了宝钗屋里。

宝钗坐下，抬头见了宝玉，笑道："怎么你又来了？还不歇着？"宝玉道："林妹妹撵我来的。"宝钗道："使不得，林妹妹新人才几天，如何撇了他？满了月再说。莺儿快送二爷过去！"宝玉道："林妹妹要同青棠说话，我出来时已经关了门。这回子去，必不开的。姊姊容我这里歇了罢。"宝钗不信。宝玉道："你不信，打发人看去。"莺儿道："真个的，我们出来了不多一回，就听见关门的。"宝钗只得罢了。不知晚景如何，下回分解。

第十五回

单说宝玉来至宝钗房中，莺儿等伺候洗漱、添香、倒茶、卸妆。宝钗道：“你如今竟不比从前了，也会周旋应酬。”宝玉道：“我几时会周旋应酬？”宝钗道：“你自从去年回来，陪了我大半年。现在林妹妹来了才几天，你们生死缠绵，想来话也还没有说完，怎么就急急的到我这里来，这不是恐怕我有什么意思，特地的来周旋一回么？”宝玉道：“不瞒姊姊说，这几日忙忙碌碌，实在的话也没有好生的说。昨日妹妹催我到青棠那去的，今日又催我到姊姊这里来。我原晓得姊姊必不以为然，无奈妹妹不依，后来青棠又劝着，说他要同妹妹说话，‘你且去几天回来，我再去与姊姊细谈’。我才来了，并不是我周旋应酬。”宝钗道：“不是你周旋，就是林妹妹周旋了。”宝玉道：“这也不是周旋。姊姊同林妹妹本来相好，林妹妹觉得撇了姊姊，心上不安似的，这也是出于至诚。”宝钗道：“青棠同妹妹天天在一块，有什么话一定要今儿说，你可晓得？”宝玉道：“略晓得点大谱儿，回来细细告诉姊姊。”两人宽衣睡下。莺儿放了帷幔，掩门而去。

天明，宝玉见宝钗尚未睡醒，悄悄起来，取床夹被替他盖好，穿衣下床，轻轻开门，走到麝月们房里。见麝月、莺儿都未起来，又到秋纹、五儿房里，见五儿将醒未醒，正在翻身。宝玉坐在炕沿上，五儿一翻身，见了宝玉，失惊道：“怎么二爷一早跑到这里？”宝玉道：“奶奶还未睡醒，我不爱睡，所以悄悄的起来。天还早，你再睡一回儿。”五儿道：“我也睡醒了，二爷请出去，让我起来伺候。”宝玉道：“我坐一回子，你也躺躺。”五儿道：“二爷在这里，我也睡不稳，我要起来。”宝玉道：“我替你披衣。”五儿连忙道：“二爷使不得，我不起来。”说着，叫道：“秋纹姊姊！还不醒？二爷都起来了。”宝玉道：“他还没有醒，何苦吵醒他？”秋纹刚刚醒，看见宝玉，说道：“二爷几时来的，这么早。”五儿道：“你瞧瞧太阳多高了。”说着，坐起来。宝玉替他披上夹袄，下炕来。秋纹也跟着起来。五儿出来，叫了脸水。宝玉道：“就在这里罢，到那里去恐怕惊醒了奶奶。昨儿晚上奶奶不大舒服，今儿让他多睡一回儿，到底病后还没大复原。”五儿道：“可不是。这几天劳碌着了。本来病了这么一大场，又好些时没有吃药，只怕还要吃些调补的药才好。”

宝玉盥漱毕，走到宝钗房里来。莺儿、麝月都已起来。到床上看时，宝钗尚自酣卧，遂坐在床头。一回儿，宝钗醒了，道：“你起来了。”宝玉道：“我起来好一回儿，姊姊身上觉得怎么样？”宝钗道：“觉得懒得很。”宝玉道：“姊姊今儿不要出去了，我替姊姊回一声，你养几天。我叫人把从前吃的药单子送去改改，再吃几剂药。”宝钗道：“药是不去再吃他了。我依你，歇一天不出去就是了。”说着起来。宝玉挂起幔子，莺儿上来伺候。

宝玉吃了点心，到王夫人处请安。却值贾政起来，尚未出去。黛玉、李纨、平儿都已到那里。宝玉请过安，回说：“宝姊姊身上不大舒服，不能出来替老爷、太太请安。”王夫人道：“想是这几天又累着了，叫外头请大夫去。”宝玉道：“宝姊姊说，不过累着点子，不必请大夫吃药，过一天就好了。”王夫人道：“既如此，且等他歇一天。要是明儿还不好，再请大夫去。”宝玉答应着。王夫人道：“从来说新房不可空，你怎么就跑出来了？”宝玉道：“妹妹再三的叫过来的。”王夫人道：“你们姊妹原相好，但这新月子里，你也不必太拘。”黛玉忙站起来道：“因为宝姊姊身上还没大复原，陪着说说话儿，到底好些。”贾政道：“今儿是柳二哥的姑娘要到不是，一切都料理妥当没有?”王夫人道:“都料理了。回来我带着珠儿媳妇同林丫头接待他在梨香院暂住,等他搬了新宅子,我再去拜他。”贾政点头,站起身,出外去了。

黛玉等退了出来,同到宝钗处。见宝钗倚枕靠在床上,徐徐起身。黛玉坐下,道:“姊姊身上不舒服,想是累着了。本来晚儿谈了一整天,我也觉得累了。”宝钗道:“妹妹如今身子竟比我好多了。我这一场大病,把人竟病坏了。我想青棠是个仙人,要请他使点仙法,替我治一治才好。”黛玉道:“我回来叫他来。是他一天的话,把姊姊听累了,罚他来治好了,不然不依他。”大家都笑了。宝玉道:“我去找他来。”走到潇湘馆,见紫鹃在堂屋里。宝玉道:“青棠呢?”紫鹃道:“我们两人一块儿陪着奶奶的。”宝玉笑道:“说些什么?”紫鹃一笑,晕红满颊,道:“你问他去。”宝玉笑道:“你难道没有听见?”紫鹃怔了一回,道:“我睡着了,我没有听见。”宝玉道:“姊姊不肯说罢了,何必哄我。”紫鹃道:“听是听见了,也不懂,也学不上来。”宝玉道:“姊姊聪明人,怎么说不懂?”紫鹃道:“老实告诉你罢!昨儿说了一夜,通没有睡,今儿人都困的很。他那些话忽然天上,忽然地下,怎么能懂?你们想来说过了的,尽着问我做什么呢!”宝玉道:“姊姊歇歇去罢,妹妹横竖有人伺候,今儿有客来,要忙半天哩。”紫鹃道:“也不怎么困,姑娘真是大好了,竟一点不困倦。听说你晚上不睡觉的,你们两个真是天生一对儿。”说着,微微一笑,宝玉携着手来至后边。见青棠独坐室中,起来让坐。宝玉挨肩坐下,道:“昨儿姐姐同妹妹竟夕之谈,我问紫鹃姊姊,一句多不肯说。”青棠笑道:“紫鹃姊姊昨儿累了,我是省得一遍一遍的说,所以拉着他一块儿。小姐天分绝人,透彻了悟,紫鹃姊姊还似信不信的哩。”紫鹃道:“我是愚蠢凡人,怎能比姑娘?你不要嫌烦,我还要细细的问你,要好好的教我,我或者可以明白些。”青棠道:“不妨,我们早晚得空再谈。”向宝玉道:“昨儿是得意的。”宝玉道:“真不出姊姊所料。宝姊姊今儿身上不舒服,妹妹说是姊姊昨儿一天的话说累了,

要请你去治好了才罢。”青棠笑道：“这真该罚我，倒不是说多了话，倒是少说了一句话。不妨，我就去看一看。”紫鹃道：“我也同去。”青棠道：“屋里没有人，你也歇歇，我替你说请安就是了。”二人同着到宝钗处。刚要坐下，莺儿来回道：“外头说柳二爷到了，请二爷呢。”

宝玉即更衣出来，到贾政书房中。见贾琏、贾兰、贾环陪着湘莲说话。宝玉与湘莲拉手问了好。宝玉道：“二哥来得甚快。”湘莲道：“我搬的日子已看定了，明儿恐怕错过，所以匆匆先将家姑母、舍表妹接来，再去料理一切。”宝玉道：“还要料理什么事？”湘莲道：“家姑丈在日，薄有田产，自己没有儿子，过继了个侄儿，娶了媳妇。这媳妇与家姑母不大合得来，所以家姑母不愿意与他同居。姑母亲生有个妹子，今年十六岁了。家姑母的意思，将田产房屋全交与嗣子执掌，但留住的卧房，预备姑母回去祭扫居住。此外，除随身衣服之外，一概不带，所有田产，酌量提出一分，为将来妹子出嫁之用。嗣子倒一一遵依，那媳妇竟不能依，费了许多口舌还未明白。我劝家姑母不消要他，将来妹子应怎样出嫁，都是我的。家姑母又不依，说，‘这女儿是我亲生的，怎么这家私我就一毫无分？’依那媳妇的意思，不但田产不肯提，连姑母妹妹的随身衣服行李都不许带才好，连我也无从劝说。还是嗣子说，‘到亲戚人家去怎么连衣服铺盖都没有，成个什么样子？’族中又有几个长辈也说‘这断使不得’，这才罢了。”贾琏道：“这东西如此可恶，何不告他？”宝玉道：“依我看来，二哥你的主意是，还是劝姑母不要那点田产罢了。这媳妇想是十分不孝，嗣子不能正治，也不是个好人。将来不要理他就完了，何必累赘呢？”湘莲道：“原是如此。还要等家姑母气平了再劝他。”贾琏道：“听说提学初三开考，老弟，你乔迁之后作连科哩。场期近了，我们要紧吃喜酒哩。不要紧的事，且搁开。”湘莲道：“这么快，连客都不能请了。”贾琏道：“这是向来没有这么迟的。因着学台病故了，补放新学台接着考，这才压到这时候。你等高中了一块请客，岂不又省事又热闹？”正说得高兴，湘莲的人来说道：“姑太太到了，行李都来了。”贾琏派人招呼，请入梨香院。

宝玉同了湘莲等到梨香院门口，迎接进去，复又上去拜见。湘莲行着礼说道：“这是贾府的琏二爷、宝二爷、环三爷、兰哥儿，与侄儿骨肉至好。”宝玉跟着贾环一齐行礼。见一位四十多岁的太太，相貌与湘莲相像，甚是娴雅，还了礼，说道：“舍侄承各位老爷提携，我正要道谢，就过去给老太太、太太们请安。”宝玉说：“家母已恭候多时。请姑母歇息一回，再请过去。”大家退了出来。宝玉见湘莲忙忙碌碌的，不便久坐，便说道：“回来我们再谈。环兄弟，你帮着二哥料理。”贾环答应着。

宝玉回来到宝钗处，换了衣服。见宝钗与青棠在炕上促膝倾谈，便道：“姊姊吃什么没有？身上觉怎么样？”宝钗道：“吃了。我本不怎么，躲一天懒，省得陪客。这回儿也快要吃饭了，你吃饭没有？”宝玉道：“我就在这里吃罢。你们只管谈，我不打你们的岔。”宝钗道：“你来了，我们不谈了。”青棠微笑。宝钗道：“其实你还有什么不晓得的。”青棠道：“方才说的是二爷不晓得的。”宝玉道：“什么？”宝钗笑着向青棠道：“不要告诉他。”青棠含笑点头。宝玉道：“你们既不谈，倒不如吃饭罢。等我去了，你们谈一晚上。”宝钗道：“真个的，妹妹！你不嫌脏，今儿在这里歇。”青棠道：“我是不拘那里都好。二爷呢？”宝钗道：“二爷找新人去，今儿再不容他在这里了。”青棠笑道：“我就陪姊姊，姊姊你把莺儿姑娘也叫来，一块儿说话热闹些。”宝钗道：“也好。”

宝钗叫莺儿拿饭，两人同在炕上吃了。宝钗又奉了青棠三杯酒。宝玉道：“我去了，你们尽着畅谈罢。”走到五儿房里，五儿不在房中。刚欲出来，见秋纹进房来，说道：“二爷你见那柳家的姑太太没有？好个大家模样儿，不像个屯里人。那位姑娘长得也好。”宝玉道：“我见了姑太太，没有见姑娘。来了几时了？”秋纹道：“来了好一会儿。太太、三姑娘陪着吃饭，二奶奶们都在那里伺候。只怕还要到这里来哩。”宝玉道：“太太只怕还留吃晚饭罢？”秋纹道：“这回子多早晚才坐下。吃完怕不就晚了，还吃什晚饭呢！”

说着，五儿也来了，说道：“你们说知己话儿，我不该闯了进来。”宝玉一笑。秋纹道：“你又来嚼舌了。你听见了什么体己话？”五儿道：“听见了还好……”秋纹道：“早上你们在被窝里说了这半天，才是知己话哩。”五儿着急道：“你这是说的什么话？你才在被窝里说知己话哩。”秋纹道：“我是你叫醒的。醒了就起来了，怎么倒说我呢？”宝玉连忙劝道：“玩笑不要认真。总是我来了，不是这个多心，那个多心。”五儿道：“你听秋丫头的话，说的这么好听。叫人家听见了，不知成了什么了。”宝玉道：“其实没有什么，他原是怄你玩。就依他那么说，也没有什么。我昨儿倒同奶奶在被窝里说了一夜的知己话，你们怎样不说呢？”两人都红了脸，笑道：“二爷这说得更好了。”宝玉道：“我告诉你，奶奶今儿邀了棠仙晚上说话，这才是体己话呢。你们何不去听听？”秋纹道：“棠仙同奶奶谈的什么仙人，什么圣贤，我们不懂，谁要听他。”宝玉道：“今儿不是那些话了，好听得很哩。”五儿道：“二爷怎么晓得？”宝玉道：“我听过的才晓得。我听奶奶说，叫莺儿去陪着，你们何不也去听听。”五儿道：“奶奶不叫我们，我们怎么去？”秋纹道：“我们等莺儿进去了，悄悄的在幔子外听，就怕听不明白。”宝玉道：“我同奶奶说，叫你们都去听就是了。麝月姊姊呢，你回来也悄悄的告诉他。”五儿道：“二爷今儿也在这里歇？”宝玉道：“奶奶要同棠仙谈说，所以不要我在这里。我回园子里去。”秋纹道：“潇湘馆地方虽好，到底不宽敞，不如这边好。”宝玉道：“那时候原因为奶奶没有全好，新奶奶又爱这屋子，所以暂时挤着。大约满了月就要搬过来的。”说了一回，宝玉换了衣服，出去请柳湘莲，陪着吃饭。

席散进来，到王夫人处。贾政也进来，说了几句话，到姨娘房中去了。王夫人说：“柳姑太太为人甚好，那女儿长得也齐整。到底是大家出身，虽住在屯里，没有一点子屯里的气。”又说：“讲起他那儿子、媳妇来，真可恨，竟有些像那蟠儿的媳妇。天下那里生这种人！”黛玉道：“柳姑太太说着很生气。其实，在这种人，不过贪这点子田产。随他去，不要他，就完了。”宝玉道：“可不是！我同柳二哥都是这么说。回来请太太劝劝，省得再闹些口舌。柳二哥场事忙得很，也没有功夫再闹这些。”王夫人点头。又道：“宝丫头怎么样？”宝玉道：“好了，不怎么样。吃了饭同棠仙说着闲话，明儿就好出来的。太太明儿过梨香院去不去？”王夫人道：“我打算等他搬过去了，再去拜他。明儿你们去送送，道个喜。后儿我带着媳妇们去。”李纨道：“后儿是林妹妹回九。”王夫人道：“林妹妹新媳妇，本可以不去。过了回九，另走一趟就是了。平儿，回九的事都料理了？”平儿道：“都料理了。不知林妹妹还是当天回来呢，还是要住几天？”王夫人道：“新月子自然要当天回来的。”又道：“我也乏了，你们各自歇去罢。”大家退了出来。

宝玉同了黛玉到宝钗处走了一走，又向青棠耳边说了几句话，青棠笑着点头。回到潇湘馆，紫鹃伺候黛玉卸妆更衣，各自散去，二人就枕。宝玉道：“妹妹谈了一夜，又忙碌了一天，倒不困倦么？”黛玉道：“这回子也觉有些倦了，我们睡罢。”宝玉道：“宝姊姊的身子竟不如妹妹多哩了。”黛玉矇眬答应。宝玉便不再说话。看着黛玉的睡态，想起古人咏美人的诗来，竟无一句可以形容这态度。想自己作一首诗，也觉总难描写。合目凝神想了一会，又细细赏鉴了一回，心中觉有万分得意。天明起来，宝玉到湘莲那边，送他搬入新宅。吃了酒，谈了一天。

黛玉请安后，同宝钗到屋里谈了一回，说道：“我要找大嫂子说话去。”宝钗道：“说什么话？”黛玉道：“就是我兄弟要求亲的话。姊姊想来晓得的。”宝钗道：“恍惚听见说的是喜姑娘，这晌大家都不提了。喜姑娘近来也三天两天的不好，我正摸不着原故。”黛玉道：“原来姊姊还不晓得。喜姑娘有几天没见他，我们看他去。回来再找大嫂子。”说着同到王夫人对房，见喜鸾躺着，头也不梳，勉强起来让坐。黛玉道："妹妹怎么不舒服？"喜鸾道："想是凉着了。乍寒乍热，好几天不能吃什么，人也撑不住。"宝钗道："吃药没有？"喜鸾道；"太太说且养几天。"宝钗道："前回瞧我的那大夫就很好，该请他来瞧瞧。今年天不冷，怕是时气。"喜鸾默然。黛玉见喜鸾懒得说话，便道："妹妹躺着不要动，再来看你。"起身出来。向宝钗道："这事我正要请教姊姊哩。"

二人同至李纨处，见李纨带着素云、碧月几个丫头在那里翻箱子，宝钗道："大嫂子忙得很，我这两天又没有能来帮忙。"李纨连忙让坐，说道："也没有什么忙，总是些琐琐碎碎的事。"黛玉道："本来吉期近了，我们不但不帮忙，还来打你的岔。新房想来收拾好了，我们瞧瞧。"李纨道："就在那边。"三人过去看时，尚未铺设全备，复至李纨房中。

黛玉道："我为我兄弟的事来求大嫂子，不知说过了没有？"宝钗道："我还不晓得，大嫂子你先告诉我。"李纨道："我这一向忙得忘前失后，总没有空同你谈。真是梦想不到的奇闻……"遂将宝玉所述琼玉的话，细细说了，道："我要与四姑娘说。见于他，我就觉得难说，所以还没有说。"宝钗道："这真意想不到。这位兄弟的奇处，大约不在我们那个之下了。"李纨道："宝玉就说'服了他'，他再没有这种心思。想来林妹妹的令弟，原应该迥不同人的。"黛玉道："我的意思，就要请大嫂子同四姑娘说一说。我明日去，我兄弟必要缠我有个回信，也好叫他息了妄念。"李纨道："妹妹，还是你同他说得来些。"黛玉道："是我自己兄弟，怎好自己说？况且太太告诉过大嫂子，也要回太太的话的。"宝钗笑道："大嫂子，我们同去说，去碰个钉子亦没有什么。天下事料不定，既有这意想不到的，恐怕还有意想不到的，也未可知。"李纨道："我们把三姑娘、平丫头找了同去。"宝钗道："也好。"李纨叫素云："去请琏二奶奶同三姑娘，到四姑娘那里说话。我们都在那里。"说毕，同入园中，到栊翠庵来。

惜春迎着让坐。李纨道："到这里竟是别一世界。"宝钗道："今儿我们来替四妹妹道喜的。”惜春道:“宝姊姊说到那里去了,我有什么喜?”宝钗道:“你有合家梦想不到的大喜。”惜春道:“宝姊姊今儿那里这么高兴?”宝钗道:“你这大媒怎么不开口?”李纨道:“这倒不是玩话,我是奉太太的命,又是林妹妹的托,故而大家同来。”遂将“琼玉向老爷求亲,老爷同太太商量,太太叫问问你的意思”,以及宝玉所述的话,一气说了一遍,又道:“我是愚人,有一句说一句,并没有添一个字改半个字,也没有我半句在里头。姑娘意思怎么样,告诉我,我照样的回复太太去。”宝钗不等说完,笑道:“这不像做媒,倒像叙口供似的。”黛玉道:“这原是我兄弟的妄想,但念他却发于敬慕的至诚,并无一毫别念。四妹妹的高尚绝俗,我们大家都久已知道,所以大嫂子方才说话,原晓得四妹妹必不以为然。我因为你晓得我兄弟并无别念,却也是个绝俗的人,所以不得不把他的意思替他达到。”惜春默然不语。宝钗道:“四妹妹,你同林妹妹是最好的,他的话断不肯赚你的。若是别人,我断不敢恭赞一词,林妹妹说他兄弟既然如此诚求敬慕,岂是寻常世俗人才,似乎不必固执。”

正说着,入画报道:“三姑娘、琏二奶奶来了。”大家站起来让坐。平儿道:“我有点零碎事,耽搁了一回。那晓得走到这里,三姑娘还在我后头。”宝钗道:“今日媒人聚会,有这些人,想来不怕打断腿的了。”探春道:“你们说得怎样了?”宝钗道:“才做了个起讲哩。”平儿道:“我们多知道四姑娘立志要成佛的人,这红尘中的话,所以不敢来说。前儿太太吩咐了,我也没来。但这事不比别家,求得虔诚的很,不晓得四姑娘可肯通融?”探春道:“二哥哥要想成佛,还是回来了。四妹妹也说他是的,二哥哥也说四妹妹不必出家。依我看来,这佛不成他也罢。”惜春仍是默然。

黛玉见他心上沉吟,面无愠色,便道:“我也同兄弟说过,四妹妹不比别人,他的意向我是深知,不是浮慕清静的人,不如还是喜姑娘罢。他说四妹妹是仙佛中人,他要奉为师贤。或者能鉴他这番诚意,若竟不能,原是无可勉强,惟有终身虚此正室,谓之命薄缘悭罢了。妹妹,你意下如何?大家都是相好姐妹,不妨说了,省得再来搅你。况你既是仙佛中人,更不必拘世俗儿女态了。”

惜春停了一回,徐徐的说道:“我是自知命薄,生在这繁华富贵之中,又没有享受繁华富贵的福分。大凡人家所能的事,我没有一样能的。世间所争所好的事,我没有一样好的。我这个人真是无可安放,无可归束,所以只得乞怜仙佛,归入空门。若说成佛成仙,我何敢作此妄想?方才这些话,想来姊姊们不是同我玩,但我还不解琼兄弟何取于我,而忽作此想?”黛玉道:“我兄弟敬慕的意思,方才都已说了,难道妹妹还不信?别人不敢说,我这兄弟年纪虽小,却十分诚实。讲到他才分呢,不及宝哥哥。若讲情性至诚,比宝哥哥还要强些。至于识见议论、胸襟气度,却又与宝哥哥不同,别是一路。”宝钗道:“即如妹妹出阁。我听见说,琼兄弟苦苦的将田产分了一半,姐弟两个你推我让,哭了一天。这就不是寻常性情了。”黛玉道:“这是真的,我看他哭得可怜,只得依了他。难为我那姨娘,也帮着苦苦的让。”李纨、平儿、探春齐道:“林姑娘的话,再不错的,他可以力保,四姑娘还有什么信不过?就这么定了罢。我们回太太去。”惜春道:“嫂子们想还没有吃饭?”李纨道:“真要吃饭了,你又不留客。”平儿道:“大嫂子才做媒人,倒想诈酒吃了。”黛玉道:“都到我那里吃饭去。”说着,携了惜春道:“我帮你送客。”叫:“入画姑娘,你拿你们姑娘的碗箸去!”一同出来,到了潇湘馆。各人随意行坐,黛玉一转眼不见惜春,问翠篢道:“四姑娘呢?”翠篢道:“后面去了。”黛玉笑向宝钗道:“姊姊说的不错,这事真有几分呢。”李纨只是摇头。黛玉道:“四姑娘找青棠去了,我们都不要去听,让他们说话。”叫翠篢到后面,把紫鹃们都悄悄叫出来,不要惊动四姑娘。翠篢答应进去,紫鹃、翠篢几个人都陆续出来。黛玉叫传饭,问紫鹃道:“四姑娘同青棠说话不是?”紫鹃道:“四姑娘一进去,就找了棠仙,关上房门说话,一些儿声气没有。”黛玉点头。李纨、探春、平儿都笑道:“我们都糊涂了,早该请棠仙说去,岂不省事?”黛玉笑道:“他如何能说?这回子却用着他。我们说来说去,总说的是世上的话。他说几句虚无缥缈的话,只怕四姑娘倒爱听呢。”宝钗点头道:“是的。”一回儿,摆了饭,还不见出来。黛玉道:“我们忍着饿,等他一等。”大家又说一回喜事的话。

青棠同惜春出来,李纨道:“你们好谈,把我们都饿坏了。”于是大家吃了饭,散坐吃茶。惜春道:“嫂嫂、姊姊们才说的话,依着道理,原没有问我的理。因为我执意出家,所以老爷、太太也问起我来。我这回子爽利要说句越理的话,嫂子、姊姊们不要笑我、怪我。并不是不信嫂嫂、姊姊们的,因着这关系自己,也关系人家,恐怕差之毫厘,谬以千里。”向黛玉道:“竟要请你们琼兄弟来,我同他当面说几句话,等他同姨娘、太太也商量商量。不要年轻冒失,一时高兴,将来彼此无量……”李纨听了,摇着头,不开口。黛玉道:“这个容易,妹妹肯同他面谈,他正要求教。况且是个小兄弟,又见过的,又怎么妨碍?我明儿回去,就带他来。但不知妹妹要说什么,可好先说我听听。”惜春道:“明儿总是大家听见的,何必先说呢?”宝钗道:“我们来揣摹揣摹,约莫着是什么。”青棠尽着笑。惜春道:“请嫂嫂们就回老爷、太太,就请琼兄弟在太太那里,我过去就是了。”宝钗想了一回,道:“这竟无从揣摹。林妹妹绝世聪明,必能猜着。”黛玉道:“这个如何猜得着?连这话我也没有料得着,那里还能猜到那个话?”惜春道:“没有别的。依林姊姊说,琼兄弟的意思,竟是明知我是个废物,一定要。他果然如此,必是有一定的缘法。琼兄弟必定有些根基。所以我问棠仙,棠仙虽说极有根基,但这根基的深浅,同那这辈子能够成就这根基不能够,恐怕林姊姊也不能晓得。所以必要当面一谈,也顾不得叫人家笑话。那些俗人,他就笑话我,也于我无干。”宝钗道:“人家这么敬慕你,那个还笑话你呢?要之,你们这两位,也是天生一对的奇人,有一无二的。我虽猜不着你要说什么,我倒能拿稳此事必成哩。”黛玉道:“这根基的话,连

我也真不懂得。”惜春站起，告辞回去。大家又称奇道怪了一回，各自散了。

惟宝钗拉了青棠进黛玉房中，三人促膝谈心，丫头们倒了茶，到外间伺候。黛玉问青棠道：“四姑娘同你说了些什么？”青棠道：“四姑娘告诉我少爷求亲的事。四姑娘也诧异说，‘天下那里有这种人？’我说，‘天下人像少爷这样，原是没有的。稍差一点的，怎说没有？’我将少爷的情形细细说了。四姑娘说，‘竟是真的？’我说，‘我怎敢说谎？’四姑娘还是踌躇，我道，‘四姑娘，因缘固不能逃。况且彼此功力根基合则两全，离则两散，你倒不要坚持太过了。’四姑娘才说，‘根基到底如何？’我说，‘四姑娘要不信，何不自己问问、瞧瞧？’四姑娘说，‘我是最信服你的，然这事关系大了，我竟要问问。况且传述的怕有遮掩。’我们少爷还有甚说，同四姑娘一谈，这事就完了。”宝钗道：“这话我就不大很了了。”青棠道：“四姑娘的功力已很好了，将来要大成就的呢。”黛玉道：“这也是琼玉的造化。”向宝钗道：“姊姊昨儿谈到什么时候？”宝钗道：“三更天我便倦得狠了，棠仙同莺儿又谈了一回，妹妹是透彻的了。”黛玉道：“也没有细谈。”宝钗道：“我还没有头绪哩，今儿还要请他去。”青棠道：“过一天再去罢，今儿三爷恐怕要去呢。”宝钗道：“正是，妹妹我同你说，我们相好姊妹，把那些世俗周旋的故态要一概去掉才好。你这回子新月子才几天，怎么把他推出来？今儿我们说明白了，你且满了月再说。今儿我一定要请棠仙去，等我们把话说完了，才放他哩。”黛玉道：“姊姊向来待我亲妹妹似的，我有什么世故周旋呢？不过彼此轮着说说话儿。今儿姊姊身上想来还没大好，等青棠陪姊姊就是了。至于新月子的话，真是世俗的习气，姊姊也拘这些！”宝钗道：“棠仙，我们去罢。妹妹，你还出去不出去？”黛玉道：“我们同去。”同到王夫人上房。

王夫人道：“方才珠儿媳妇说的四姑娘的话，真是谁都估不到。你明儿回去告诉琼哥儿，等请他会亲，顺便进来就是了。”黛玉道：

"正要请太太示下。"王夫人道:"老爷说是他哥哥既不管,我们只好依他。横竖至亲常来往的,内里说话,也传不到外头去。回来我同老爷、同你几个人在这里看他们说话,家人、媳妇通叫开,省得传说。"黛玉答应着。宝钗道:"我倒要听听。"王夫人道:"你们要听的,悄悄在屏后听就是了。你们早些歇歇罢,他们多叫回去了。"黛玉退出,与宝钗各自回房。

到已晚时,宝玉方进来说道:"今儿一日不见。"黛玉道:"今儿在柳二爷那里哩。"宝玉道:"整整吃了一天。他那里房屋倒很好,客人不多,倒不好就散,老爷都坐了半天。"黛玉道:"我们是说了一天。"宝玉道:"说什么,同那个说?"黛玉将日间的话一一告诉。宝玉道:"这连我也不懂。这好了,有些意思,大约可以望成了。几时来呢?"黛玉又告诉王夫人的话。宝玉点头,叹息一回,道:"棠仙在屋里么?"黛玉道:"你没有到宝姊姊那里去?"宝玉道:"没有。"黛玉道:"棠仙在那里哩。"宝玉道:"想是宝姊姊拉去的。"黛玉点头。宝玉道:"妹妹明儿回九,早些吃饭歇着罢。我是不吃饭了。"黛玉道:"今儿午饭吃迟,这回子还不觉饿,吃点稀饭算了罢。"叫紫鹃拿稀饭去。

紫鹃答应,将稀饭取来。黛玉又把宝钗的说话告诉,因说道:"宝姊姊那里倒不可大意,譬如我们一天不见,我是惦着,宝姊姊也是惦着。你到宝姊姊那里去了,我断不怪你。你到我这里来,没有到那里走走,他心上惦着你,你反不拘着他,恐怕他说是你冷落他,也显得你心上分了厚薄。要晓得,宝姊姊待你的心与我一样,只怕还要切些。此时宝姊姊见你我因缘成就,他也欣然,既不妒我,又不怨你,这是宝姊姊的好处。然我估量着,那心上必有一种不熨帖、不悔洽、说不出的情形,你不可不体贴。为什么呢?他存了个我们的情意比他深的意思,他要防我把你的心都笼络住了。你既心向于我,必不能再向着他。将来徒有夫妻之名,究无恩爱之实。他要争又不好,不争又过不去。近又不好,远又不好。这是大难为情的。从前宝姊姊病了,焉知不是为此?这回子身子总不大好,究竟还是心上这些缘故。你若能体贴着他,他更心上安了,不至再生出别的猜虑来,身子也就好了。至于我与你,还有什么说的?不但心心相印,你便偏向着宝姊妹,我也只有喜欢,断没有别的意思的。想来你也知道,我们两个心久已并成了一个心。宝姊姊现在还是独是一个心,必要把他的心拉过来在咱们一块儿,化作一个心,这才是长久的道理。你往后务必在宝姊姊身上留点神,我这里倒不必留神。我不比从前的小性儿。你若是在我身上留神,倒反生分了。古人朋友相好,尚且彼此忘形,岂有我们连'忘形'两字多够不上么?"宝玉道:"妹妹这话,真是一番苦心。宝姊姊待我原是好的,他若是疑咱们有异心,那就是他糊涂了。"黛玉道:"这原是我估量着,就果然疑咱们,也怨不得他。我们平心而论,你到底是待我好,还是待宝姊姊好?"宝玉默然。黛玉道:"你既知道宝姊姊待你好,你也应该如分而偿。古人说的,得意一人是为永毕,失意一人是为永讫。他也好容易才归了你,你若不一心向他,叫他向谁呢?你将来把我的心也要细细告诉他,估量他也未必再疑我。能够三人一心,扶助着你,岂不是全美的事?就是将来姬妾丫头们,也就要拿实心对他,不然叫人家怎把真心向你?毋论十人百人,总要归并一个心才好。"宝玉叹息道:"妹妹这话,想来后妃的德行也不过如此。我先拜服了,依着妹妹留神就是。"

第十六回

次日起来,宝玉同黛玉回门,到晚方回。见过贾政、王夫人,回到潇湘馆,不见青棠。回道:“宝二奶奶邀过去了。”黛玉更衣,喝着茶。紫鹃道:“少爷今儿得意得很,恨不得就赶着过来。这大约也是天缘,不知究竟能成就不?”黛玉道:“不是我哄他,他还没有这么得意呢。这事大约是成的了。难道当面说一番,又罢了不成?”紫鹃道:“从来没有听见这新奇的事,真是这四姑娘叫人摸不着脾气儿。”黛玉道:“今儿二爷大约在那的了,我们收拾睡罢。妹妹你陪我。”紫鹃道:“棠仙在那里呢,只怕二爷未必在那里。我看二爷心上,一刻多离不了姑娘。”黛玉笑道:“你呢?”紫鹃道:“姑娘怎么同我就说玩话,我算什么呢?”说着,飞红了脸。黛玉道:“不要管他,我们且收拾睡。”紫鹃出去叫人关了门,嘱咐守夜的老婆子道:“恐怕二爷要回来,听着些。”老婆子道:“姑娘请安置,我们等一回子再关门就是了。”紫鹃伏侍黛玉安歇,自己也宽衣陪着。

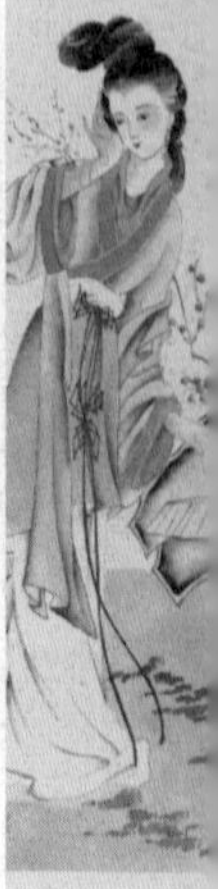

黛玉拉紫鹃并枕道:“妹妹!你记得从前我病中,你劝我打主意。你关切我什么似的,我是当你亲妹妹,我难道不要劝你打个主意?”紫鹃道:“姑娘的恩典,我还有什么不知道?总靠着姑娘,我还打什么主意呢!”黛玉道:“青棠前儿说的,你都明白了?”紫鹃道:“有些不明白的,我又问了他,差不多都明白了。只是还没有依他用功夫,还要慢慢的找他指点哩。”黛玉道:“你晓得青棠拉你谈是为什么?”紫鹃道:“不过陪着姑娘。”黛玉道:“你难道不记得从前在扬州的话?”紫鹃道:“那不过说着玩罢了。”黛玉道:“你同二爷从前的情分本就好,近来你瞧二爷比从前如何?”紫鹃道:“觉得比从前更好了些。”黛玉道:“你怎么说是玩话呢?你难道还有别的主意,还是信不过我?”紫鹃听了,不禁呜咽道:“姑娘疼我到什么分儿!我还有什么别的念头?不过自己想着到底是个丫头,姑娘是格外的相待,二爷是一天几十遍的姊姊,这个福分已经就到极处了,还想什么呢?”黛玉也拭泪道:“妹妹你这话叫我伤心。你不比别人,我们是患难生死的姊妹,挣到这一日不是容易的。那天我原想你同青棠一块儿结了亲,又想,恐怕妹妹未必肯,人家知道似乎没有回过上头,我自己专主似的,所以就耽搁下来。这回子又是一时不得便回,我是没一刻不惦着妹妹的事。不但妹妹,还有五儿、莺儿、麝月、秋纹这一辈人,都是旧时姊妹,我也惦着他。妹妹你肯照青棠的样子,便安了我的心,也慰了二爷的心。你不晓得,二爷这回子心上也急得很,他是不很露出来,我是晓得的。”紫鹃呜咽道:“姑娘这么操心,叫我那一世报答!”说着又哭了。黛玉道:“好妹妹!不要伤心。”紫鹃道:“姑娘的话原该遵依,但是青棠是仙人他不拘忌,我怎么敢同青棠比着呢?姑娘的恩典,自然要依着道理来,虽是个丫头,也不好叫人家笑话。姑娘只管放心,我也不敢瞒姑娘,跟姑娘一辈子,就是跟二爷一辈子,也不争这一时半刻。倒是这些旧姊妹中,只怕有心的还不止姑娘所说的几个,他们也有耽心的,也有着急的,都说不出来,也没有人理会。姑娘将来或者提拔几个,就是新姊妹里头,只怕也有人呢。”黛玉道:“这将来总要相个机会想法的,惟有妹妹是我最急切的。你虽安心,到底总有些避忌。假如二爷在屋里,你就不能不离开我,总觉掉下什么似的,所以同你商量。妹妹说是也是的,自然一生的大事要明公正气的好。”

正说着,听得门上轻轻的扣着,紫鹃忙穿衣起来,一面问道:“是谁?”听得宝玉声音应道:“是我。”紫鹃道:“二爷怎么这回子回来?奶奶睡了。”宝玉轻轻的道:“不要惊动。”紫鹃开了门,道:“还没有睡着。”黛玉在床上道：“可不是，才说的，就来了。”宝玉进入幔中，揭起帐子，问道：“妹妹说什么？”黛玉道：“我同紫鹃说着话，说二爷来了你就要去了，正说，你刚来了。”宝玉道：“紫鹃姊姊，你歇着罢，不要动。”紫鹃道：“二爷歇下罢。”黛玉道：“轮你留住了他，我就服你。”宝玉道：“紫鹃姊姊！你陪着妹妹。我本是不睡的，我在外头坐着就是了。”紫鹃道：“原是二爷不回来，我才陪着姑娘的。这回子回来，自然同姑娘说着话，过天我再陪姑娘。”黛玉道：“你没有这本事留他的，我留他都留不住，我同你说……”紫鹃也不等宝玉宽衣，掩上门去了。黛玉将方才的话说了一遍。宝玉叹息道：“这人可惜了。”黛玉道：“可惜什么？”宝玉道：“可惜是个丫头。”黛玉道：“我同你都没有当他丫头，难道你还当他丫头？”宝玉道：“妹妹的心，真是仙佛的心肠了。我惟有怎么说怎么听就是了。”黛玉道：“你为什么不在那边歇？”宝玉道：“宝姊姊留青棠在那里，不肯留我。青棠劝着宝姊姊，宝姊姊说，‘你既劝，你也住下，不许回去。’青棠说，‘我同莺儿那边去。’宝姊姊又不肯。后来青棠肯了，说，‘我就在这里。’宝姊姊又不肯了。说笑了一回，还是我回来了。”

次日，黛玉、宝玉皆出门拜客，回来同到宝钗处。见宝钗丰神腴润。黛玉道：“姊姊这两天大好了。”宝钗道：“觉得好了。妹妹今儿一天怕累着了？”黛玉道：“倒也不觉得。”又道：“青棠在这里谈得高兴，不想回去了？”宝钗道：“今儿他再不肯在这里了，早就回去了。”黛玉道：“我也还要同他谈谈，过几天我再叫他来陪姊姊。”说着起身回房。宝玉同到潇湘馆。黛玉道：“你怎么不在那边？”宝玉道：“我换换衣服。”黛玉道：“明儿你还是要拜客的，在那边换不便当些？”宝玉道：“也好。”遂出园来，到宝钗房中。见宝钗已卸了妆，宽了大衣，穿着月白绣花夹小衫，银红绣花夹裤，不施脂粉，形艳丰腴。喝了口茶，道：“青棠在这里歇的？”宝钗道：“他本不睡，同他谈得倦了，我躺着，他同莺儿谈。莺儿倦了，他就坐着。有时他也躺着说话。这几天说得高兴，也没有好生睡。”宝玉道：“姊姊倒不乏？”宝钗道：“倒不觉得。他教了我个坐功，我学着觉得好。”

次日，又出去拜了一天客，回到宝钗房中。宝钗道：“你怎么不去看你妹妹？”宝玉道：“先到姊姊这里再去。前儿因为没有到姊姊这里，妹妹说我不该。”遂将黛玉之言告诉宝钗。宝钗道：“这林妹妹用心太过了，这有什么，我们从前好姊妹，巴不得聚在一处。后来偏偏我过来了，林妹妹不在了，这回子意外的奇逢，三个人竟要在一处，真是千古难遇的事。我这场大病，也是死而复生一般。这几天又同棠仙细谈，明白前因后果，我心上还有什么别的？不但林妹妹断不必存心，你也断不可存心。你同林妹妹夙世情深，我难道还不晓得？就是待我的情意，也同亲姊妹一般。从前本拜过我妈妈的，我也实在的爱他，他也应该晓得。要是你到林妹妹那里，不到我这里，我便怪你，那不成了这些争妍妒忌的下流人？我又何必请我妈妈去做媒哩？林妹妹说的‘三个人共一个心’，这话很是。既要三个人共一个心，大家都不要存什么心才好。你把我的心迹，也得细细的告诉林妹妹。我见面还要当面说明，往后要脱略形迹，扫除拘忌，大家得意忘言。若是尽着存心，便反生出猜嫌来了。”宝玉道：“姊姊的大贤，我也无词可赞。姊姊的话，我也定必告诉林妹妹。但林妹妹原不是存心，也不是恐怕姊姊存心，不过觉得我在那边，姊姊这边冷落了，心上惦记着似的。”宝钗道：“往后我们都不要拘。譬如我要与你说话，我就可以找你，林妹妹要同你说话，林妹妹就可找你。或者你爱在那边你就在那边，大家坦衷直肠，这就好了。若是拘着，定要先到我这里，再到林妹妹那里，将来你再有了十个八个人，不是一夜跑到亮，还来不及哩。况且各人房里也有个便当，或是病了，或是小孩子搅着，或是心里有事不耐烦，都是常有的。要拘着了，某日在那里，某日在那里，彼此倒不方便了。譬如昨儿林妹妹说，要同着青棠说话，我就留你在这里了。”宝玉道：“姊姊这话是极，林妹妹必以为然的。”宝钗道：“好在有个棠仙是个仙人,我的心是真的是假的,他总该知道,问他就便了。”宝玉道:“姊姊这么说,我也不去看林妹妹了,我就在这里。”宝钗道:“为什么?”宝玉道:“我懒得动了,还有话同姊姊说。”

说着,吃了晚饭,又谈起黛玉来。宝钗道:“林妹妹这人,真是个仙子。从前还觉得有些太高傲处,这回子比从前更是不同,不但天下找不出第二个来,便古往今来也没有此一个人同他比得哩。青棠说他根底非凡,仙姑同他是姊妹。从前是昧了前因、惹了魔障,所以觉得性情与别人不同。这时因果已明,良缘已就,故而性情和洽。他说将来有大事业,这话我就深信不疑。所以我实在真心爱他,并无虚假。”宝玉道:“姊姊的前因,他自然也说了?”宝钗道:“他虽说我,还不是恍恍惚惚的,我倒不大信。”宝玉道:“姊姊何尝不是仙子?我原说过的,姊姊只是不信。”宝钗道:“这棠仙真了不得。他这么本事,还只做仙姑一个婢女。这仙姑的本事,可想而知。”宝玉道:“他这前因也怪诞的很。”宝钗道:“我这几天,竟胜读十载奇书,闻所未闻,心上长了许多见识。才晓得我们平日所知所见,都是井蛙。就是圣贤所说的,解得一句半句,还是呆面子。林妹妹近来同从前决然两样,未必不是得棠仙之力。这人真可做个闺房师友。你的福分也实在不浅哩。”宝玉道:“我初见他,不敢开口乱说话。后来看他一样玩笑,绝不矜持,才敢同他亲近的。这个人,若眼前没有姊姊同妹妹,就是第一流了。”宝钗道:“林妹妹或者可以比他,我怎么能比他呢?就论相貌,难道不是绝色么?”宝玉道:“论相貌呢,怎及得姊姊?不过他有一种气韵,却也是独绝的。”宝钗笑道:“近来大家都说林妹妹变了一个人,绝不是从前的林姑娘。只怕这林姑娘是仙人变来的,从前的林姑娘到底还是过去了。你道这话可笑不可笑?”宝玉道:“这必定是那丫头、老妈子们说的。”宝钗笑着点头,又道:“我将来只怕人家也要说变了一个人呢。”宝玉道:“姊姊本没有脾气,这回还变什么?”宝钗道:“我从前也未免有太矜持胶执处,如今想来,也觉不能自然。”宝玉道:“我竟

不大觉得。”宝钗道:“你不听得人家说我道学么?”宝玉道:“道学是好话,林妹妹何尝不道学呢?”宝钗道:“林妹妹纯是仙气,与我不同。”宝玉道:“从前自然不同,如今也差不多了。”宝钗道:“如今我自然赶不上他。”宝玉道:“姊姊过谦了。”宝钗道:“同棠仙一谈,才晓得道学只讲得圣贤一半的道理呢。定了这一半,反把那一半抛荒晦昧了。但凡平常的事理,拿道学去讲,原觉极有把握了。我将古来的事约略一按,这话竟是得很。所以这道学也要用的得当的。”宝玉道:“姊姊这话精当极了,依着道学,我是一个大罪人,没有一些是处。”宝钗道:“不但你,连老爷、太太没有一个是的。圣贤凡事总要求其心之所安,假如老爷、太太执着,不容你娶林妹妹,林妹妹必定终身不嫁。自己一个嫡亲的外甥女,又是老太太钟爱的,使他终老空闺,心上似乎不安。再者,太太最疼的是你,你去了,太太几乎过不去。老爷若执着不肯,你再去了,叫太太想着,心上也不安。所以老爷平日讲道学,到这时候也只得通融了。”宝玉道:“这总亏着姊姊,要是姊姊不依,老爷、太太也无法。”宝钗道:“我是依着道学也该如此,不如此,我心上也不安。”宝玉道:“我这不是总是我无可解说,惟有将来再图补报的了。”宝钗道:“你这事本用不得道学,若依着道学,不但出家不是,连同林妹妹相爱相慕也是不是的。所以说要用之得当。”宝玉道:“这是姊姊替我解嘲了。”宝钗道:“古来如这种也多,那尾生抱柱同那华山畿不必说,即如《关雎》之诗,朱夫子注的‘窈窕淑女’指后妃,君子指文王。文王于后妃未至之先,寤寐求之,求之不得,至于寤寐思服、辗转反侧之忧;后妃来了,便琴瑟钟鼓之乐了。想这情形也就同后来的相思差不多,怎么圣人少年时也该如此呢?所以有人说这《诗》还是《毛传》《郑笺》讲得好,后妃求淑女如此恳切,这才是后妃的贤处。”宝玉道:“姊姊这说的益发精了。”

次日,拜客回来,到了潇湘馆,把昨日宝钗的话一一的告诉黛玉。黛玉尚未开言,紫鹃回道:“宝二奶奶来了。”黛玉起身迎出来,携了手进入房中。青棠也来，一同坐下。宝钗向宝玉道："我同你说的话，你说了没有？"宝玉道："刚刚说完，姊姊就来了。"黛玉道："姊姊从前怎么样疼我，本同亲姊妹一样。人家亲姊妹还有不和好的。我本来没有亲姊妹，就是姊姊疼我。姊姊这回子格外伪谦，我实在心里不安，并不是敢于存心。"宝钗道："我们从此说明了，妹妹要真同我好，以后断不要拘形迹，一切事情大家开心见诚的商量。我们三个人先能一心一意，不但长辈亦看着喜欢，傍人不至笑话，便是后来的人，也可跟上。"青棠接口道："姊姊说得是。我们姊姊也是如此的。不但三个心要成了一个心，三个人竟要似一个人才好哩。"黛玉道："姊姊怎么说，我怎么听，我总跟着姊姊一辈子。但是有什么不到处，姊姊也要从直的教导。"宝钗道："我这话难道还不从直？你这回子还有什么不到处？果然有了。自然我也要当面说的。"又笑道："妹妹我实在爱你得很，虽不能比宝兄弟，也差不多呢。"黛玉道："姊姊真爱我，我们底下一处歇，同床抵足，合影同枝，恐怕姊姊未必肯呢。"宝钗道："这有什么？棠仙既说三个人要似一个人，难道一个人还有什么拘忌？"黛玉道："这么着，今儿就请姊姊在这里歇。"宝钗道："今儿是不好，等你满了月再说。"青棠笑道："宝姊姊这话是真的。"

宝钗向宝玉道："你怎么一言不发？"宝玉正在出神，忽然听见宝钗这一问，连忙笑道："你们说得高兴，我插不下话来。"宝钗道："正是，我恍惚听见说你带了两个人回来，那双钏我见过了，还有一个呢，怎么总不见，藏在那里了？"宝玉道："我回来就把他交给大嫂子。请大嫂得空带他见见太太，不知大嫂子带他见过没有。这一向忙忙碌碌，也没问大嫂子。太太也总没提起，到大嫂子那里也总没见他，连我也不知在那里。"宝钗道："也不叫他来见见妹妹？"宝玉道："我还没有同妹妹说过。"宝钗道："这该罚了，怎么妹妹还不晓得？"黛玉道："什么人，我竟不晓得？"宝玉道："这些时那里有好好儿说话的工夫？没有说的话还多着呢，也不止这一件。"宝钗道：

"你本来叫'无事忙',这回子自然更该忙了。"宝玉笑着,将双钏、妙玉之事说了一遍。黛玉笑着道:"这都是意想不到的,我明儿看他去。"宝钗道:"既然如此,不如告诉大嫂子回声太太,把他派到这里来,省得在那边人多的地方,未免要大传说。"又道:"你这主意很好。"宝玉道:"明儿我问大嫂子去。我还托过大嫂子,请他告诉姊妹们,大约大嫂子也忘了。"宝钗道:"大嫂子这向忙得还了得?自然是顾不到这些了。你本该托二嫂子的。"宝玉道:"我原怕二嫂子那里人多,那时姊姊又身上不好,不然就托了姊姊了。"宝钗问黛玉道:"双钏是见过妹妹的了?"黛玉道:"在太太那里见过。我也觉得同金钏相像,都不晓有这原故。这回说起来,竟比前生更俊了。"宝钗道:"宝兄弟,我们今儿谈谈心。你心爱的丫头们,到底现在还有几个?"宝玉道:"左不过曾经伺候过的这几个人,这回子也有出去的,也有死了的。"宝钗道:"要老实说,不许拘着。我们三人才定了盟誓,你先拘着,那就同你合不来了。"黛玉道:"我们先捡晓得的说,我这里有一个。"宝钗道:"我那里也有一个。"黛玉道:"麝月、秋纹、五儿,这是不消说的了。"宝钗道:"还该有呢。宝兄弟还有那个?"宝玉笑着。宝钗道:"你这个人不似实在诚实的。你不说,还有仙人在这里呢。棠仙,你总晓得。"棠仙笑道:"人是还有几个,叫什么名,这个连我也说不出来。到了跟前,同二爷有缘无缘,我是晓得的。"宝玉道:"老太太那里的琥珀,太太那里的玉钏,还有一个四儿。"宝钗向黛玉道:"这我们实在不知道了。"黛玉道:"正要请教姊姊,我们要设个法子,把这些人成就了才好。"宝钗道:"原是要如此。妹妹你有什么主意?"黛玉道:"便是想不出个主意来。"宝钗道:"这事要找个机会,不是一下子可以做得的。我们大家留神相机行事,第一要留神,先把这几个人留下了,那怕慢点子都使得,不要冷不防又弄出别的原故来。再者,各人本人也要问问,他愿意的叫他安心,不愿意者省得我们瞎操心。再也要告诉大嫂子、二嫂子,大家帮着留神才好。妹妹你道怎么样?"黛玉道:"姊姊这说的极周到。姊姊的大才,我是断赶不上的。”宝钗道:“妹妹又客气了。”说着起身,拉着青棠道:“我们说几句话儿。”青棠笑着跟了出来。

宝玉同黛玉附耳低低的说了一回话,黛玉笑着点头,也跟着出来。宝钗道:“妹妹不要送。”出了院门,一路说着,回到房中。宝钗叫麝月、秋纹、五儿、四儿,叫他告诉玉钏、琥珀,说新二奶奶说的:“叫你有话说。不拘几时,陆续过去。不要一块去,一个一个的去。”麝月等答应了,摸不着头脑。宝钗又道:“你们各自睡去,不要伺候。”莺儿等会意,各自掩门睡了。宝玉道:“姊姊叫他们问问,岂不近便些?又叫他到那里去做什么?”宝钗笑道:“我问他,万一他有不愿意的,你信?”宝玉道:“有什么不信!”宝钗笑道:“我不问他。”

却说妙莲,自从同了宝玉,一路陪着闲谈,见宝玉还是从前那种温柔俊雅,心中不禁感动。又见宝玉虽一样宛转缠绵,却无一毫戏谑。自想:“从前何等清高,何等睨傲,不拘何人,都不在眼里。惟有宝玉,人中仙品,我颇有意于他,他也似乎十分爱敬。奈他眷着宝、黛二人,不能专心于我,我又不能轻假词色。空存着这一缕情丝斩不断。记得那年打坐入魔,也是为日间他一语触动。可恨平空遭了恶劫,为盗所辱,自分了此残生。偏又流落天涯,不能即死。徼幸嫁了周家,原想溷过这一世,不料又遭盗劫,偏偏竟遇着了他!他此番出家回来,自然有一番乐境,但我同他回去,作何究竟?他虽设法瞒着众人,将来日久,恐怕总有人知道。就是无人说破,也是个再醮的妇人,断不能像从前的尊贵。”想到此,不觉心忙意乱起来。又转念道:“此时若不同他去,更无别路可走,或者他能念旧,待我还好,也不可知。记得宝钗情性和平,却于我不甚接洽。黛玉于我亲密,然性情又不和平。将来他便待我好,依我目前的光景,不过做一个婢妾,这两个奶奶也难伺候。”想到此又心忙意乱起来。又转念道:"且到其时,实在过不去,我还有两万银子存在这里,便自己建一个庵堂,仍旧出家恋修,也还来得及。总比在强盗手中好些。且是缘度去了,须也心安意定了。"

及至京进入贾府,将他送到李纨处。李纨略问数语,叫素云、碧安安顿他厢房住着,也不带他见人,也不叫他当差。每日眠食之外,毫无一事。一时听见宝钗病了,宝玉召见了,做了官了,宝钗病好了,黛玉来了,奉旨娶黛玉了,黛玉进了门了,心上更加忙乱:"也不见宝玉,也不见双钏及周瑞家的,这些人不知把我于何安放。"真是闷到万分。

这日正打算等李纨回房,要去求派差使,心中预备了些话。听得李纨回来,过去见了,还未开口,李纨道:"我这一晌接接连连的喜事,把人都忙得糊涂了。太太这晌也忙,所以把你竟忘了。来了这些时,还没有见过太太,今日新二奶奶问起你来,我才记起。明儿你跟我去见太太,再去见过各位奶奶、姑娘们。你是外来的客人,也不用行大礼,请个安就是了。"妙莲道:"我蒙二爷救命的大恩,见了太太,岂有不磕头叩谢的!就是奶奶、姑娘们,也要叩头的。"李纨道:"你的委曲,我们都知道了,大家没有不可怜你的。只是你这回子在这里,恐怕不惯呢。"妙莲道:"我九死一生,又蒙二爷带到府上,大奶奶又这么恩典,我还有什么委曲呢?不过一天到晚闲着,实在不过意。求奶奶不拘什么差使派一个,也好报效。"李纨道:"明儿见过太太,看太太怎么吩咐。我们再商量。"妙莲答应着出来。不知后来如何?下回分解。

第十七回

单说这日李纨带了妙莲到王夫人那里。请安毕，说了几句话，便乘空回道：“宝兄弟去年带来的这个人，一向因太太这里事多，没有带来见，今儿带在这里。”王夫人道：“什么人？我也忘了。”李纨道：“就是路上遇了强盗，宝兄弟救下来的。”王夫人笑道：“我的记性竟不中用了，宝玉回过的。叫他来瞧瞧。”李纨叫妙莲过来磕了头去，起来一旁站着。王夫人间他乡贯姓氏，又问他怎样被盗，妙莲一一回答。王夫人向李纨道：“好个人儿！不像乡村人家的人。可怜遭了劫了。如今怎么样呢？打算上哪里去？我这里好派人送你。”妙莲道：“家里都没有人，娘家也没有人，离得又远。既蒙二爷救了性命，所以求的二爷带到府中，情愿做个丫头，服役终身，报效恩典。还求太太准这下情的。”王夫人道：“要想个长久过日子法儿才好。不是我这里不肯留你，恐怕耽误了你。”李纨道：“据他说，却也没有地方可以去的。求太太暂且派个差使，将来再说。”

正说着，平儿、黛玉、宝钗都来请安。王夫人道：“你们都见过这个人没有？”大家答应，都说：“没有见过。”王夫人道：“这个人好像面熟得很，一时想不起来。”黛玉道：“倒有些像妙师父。”王夫人笑道：“不错的，竟像得很。”李纨道：“他名字就叫妙莲。”王夫人道：“这也奇了！”便问道：“你家原籍那里？”妙莲道：“苏州。”王夫人道：“你有姊妹没有？”妙莲道：“有个姊姊叫妙玉，出家多年了。”王夫人道：“原来你就是妙玉的妹子，怪不得面貌相像。你姊姊他在我这府里好几年,可怜后来叫强盗拐了去了,我们至今还想他。你知道不知道?”妙莲道:“姊姊出家后,多年不通音问,这事还是二爷告诉才晓得的。”王夫人道:“既是妙师父的妹子,又是宝玉救了他,他既不愿上那里去,我们该留他。”向宝钗、黛玉道:“你们那个带他屋里去使唤着罢。”黛玉道:“媳妇带他去。”王夫人道:“你就在新二奶奶那里罢。”妙莲又磕头谢了,又向众人一一磕头毕,伺候着跟了黛玉回房。

又向黛玉磕头,起来含着泪道:“奶奶还认得妙莲么?”黛玉拉起来,拉着他手含泪说道:“你的事,我都晓得,真是受了大苦了!如今幸喜我们又遇着,可以长远在一块儿。只是你委屈些。这回子我们说过,从前的称呼倒不便了,我叫你姊姊罢。”妙莲拭泪道:“奶奶这格外的恩典,我如何敢当依呢?我是真心伺候奶奶一辈子的。”黛玉道:“我这里的几个人都还好。一个紫鹃,你是晓得的,还有一个青棠,也是你的前生旧识。你回来同他谈谈,就晓得了。我都同他认为姊妹,不过在人前不能不敷衍,这规矩在屋里便不要拘了。况且你是旧交,你断不要过谦。”妙莲道:“这个实在不敢。”黛玉道:“我这里房子不宽,你且同紫鹃一块儿住着罢。”叫紫鹃同他去,要好住的地方。〔又道〕:“得空我们还要细细的谈心哩。”妙莲自此安心伺候黛玉不提。

午后宝玉回来,知道妙莲派入潇湘馆,心中甚喜。同黛玉谈了一回,又到后面与妙莲说了一回话。到青棠处坐下。青棠道:“给二爷道喜。”宝玉道:“我又有什么喜?姊姊可是因妙莲取笑我么?”青棠道:“妙莲也是喜,然而还有时候。我说的另有个大喜。”宝玉道:“好姊姊!告诉我是什么事?”青棠笑道:“奶奶昨夜得了熊罴之梦了。”宝玉道:“姊姊怎么晓得?”青棠道:“我连这点事多不晓得?我告诉你,琏二奶奶也怀着喜哩。”宝玉道:“姊姊自然能前知,想来不错的,但不知是男是女?”青棠道:“非男即女。”宝玉笑道:“这话又含糊两歧了,谁不知道非男即女哩。”青棠道:“那倒难说,还有又男又女、非男非女的哩。”宝玉道：“这我就一发不懂了。”青棠道：“佛书、医书上都载得明白，二爷没有看到？”宝玉道：“我这腹中实在空疏，虽经师父带我到嫏嬛福地，用了些功，究竟是个空空的，以后竟要多读才好。”青棠道：“多读书也不难。”又说道：“以后你在那边歇罢。这胎教不可不讲，好叫小姐替你生下个好男女，也了却他一件事。”宝玉道：“这怕什么！我不惹他就是了。”青棠道：“也使不得，等他静静儿的养着好。”宝玉道：“这倒是苦事儿。”青棠道：“有蘅芜君陪着你，还不好？”宝玉道：“不知怎么，我一天不见林妹妹，心上就过不去。这一年多，怎么样，不成了牵牛织女了？”又道：“琏二哥他呢？”青棠道：“琏二奶奶很好，已经叫彩明伺候了琏二爷了。”宝玉道：“我们这二嫂子比凤姊姊是强远了。若老太太在，必也喜欢的。”青棠道：“从前的琏二奶奶性灵全昧，所以造下恶孽，将来不晓得几时才能归到太虚哩。”宝玉也叹息不已。

接来到黛玉房中，见黛玉一人独坐，说道：“你在那里？”宝玉道：“在青棠那里谈了一回。”黛玉道：“青棠同你说了没有？”宝玉笑道：“恭喜妹妹了。”黛玉道：“你陪陪宝姊姊，我们暂别些时。”宝玉只得答应。又说了一回话，到宝钗处来。

次日，请舒姨娘、琼玉会亲，内外大排筵席。席散后已是下午。王夫人向黛玉道：“你去同四妹妹来先见见你姨娘。”黛玉答应，打发青棠去请惜春。原来惜春向来应酬都不与闻，所以今日会亲也没有他。此时同了青棠来至上房，见了舒姨娘，略说几句寒暄话。舒姨娘见惜春短小身材，面貌清雅，虽无桃李之艳，却有冰雪之姿，令人不敢玩视。想道：“怪不得琼儿一定要他，果然在这班人中另有一个光景。”王夫人道：“我们就请琼哥儿进来罢。”家人媳妇们答应，传话出去，大家多退出院中。探春、李纨等均避入房内。惟舒姨娘、王夫人、惜春三人坐着，宝、黛二人站着伺候。

一回子，宝玉同了琼玉进来，先拜见王夫人，道了谢，又见了宝钗，平拜了，然后回身见了惜春，作了揖。王夫人让坐，琼玉让了一回,在东边椅子上坐了,宝玉挨着作陪。王夫人叫宝、黛二人挨着惜春坐下。王夫人说道:"承姨太太、外甥不弃,要我这侄女。奈我这侄女一向奉佛清修,坚定得很,我也拗他不过。外甥的美意我已告诉他了,他说他有几〔句〕话要当面说。仗着旧亲,所以请外甥进来,趁着姨太太在这里,大家谈谈。"琼玉道:"这原是外甥斗胆妄想,不过是敬慕姊姊的学问,想终身奉为明师,不知姊姊能垂鉴愚忱否?"

探春等在房中窃窃私议道:"我们看他怎么样说,这教人真摸不着呢。"只见惜春徐徐的说道:"我为着自己知道命薄无能,所以出家奉佛。不知兄弟何所取于我。我是世间一个废物,兄弟说学问,我的学问在那里?"琼玉道:"兄弟小时想,那人生配偶,最关紧要,说家有贤妇,谓之内助。论古人中后妃的求贤审官,邑姜的列于十乱,这才称得'内助'两字。以后如武侯夫人、韩蕲王夫人,还可算得。其余不过寻常循分的人,都当不得这两字。心里妄想,要得个识见学问高我几倍可以为师的人,又怕天下没有这种人。后来我们姊姊回来,兄弟敬服得了不得。想天既生了我姊姊这个人,那里还能再生一个。这妄念益发息了。及至到京,见了姊姊,又晓得姊姊平日的识见学问,知道姊姊是个超凡绝俗、明心见性的人,不禁起了敬慕之想。及至我姊姊到京后,又将姊姊高情清德细细告诉,决然无疑,所以才敢向两位舅舅告求的。"惜春道:"兄弟持论甚高,但我非其人。况且我于世事一毫不解,兄弟还须另行寻访。"琼玉道:"姊姊不肯俯从,兄弟岂敢多渎,但须鉴我这番诚意,容我做个私塾弟子,也不枉……"琼玉还未说毕,惜春接口道:"兄弟这意思原不是世人所能解,却也不在世情中。但既同在世上,不能不做世上的事,不能不依世上的规模。我于世上事,实在都不能,所以自惭无用,不敢草草,并非不解兄弟的意思。"琼玉道:"这个姐姐不必过虑。我求姊姊,原要奉为师贤。至于一切世事,我自另行着人料理,断不来烦扰你一毫。姊姊只管依旧恋修,我不过随时请

教。我自我姊姊回家后，自觉受益无穷，我姊姊出了阁，便觉不便。姊姊若肯俯从，我便可毕生受教了。我这求亲，原不过是个话头，诚如姊姊所说，同在世上，还须做世上的事，虽是旧亲，难道无端把姊姊请过那边去？舅舅这里必不肯依。姊姊恐也不肯。即便肯了，也不是个长久的道理，世俗人倒反生出议论来，所以只得前来求亲。若是兄弟有世俗之见，真要求姊姊作配，与寻常求亲一般，兄弟又何必舍易求难呢？况且兄弟何人？敢仰渎姊姊。”惜春道：“既然如此说，想来不是诳我。我是奉佛的，佛家最要至诚，两位太太就是现在的佛。我们当着太太前说明了，我就过去。”琼玉道：“姊姊请吩咐，兄弟无有不遵。”惜春道：“兄弟，你先聘了我们喜鸾妹妹，所有一切中馈操持的事都交与他。把事亲、教子两件事交给我。除此两件之外，我是一概不能的。”舒姨娘道：“我们琼儿敬慕小姐的学问，只要小姐肯过去，连这两件事也不敢奉烦的。小姐只管放心。”琼玉道：“姊姊吩咐，兄弟断无不依。但喜姑娘这层，恐怕不可委屈。”惜春道：“从前说的是喜姑娘，兄弟才说求亲是个话头，我不过借着世俗的见，同兄弟做个闺房之友罢了。喜妹妹是兄弟正配，有什么委屈呢？”琼玉道：“姊姊还没有求准，我怎敢又求一个呢。既说世俗，便有个次序，这到底为难，还求姊姊斟酌。”惜春道：“眼前林姊姊就是样子，宝姊姊能让林妹妹，难道我这借名儿的倒不能让了？我言尽于此，请自裁夺。”说着，站起身来，向舒姨娘、王夫人告辞，飘然回栊翠庵去了。

舒姨娘向琼玉道：“四小姐既然如此说，你就面求太太罢。”琼玉起身向王夫人道：“外甥另日过来叩求，今日恐怕不恭。”王夫人道：“从前我原想仰攀，后来知道哥儿的意思就罢了，这回子倒要商量商量。”琼玉道：“舅母这么说，外甥负罪已深。外甥先谢了罪。”说罢，向王夫人跪下磕了四个头。王夫人连忙拉着，一面说道：“快扶起外甥来。”黛玉过来将琼玉扶起。舒姨娘道：“求太太怜他小人儿，俯允了罢。”王夫人道：“你做我的女婿，我还有什么不喜欢？但是这事又是个新样儿，这次须要斟酌斟酌。我同老爷商量了，再去奉复罢。”琼玉又请安谢了，退了出来。舒姨娘也起身道谢告辞。王夫人道：“往后我们亲上加亲，更亲密了。”大家送了出来。

回到上房，都说这两个人一样的古怪。王夫人道：“这琼哥儿真了不得。这么点小人儿，那说话又婉转、又切实、又爽快，真叫人估不着，说不出来。我们这四丫头也绝无一点女孩子的样子，又是凤姐儿那种的口才，这也真看他不出。”黛玉道：“四姑娘真有点学问，怪不得我那兄弟尽着苦求。”

正说着话，贾政进来，王夫人一一告诉了。贾政道：“这就很好，等他们择日行聘就是了。”王夫人道：“喜丫头怎么样呢？”贾政道：“这种女婿一时也难找，估量着也没有什么不好。惜丫头既愿意，喜丫头想来也愿意了。”王夫人道：“这次序怎么样定呢？论年纪呢，是喜丫头大，依琼哥儿的意思，要惜丫头居长。”贾政想了一回，道：“回来告诉他家，一同娶了过去，随他们自己定去，我们不要管他。”于是定了。黛玉差人告诉琼玉。请了两位相好的同年，过来求亲，择日行聘。赶着选了十一月的吉期，送了过来。这里刚刚把贾兰、巧姐喜事过了，又忙起这两件事来。

却说贾兰娶的傅氏素芳，相亲比张氏好些，为人甚是贤淑。贾兰夫妇相得，李纨甚是喜欢。贾政、王夫人都也说好。这素芳跟着姊姊秋芳读书，也能作诗，也能画画，也能写字，又解词曲音律，与宝钗、黛玉这班人都甚相投。论相貌，跟不上宝、黛、探、湘；论文才德性，却跟得上。这也算李纨的佳儿佳妇了。后来请会亲，秋芳也来了，与宝、黛、探、湘也说得来，自此往来渐密。

秋芳为人性情豁达，与湘云相近，两人尤为契合。相貌比素芳更差些，但会作诗，已刻了四卷诗稿。嫁的是镇国公世孙，袭一等伯牛继宗。这牛继宗本有夫人，又有姬妾，因慕着傅秋芳是个才女，央媒去求傅试。初以贾府推托，后来贾府嫁不成了，秋芳年纪渐大，别家又高低不就，因他到底是勋爵世家，又再三的仰慕诚求，说明也算正夫人，另院居住，年纪虽大了些，又有正妻，但这种人家总有三妻四妾的，因与妹子商量，秋芳只得愿意了。及至嫁了过去，正夫人虽无他说，牛继宗竟不是个风雅爱才的人，不过因姬妾中并无一个识字的，想弄个才女，图个虚名的。自己既无文理，并不知好歹。初还觉得新奇可喜，渐渐的数见不鲜，仍是与些姬妾们取闹，竟至见面为难，所以秋芳大不得意。闻妹妹嫁了贾府，又晓得贾家一切事情，急欲往来，以破烦闷。牛继宗本与贾府世交，任他来往，却并不禁止。此是后话。

却说贾琏因宝玉回来，见家门有兴旺之象，因竭力撑持。接连这几件喜事，已弄得力尽筋疲，幸亏与宝玉商量，将妙莲之款项挪用，方才敷衍。如今又出了两件喜事，心上着忙，与平儿商议道："我们这事管不下去了。现在挪了宝兄弟一万银，说是就归出来替他生息的，如今还想不出归款的法儿，平空又生出这两件喜事，又挤在一块。若嫁到别人家，也还可以将就些，偏又嫁到他家，若将就了，叫他家看着不好看。若要好好的办，总得要好大一注银子。况且年近了，我们过年约莫着总还得几千银添补。老爷、太太是只管吩咐下来，宝玉弟是向来不管的，叫我们怎样呢？"平儿道："三件喜事都办了，这两件难道就歇了不成？"贾琏道："我的奶奶，你叫我拿什么办吓？从前办的，还空着整万银子在这里；这回子年又近了，那里去张罗？"平儿道："三件事都办了，这回子说难办，人家定要说我们势利。因为不是我家的人，所以难了，这不把以前的辛苦通无了。依我说，还是苦我们不着，想法办了再说。"

贾琏道："这要请教奶奶了。"平儿道："这要你们外头想法，我有什么在这里呢！"贾琏道："原是外头没有法想，才这么着急呢。"平儿道："这我先不信，你既挪了宝玉的银子，你不还，人家怎么使了呢？"贾琏道："原是还人家了，所以没有了。"平儿道："既还了人家，就不好再问人家借。”贾琏道：“这回子什么时候，也要人家肯呢。便借了来，到年下拿什么还人呢？”平儿笑道：“你且把事情办过去了，再想那年下的法儿。这回子就急急盘算着过年做什么！依你说，该怎样呢？”贾琏道：“我想林妹妹的妆奁不少，他难道竟不拿出来帮补帮补？”平儿大笑道：“你也算会盘算的了。人家月子还没有满，你倒已经想他的妆奁了。你想，你问他要去，我是不会。”贾琏道：“我怎么能问他要去，原要大家商量。我们且把这现在艰难的情形先回回老爷、太太，看怎么样再说。”平儿摇头道：“说不得。说了，四姑娘、喜姑娘先怪了，老爷、太太也未必喜欢。不如等两天满月，我抽个空回回太太，就说，从前二爷管着家务，为有奶奶在里头帮着。这回子我不中用，这事情都料理不过来。一向因宝姊姊身上不好，林妹妹又没有过来，所以只得敷衍着。这会子宝姊姊也大好了，林妹妹满了月了，又添了环三婶子、兰哥儿媳妇，都是能干的。求太太不拘派那个管着，省得把事情误了。看太太怎样吩咐，我相机行事。”贾琏道：“太太不依呢？”平儿道：“太太不依，我们也叫大家听听，不是我们两个要占着这家事。老爷、太太虽待我们好，到底是那边人。现放着薛、林两个这么能干的亲媳妇，为什么不叫他管？我们自己不先说，知道人家怎么样说呢？”贾琏道：“太太依了呢？”平儿道：“依了很好，我们乐得消闲自在。从前奶奶为着这个家，把人都磨死了，还落了一大堆的褒贬。这回子，那一个说一句好话呢。我为什么再往里钻？”贾琏道：“他们不肯呢？”平儿道：“那有太太，与他们不相干。”贾琏道：“你这说的是。你竟比你奶奶还利害，我竟服了你。就这么着，你回太太，我回老爷。”两人商量定了。不知如何回法，王夫人、贾政意下如何？且听下回分解。

第十八回

单说黛玉满月后，取了奁簿及典铺、银号各簿籍、图章、折子等件，命紫鹃拿了，到王夫人这边来。见李纨、平儿都在那里，黛玉请了安，回道：“这是姨娘同兄弟给媳妇的些东西，请太太过目。这是两个铺子的簿子，这是支提的折子，这是支提用的图章。请太太收着，或是交给那位嫂子收着，以备提用。”王夫人笑道：“你真是个仙人。罢才琏儿媳妇回我，叫我派你同宝丫头管家，你就来了。”黛玉道：“媳妇年轻软弱，又没有才情，一些事也不懂。大嫂子、二嫂子都是大才，况且管惯了的，还是请两位嫂子管。媳妇并不是贪懒，实在是不谙练。有什么事，但凡能做的，帮着料理就是。”李纨道：“我是最无用的人，太太也原谅我，我只能勉强的帮着。这回子娶了媳妇，又添出许多零碎的事情，我实在招呼不来。二嫂子，你这几年办得很好，你又何苦谦让呢？”王夫人道：“你说是年轻没有才情，这也是你谦让的话。我听说你帮着你姨娘料理这么个事业，你的才情就很可以。从前身子单弱，不耐烦做这些事。这会子你身子也好了，精神比凤丫头、宝丫头还强。你不过因琏儿夫妇向来管家，你才来，好像夺了他的事管，你所以不肯，这也是的。”向平儿道：“你也不必推，还是你管着。有什么事，大家商量着就是了。”说着，翻那簿子，看了一回，说道：“你姨娘真是费事了！你兄弟也实在的好。一个自小没见面的姊姊，陪这些妆奁，也难得的很了。倒是我们这两个过去，没有一些妆奁，叫那边亲家笑话怎么好呢？这个我看了,你还收着,要用再向你说。”黛玉接了夿簿,说:“这铺子的簿子存在太太这里,早晚支提便当些。”王夫人道:“也还是你收着。”平儿道:“侄媳妇的下情,都回过太太了。实在料理不过来,往后恐怕误事。”王夫人道:“你的意思,我也晓得。也是的,我竟不能制断,你们自己去议,我是总是一样。琏儿夫妇呢,向来多年管惯的;他们呢,是我亲媳妇。你们去议定了来,那个愿管,就是那个。还有宝丫头,还没有来呢。”正说着,宝钗同着张氏、素芳都进来。

王夫人把话又大概说了。宝钗道:“我老实回太太罢。这如今不比从前,太太也知道的,事情本也艰难了的,二嫂子的意思,一来为着自己到底是侄儿媳妇,虽然老爷、太太待的同儿子、媳妇一样,旁人难保没有一句半句的话。以前凤嫂子一行心机,到于今也有人说好,也有人说不好,安知将来又是怎样儿呢?二来,如今事情日渐的多了,前手不应后手,万一有个小小的失误,便只有说不好,没有说好的了。林妹妹意思,太太说的一些不错。估量这回子叫林妹妹把这家事接过去,林妹妹也是必不肯的。至于我,更是无用,更不必说了。”王夫人笑道:“你说了半天,还是这也是、那也是的,这不同我一样?你到底商量个定规。”宝钗道:“太太叫他们自己商量。依我看来,便商量一年,还是各人说各人的。倒不如太太定了个主意,分派了,那个不遵,就不依那个。”李纨、黛玉齐道:“我们公举姊姊,请太太派了罢。”宝钗道:“太太知道我无才,断不派我。”黛玉道:“姊姊从前同三妹妹也曾经理过来,怎么这回倒又过谦起来?”宝钗道:“那不过帮着照料,譬如署事的官一样。现在这实缺的尚且求卸事,还说得到署事的。”大家多笑了。王夫人道:“你到底有个主意没有?依你,该怎么样?你说给我听。”宝钗道:“依我的主意,二嫂子也不肯管,林妹妹也不肯管,大嫂子同我也不能管,他们两人更不必说,这不是添了两三个人,倒弄得没人管事了。不如大家都管。请太太派林妹妹处支销,所有一切应办的事情仍旧二嫂子管着,有事回过太太请了示,依着办。其余的事,该二嫂子办理，二嫂子作主，该林妹妹办的，林妹妹作主。办了，再各人回太太。二嫂子或是忙了，或是做月子，或是身上偶然不舒服，派人帮着代理。二嫂子若嫌事多，或者再派我们这些人帮着。这么着，林妹妹也不至太繁，二嫂子也不太担大沉重。太太看是使得使不得?”王夫人想了一回，笑道：“你这说的竟周到妥当，我想着很好。不晓得你们还有什么话说没有？我就这么定了，大家不必再推。”黛玉道：“这总账该怎么样，媳妇也摸不着，还是求太太派媳妇同宝姊姊帮着二嫂子就是。”宝钗道：“你这不爽快了。我这主意，八面都想到了的，你回去细细想便晓得了。这总账有什么难管，不过某事要若干银子，发个支提的条子，用了照数销算就是了。我把这句话说穿了，你再不答应就错了。”黛玉道：“我同姊姊一块管。”宝钗笑道：“这又何必呢？我帮二嫂子呢，不来帮你。”王夫人道：“就这么定了。”黛玉道：“太太再三吩咐，也不敢不遵。但一切事还是二嫂子办，媳妇单管银钱的收发销算便了。”王夫人道：“这个自然。”宝钗道：“林妹妹是个户部尚书，二嫂子是个侍郎，我们都是些司官，悉听调度就是了。”大家又说笑了一回，各自散了。

平儿将历年账目以及对牌等物捡齐了，送到潇湘馆。黛玉收下，大略看了一遍。留下几本总簿及各花名簿册，其余依旧带了，亲送到平儿处交还。说道：“现在公中一切艰难，我所以将两个铺子交到太太处，以便添补，太太又不肯留下。我晓得嫂子的意思，你不肯提用我的钱。所以太太派我，我就遵太太的命。以后嫂子这里要用多少银子，告诉我。”又取出一方小玉图章道：“我们早晚有不能即刻见面的时候，嫂子这里写一条子，把这图书用上，我照数写了提银的条子，用上图书，嫂子派人去取。我留着这条子，也好记着写账，铺子里留着条子，好同折子比对，免得错误，似乎比那对牌好些。对牌仍旧用在自己库上。我才瞧着，现在我们库上也没有什么现银子了。进的不敷出的，那里还有存余呢?”平儿道：“可不是！外头还有亏空哩。”黛玉道：“有多少亏空，请二哥哥把账清出来,我们想法弥补了才好。恐怕将来愈拖愈深。”平儿道:“这更好了。”黛玉道:“现在四姑娘同喜姑娘的事,嫂子回过太太没有?打算怎样办?珍大爷那边是怎么个意思?”平儿道:“还没有回过,不知怎么个意思。我们明儿一块回回太太。”黛玉又道:“大老爷那边光景怎么样?”平儿道:“也甚艰难。一切用度省而又省,还是浇裹不过来。到底少了这个世俸,差多了。”黛玉道:“珍大爷那边呢?”平儿道:“珍大爷还可以敷衍,不过他们用度大,不免糜费。珍大爷的脾气如今虽好多了,然而总不能十分安分。”黛玉道:“姨妈那里听说也很难。我问宝姊姊,宝姊姊又不肯细说。还是莺儿说了几句,也说不齐全。不知到底是怎样了?”平儿道:“我听见二爷说,家事全坏了,铺子全没有了,田产也完了,就剩了房子同些衣服物件罢了。现在也不知怎么的过日子。说是蝌二爷管家,回来问问邢姑娘就知道了。”两人说了半天,黛玉回房。

宝玉进来,黛玉告诉他这些事。宝玉道:“太太派你管总你就管了就是了,只是要操些心。”黛玉道:“我只管银钱,心倒不要操。但太太不肯留下,一定要叫我自己管,这大约是二嫂子的主意。”宝玉道:“太太自然存这个心。怎样新媳妇才进门,就把他的妆奁全收用了,岂不叫琼兄弟那边笑话?所以派你总管,仍旧是你手里使。但不知妹妹这妆奁够赔几时?”黛玉道:“这倒不怕的,我还有呢。”又将琼玉让产的话说了。宝玉道:“这就不消多虑了。”黛玉道:“我打算回太太,搬到宝姊姊那边一块住,近便些。”宝玉道:“也好。我在哪里呢?”黛玉道:“你仍旧住这里,留青棠陪着。场期也近了,也好读读书,这里比那里清净些。你几时销假?往后又要上衙门办事,一天不过有半天在家罢了。”宝玉道:“不过一二日就要销假。我打算再告个假,等会试过了再说。”黛玉道:“这更好,可以静静的用些功夫。”宝玉道:“我本打算同妹妹读书,偏太太又派下事来了。”黛玉道:“不妨,我也想读哩。”说了一回,宝玉到青棠处来。

次日，黛玉约了平儿、宝钗，来回王夫人惜春、喜鸾出嫁的事。王夫人道："喜丫头的事，既算我的女儿，该仿照探丫头的样子。但是现在光景不比从前，恐怕不能照着办，不得不从省俭些。但太省了，又着实不好看。四丫头的事既在这边，自然也照迎丫头的样子。至于那边怎么样，听他们去。"平儿道："这回林妹妹的事，那边亲家太太这么费心，我们自然也不好草草，总要比二姑娘、三姑娘从丰些才好。"黛玉道："从前怎样的办的，二嫂子是熟悉的。至于这项费用该多少，太太不必费心，也不必动公中的，媳妇预备着就是了。"王夫人道："也不要十分过费。公中不够，你自然要添补些银〔子〕。"黛玉道："大老爷那边，听说用度艰难的很，媳妇想稍为贴补点银〔子〕。回回太太，不知使得使不得？"王夫人道："我也晓得那边光景不好，只是这边也艰难，所以不能兼顾。你能贴补些，极好的了。"黛玉道："媳妇打算每月送贰百银子过去，请大老爷、太太随便添补些。"王夫人道："这很好的了，恐怕大老爷未必肯收。"黛玉道："所以要求太太打发人送去，或者请太太当面说二句。竟说是太太的意思，不必说是媳妇的主意。"王夫人道："使得，我打发人说去。但你这个意思，也不好没了你的。"黛玉道："姨妈那边听说也很苦，媳妇打算也照着大老爷那边样子送过去，也求太太说一声。"王夫人道："这我同宝丫头说就是了。"

黛玉道："还有大嫂子、二嫂子，手头都不宽裕，公中月钱也不够用，往后各人房里又添出些用度来，怕一时有料理不到的地方，打算每月送一百银子，添补些零用。"王夫人道："这也很好。但是你那里有这些银子？"黛玉道："这不过几千银子，不算什么，不过稍为尽一点心。"平儿道："我那里怎么要妹妹贴补？这是我断不敢领的。"王夫人道："这也是他一点意思，你倒不要辜负他。你们这两年本也苦了。"黛玉回道："四姑娘既已结亲，还住在栊翠庵似乎不便当。请太太吩咐搬过这边来，将来喜事一切便当些。"王夫人道："就搬到我这里，同喜丫头一块罢了，左不过一个多月。"黛玉道：

"这便妥当了。"王夫人向平儿道:"你回来打发人料理去。"平儿答应。黛玉又回道:"四姑娘搬了出来,栊翠庵便空着。有神佛在里头,要照管香火。若派个老妈子,恐怕不妥当。请太太的示下,该怎么样?"王夫人道:"老妈子们不干不净,却不好。这怎么样呢?且由他空着罢。"黛玉道:"那边地方僻静,空着也不谨慎。媳妇想,不如把常在府里来往的这几处尼僧,叫他保举一个清修安静的人,愿意进来主持的,照从前妙师父的例,给他月米香金,叫他奉着香火,也不致把这庵荒废了。"王夫人道:"这也好。"向平儿道:"你把向来来往里那几处尼僧叫来,你问问他。有这个人,再带来见我。"黛玉又回道:"媳妇打算搬过宝姊姊这边来一块住。那边房子小,太挤,一点没有收放东西的地方。有些东西都堆着,不方便。"王夫人道:"这边本是从前老爷指与宝玉的屋子。那时候因接你来京,知道你爱那潇湘馆的房子,所以把他收拾了。到今年宝丫头病还没有好,又不好叫他搬,又不好叫你在下首。为着潇湘馆已经收拾了,就把他做了新房。原是暂时住着,房子本小,长久自然不便的。这回子,天也渐渐冷了,你搬出来住很是。明年春暖了,你爱这屋子,再搬去住就是了。"黛玉答应了,又道:"媳妇打算把大件的东西搬过这边来,零星东西仍旧留在那里。目今会试期近了,宝哥哥也要用功了。园子里到底比外头静些,让宝哥哥仍旧那里住着读书,留几个人在那里照料着。到明年场后,或是搬出来,或是媳妇再搬去,那时再回太太。"王夫人道:"正是,宝玉也该叫他用用功了。但你们少年新婚,就离开了……"又道:"你劝他用功,这是很好的。你派那个在那里照料他呢?必得要个妥当可靠的人才好。"黛玉道:"青棠他也恶喧喜静,打算留他在那里,带着翠篔、秀筠,同小丫头蓁儿伺候,紫鹃、青鸾、妙莲、文霞、小丫头飞霞、艳雪、五儿在这边。"王夫人道:"棠仙在那边招呼着,我更放心了。翠篔、秀筠这两个是你带来的,恐怕他伺候不到,宝玉没有惯,再把麝月派过去罢。这孩子还老实。"黛玉答应着,于是赶忙收拾了,搬过新屋里来。宝钗要让黛玉在上首，黛玉道："姊姊又拘形迹了。"宝钗一笑，遂听黛玉在下首居住。紫鹃同住在里间，青鸾住在外间，文霞带了小丫头同几个老妈子住在厢房。麝月也忙收拾，要搬到潇湘馆去。

原来黛玉自从那日与宝钗商议之后，这几人陆续都到黛玉处来。黛玉一一同他们说了，也有笑的，也有哭的，也有当时给黛玉磕头的，也有含羞不语的，各人心上都说不出的喜欢，说不出的感激。这日麝月来回道："还是就搬过去，还是等二爷叫再去？"黛玉笑道："傻丫头，这是太太派的，就该过去，还等什么呢？"又道："原因为你是旧人，才叫你去。你照着从前的样子伺候，不要拘着躲着。这几个你也教导他，也要学习着帮你。"又道："况且如今只要招呼白日里。棠仙他是不睡觉的，晚上的事，只管交给他一个人就是了。"

麝月答应着，来到潇湘馆。见青棠指点翠簣等在那里收拾书籍、文房陈设等件。麝月道："我这个蠢人，太太偏派我来，要叫棠仙笑话了。还求仙人教导教导。"青棠笑道："麝月姊姊，你是二爷的旧人，我们要叨你的教哩，你反这么说！你住在那里？自然就在这间住，早晚便当些。"麝月道："二奶奶吩咐的，说我只管白天，晚上的事都要烦你。你自然在这里住。"青棠道："我是不睡的，不拘那里都可以坐得。"麝月道："我住在后边。"说着到后边，将床帐等安置起来。青棠到后边看时，笑着道："你倒据了我的屋子了！"麝月道："你同二爷在一块。"青棠道："我偏要同你在一块。便关了门，我也会来的。"

这日，宝玉上衙门回来，到王夫人那里。正值贾政同王夫人说着话，请了安，站在一傍。贾政道："宝玉从前作精作怪，这回子看来或者有些造化，不然那里能得这两个好媳妇。方才你说的都很是，不但气度宽厚，才情也好。只要宝玉再能图个上进，便更好了。"向宝玉道："你在衙门也要学着办事。"宝玉道："是。"贾政道："你也荒疏久了，你媳妇叫你在园里用功，要赶紧才好。这离场期不过百十日功夫，也要做些文章。”宝玉答应着，又站了一回。贾政道：“你去罢，以后倒不要拘这请安的礼节。”

宝玉退出，到新屋里，将老爷吩咐的话说了。宝钗道：“你到园里去罢。老爷尚且免了请安，怕耽误你的功夫，你再在这里说闲话，老爷晓得了，岂不怪我们不懂事？”宝玉道：“我就去。”黛玉道：“以后我们到那里看你，如何？”宝玉才出来。到了潇湘馆，看时，几榻、文房、书籍等都一一收拾整齐。问道：“这是那位姊姊收拾的？一定是麝月姊姊，别人也摸不着。”麝月道：“这我不敢居功，是棠仙收拾的。”宝玉道：“你住在那间屋里？我去瞧瞧。”走到后边，先走进紫鹃住的屋子，见翠篔、秀筠、文霞、蓁儿都在内。说道：“这太挤了。”翠篔道：“文霞、蓁儿跟着老妈妈在厢房里，这是我们两个住的。”宝玉道：“麝月姊姊呢？”翠篔道：“在那边。”宝玉过来说道：“你同棠仙住很好。”麝月道：“我是独住的，棠仙陪二爷在前头。”宝玉道：“也罢，我浑竖也是不睡的，晚上陪我看书也好。”麝月道：“二爷要是晚上看书，我们自然多要伺候的。”宝玉笑道：“不敢劳动，你们是要磕睡的。等我几时倦了，要睡的时候，再找你。”于是每日早起上衙门，午后回来，便到潇湘馆读书，打发丫头替老爷、太太请安。宝钗、黛玉无事时，亦以读书消遣，有时也到潇湘馆与宝玉、青棠等闲说。

一日，宝钗、黛玉来到园中，一路说着话，慢慢的行来。黛玉道：“这园子也荒落得很了。要照这么着，再过几年便看不得了。”宝钗道：“这一边还是收拾过的，那边更荒深了。我住的蘅芜院，不知是个什么样子，我也多时不去了。”黛玉道：“从前造这园时，也费了许多心力，就这么荒废了，也觉可惜。我想回回太太，赶着没有十分败坏，收拾起来，好好的派人管着，把逐年的出息拿来，做逐年的修理，总还有余的。”宝钗道：“这原好。因这一晌说不着这些事情，也没有这项银子。”黛玉道：“不知要多少银子？”宝钗道：“这我也估不出来，大约总要一大注银子，才修理的好呢。这回子也没有机会可以回这话。”黛玉道：“姊姊留着神，我们想个机会回准了，把他弄起来，我们仍旧大家都住园子。那边屋子派人看着，一切都不要动，有正事或年节下，在那边住。这边放些书籍、陈设等物，春秋佳日带些随身行李，住到园子里来，算个行馆别业，岂不有趣？”宝钗道：“这个有趣得很，只是这回子人少些。”黛玉道：“人也不少。三妹妹是常要回来的，云妹妹也可接他来，四妹妹回来更容易。虽不能整年的住，一年总要聚几回，也是人生乐事。”宝钗道：“我们大家想个法子。”说着已到潇湘馆。

宝玉尚未回来。与青棠等说了一回，宝玉回来了，一同坐下。黛玉道：“你看满桌子都是八股文章，你也成了个禄蠹了。”宝玉笑道：“我怕忘了样子，所以翻出来看看，谁会弄他？不过既要进场去，不得不依着他描画罢了。我读的书并不是他。”宝钗道：“你作文章没有？”宝玉道：“还没有。且到了场里再作，这回子不犯着去作他。”宝钗道：“这该作几篇，到底熟些。”黛玉道：“究竟这中不中，到底有命，不问这个好歹。我上年看那江南的闱墨，也有好的，也有不好的。也有不好的中在头里，好的中在后面的。即如我兄弟的文章，中了也罢了，一定就该是第一，也不见得。依我看，那第二、第三的，就比他好。”宝钗道：“依这么说，也可以不必用功了，又劝他读书做什么呢？”黛玉道：“我劝他读书，却不为这个。”宝钗道：“一个读书的人除了这个还有什么？不是古人讲究的读书了。”宝玉道：“可不是！我从前读书，见了就害怕发烦，可不是就是弄这个。后来师父带到福地，过了些时，才晓得读书的乐处。我从前早是这么读，我也不以为苦了。”

青棠道：“宝姊姊劝你作文章，也有个意思。你竟要作几篇。”宝玉道：“姊姊也劝我，我真不懂了。”青棠道：“姊姊该晓得。”黛玉沉吟一回，道：“也是的。”宝玉道：“我究竟不懂。”青棠道：“你再想想。”宝玉道：“除了这个意思，还有什么意思？姊姊你说给我，我就依你，即刻作起来。”不知青棠说出什么来？且听下回分解。

第十九回

单说青棠劝宝玉作文,宝玉不解,再三的问。青棠道:“二爷这回子的学问,老爷还没有晓得。老爷期望二爷发达,又恐怕久荒了,作不出好文章来,心上记挂得很。二爷作几篇文章,送给老爷看看,老爷便放心了,也喜欢,以后也不来苛求责备你了。”宝玉站起笑道:“幸亏两位姊姊提醒了我,我竟想不到,终是粗心。我就作起来。但是没有题目,宝姊姊你出个题给我。”宝钗道:“你请你妹妹替你出,我是不懂的。”黛玉道:“我几时懂得?愈是姊姊出。”宝钗道:“你才说闱墨都看熟了,还做不得先生!”黛玉道:“我不过偶然看了一遍,几时说看熟了的!姊姊大才,真是做得先生哩。”宝钗向宝玉道:“你原是听的棠仙的话,你请他替你出。”青棠道:“姊姊们尽着推让,这有什么的,我就替二爷拟个题。”说着,走至书案,取笔写了三个四书题、一个诗题、五个经题、五个策题,挥洒如飞,顷刻写完,递与宝钗、黛玉。黛玉接过,与宝钗同看毕,说道:“这真是个先生哩!”宝钗道:“你行这字写得飘飘欲仙,怎的这么好了?”青棠笑道:“我从前也做过才女来,这时候世上不知还有未销的踪迹没有?”黛玉道:“那个才女是你?”青棠道:”上官婉儿。”黛玉道:“怎么没有?”宝钗道:“怪不得!不但做过先生,并且做过主考的。”

宝玉也走来凑着看,又赞叹了一回字,说道:“这题却还不甚难,这策似乎也晓得,但是记不得出在那里。”黛玉道:“这容易,现有书在这里,翻翻就是了。若是在里头不记得,只好作空的了。”宝钗道:“这要作几天才作得完?”宝玉道:“要作一天也作得完了,要翻书考订,就费了功夫。”宝钗道:“何必忙?慢慢的作。老爷又没有限你的期。”宝玉道:“既然老爷记挂着,就该赶紧的作。但不知作出来好不好?要是不好,老爷反要生气的。我作了,还要姊姊们替我改改。”宝钗道:“有这老主考在这里,还怕什么!”黛玉道:“上官婉儿艳才丽质,际遇也好,就是结果差些,不免为后人轻薄。”青棠道:“我所历的魔劫总是如此。这还不算十分享用,也不算十分狼狈哩。”黛玉道:“我们去罢,让他作文章。”宝钗道:“正是。”一同回去了。

宝玉遂将八文、一诗、五策作起来,与青棠看。青棠又替他改了些,写出清本,送与宝钗、黛玉看,都说甚好。呈与贾政,贾政看了,也说:“这一出家,我以为你必荒极了,那晓得倒能长进。这文章很去得。照这么作,明年竟有可望哩。”王夫人知道了,也甚喜欢,又从旁夸奖了一番。从此,贾政的心便不在宝玉身上,盘算都移到贾环身上来。见面往往呵斥,时时的督责。张氏看见丈夫每每为翁姑责备,面上也觉无光,自己又跟不上宝钗、黛玉,心中十分纳闷,只得千方百计的劝贾环学好上进。以此贾环也渐渐的好了,贾政也不十分的恨了,宝玉等又从旁替他遮盖,此是后话,不提。

一日,琼玉打发人接黛玉回去。黛玉回过王夫人,回家同舒姨娘谈了一回喜事的事。琼玉道:“今儿请姊姊来到,不为着喜事商量。因这园子已快要完工,请姊姊过来先看看,把匾额等题定了,好叫他们做去。打算在这喜事前草草完了工,明年春间再慢慢的润色。”黛玉道:“这工程也算快,我们去瞧瞧。”琼玉道:“我引道。”

舒姨娘携了黛玉手,走正屋回廊,由厢房内进入一门。见迎面嶙峋石壁,倚壁一带竹林。林中一条石径,顺着小游廊向北行约数十步,折而东,廊尽,见一院落,院中搀岩高下,树木幽深。进入中间,由屏后上了扶梯,来到楼上。见四围皆是极大的桂树。黛玉道："这楼是朝那方的？"琼玉道："朝西的。"黛玉道："这秋天桂花开了，倒有趣的。"琼玉道："请姊姊取个楼名。"黛玉道："且等看了个大概再斟酌。"说着，来至后面看了。

琼玉引着，走过一小门，穿过几间厢楼，到了一处，五间大楼，倚着楼廊的栏干一望，见迎面土冈，冈上一行青松，苍翠可爱，环左右也是各种的松，松间间着绿萼梅。后面高山突起，山中各种的翠柏，林中隐见着嶙峋奇石。树间石上，都缠着藤萝，结着丹黄紫赤各种的小果子。一道清泉由石隙中汩汩南流。黛玉道："这里想是正楼。这光景甚好，布置极有意思。"琼玉道："此楼已算完工，装修陈设也都全了。打算就把这里做新房。姨娘说太冷静，还是正屋里好，我想园子里有趣些。况且这人不同，原不喜繁华热闹。姊姊你看如何？"黛玉道："你这意思原好，但是吉期是冬天，这里未免冷一点子。"琼玉道："这里廊深室邃，其实也不冷。姊姊你瞧这间房。"

黛玉走进上首一间，见中间一层冰纹细槅，两扇小圆门。进去，里面安着床。琼玉走至床后，将一小壁橱房门拉开，进入里间，说道："这里可以静坐。"又出来到下首二间，说道："这里可做读书作画之所。"黛玉道："这都是与四姑娘相称，他必定合式的。就这里，定了罢。此地的楼名，我倒有了，这极现成的。"琼玉道："该叫什么？"黛玉道："这就叫岁寒楼。"琼玉道："好得很，真是恰切。"黛玉道："却与你的用意不背，都该括了。"琼玉道："不但该括，而且还映着这时的时景。"黛玉道："喜姑娘的新房在那里呢？"琼玉道："请姊姊替我拣一处。"

于是走厢楼又到一处，见雕梁绣柱，比正楼华丽多了。楼前山坡边参差树木，楼后茅屋稻畦，坡坨陇陌，掩映疏林。黛玉道："前面种的是什么树？"琼玉道："都是杏花。后面也有杨柳，也有桑槐，也有些桃花。"黛玉道："这地方与喜姑娘就配，不如就在此楼也便当。”舒姨娘道：“这倒罢了，省得离远了不便招呼。”黛玉道：“不如就题作倚云楼，如何？”琼玉道：“甚好。”黛玉道：“这对面的山，想就是桂树的地方了。”琼玉道：“中间还隔着一山哩。”黛玉道：“这该往那里走？”琼玉道：“这里来！我们把后面看完了，再到前面去。”

引着黛玉，由北首楼廊到了一楼，见松林中黄梅数十树；右边一带，都是红梅。遂从右边厢楼走过，三面都是红梅围着，高者窥窗，低者接槛。黛玉道：“这里好！若是全开，映着雪，才有趣哩。”又见四面皆是玻璃大窗，说道：“这是看梅赏雪之所。”琼玉道：“这原是宜冬之地。”黛玉道：“这楼有名没有？”琼玉道：“拟了一个‘红罗’两字。”黛玉道：“不如叫他绛雪楼罢。”琼玉拍手道：“这果然好。”黛玉道：“这楼只有三间。”琼玉道：“十二楼中惟四处五间，其余都是三间。大小就着地势，也不一样。”

又从左手下了楼，向黛玉道：“姊姊！上山去罢。”黛玉道：“我们且将十二楼逛了，再看别的。”遂顺着游廊到楼下。见庭中山石玲珑，有几株极大的天竺，石间绕着高低屈涧，涧里许多水仙。轩中也是四面风窗，都糊了一色素绸绢。黛玉道：“这倒别致，为什么要这么着呢？”琼玉道：“这屋子朝西南，太阳照着屋里暖和，又不烫人；若用玻璃，就烫人了。”黛玉道：“这楼没有名？”琼玉道：“想不出来。”黛玉道：“这布的景都是严冬的物色，又近着岁寒楼，便可取名首春楼了。”琼玉道：“好极，好极！这些楼名，姊姊通给我定了罢。”

于是过了倚云楼下，转过回廊，到了一处。见面前紫石壁立，两傍树木。进入屋内，尽是小房，穿来走去，不知有多少间。上了楼，也是套房。到中间，见紫石峰接闹参差，林木掩映。左边是池，右边接着倚云，后面也是冈峦起伏。跨着冈，又有一带厢楼。黛玉道：“这些树是什么树？”琼玉道：“桃花最多，各样都有。”黛玉道：“花开了，这楼正在红云中了，我拟‘艳阳’两字如何？”琼玉道：“艳阳楼，好极了。”又从后面楼廊走过一带高低弯曲的飞楼，见那冈峦迤逦向此环抱，树林中隐现着青粉墙，高低起伏。黛玉指着道：“这想是围墙了?”琼玉道:“那边还有一半哩。”黛玉道:“这是平地楼台,造这许多山,工程却也不小。”琼玉道:“西山的皮骨叫我剥了好些。”

说着,到了一楼。琼玉道:“这底下高高低低,有数百牡丹。后面溪边一行都是芍药。这树都是梨花。”黛玉道:“这也有趣,怪不得此处装饰又觉富丽些,恰也相称。”坐了一回,喝了茶,说道:“这个楼名竟难想。切了,又怕俗了,不切,又觉不好。”琼玉道:“兄弟也拟了两个,总觉得不好。一个切牡丹的,用‘天香’两,字,一个总着的用‘饯春’两字。”黛玉道:“‘饯春’比‘天香’两字好些,但这字面还不甚丽,与这情形不能相称。不如将楼下题为‘饯春馆’,这楼叫他‘春雨楼’,切着梨花罢。凡花都宜晴朗,只有梨花恰宜烟雨。到春暮时,晴日便在楼下看牡丹,阴雨便到楼上看梨花,似乎倒合式。”琼玉道:“到底是姊姊想得妙。”又道:“这又要下楼了。”舒姨娘道:“我们吃了饭再逛罢,不要把姊姊走乏了。”黛玉道:“不怕。”说着,顺着楼廊走下楼来。丫头们摆下饭、三人吃了,又吃了茶。

琼玉道:“我们过桥去。”过了桥,只见一带大石栏杆,一行青石的钓台,并无树木。黛玉道:“这地方平旷有趣。”倚着石栏望这大池,前面峰峦高下,树林中亭角掩映,这水环抱三面。绕出春。雨楼之后,走进轩中,一带纱窗。后轩外是柳堤,堤外又一大池,池外峰峦突兀,那水斜从西首坡侧绕出。琼玉道:“这里环四面,夏天开着荷花,颇可纳凉。”黛玉道:“只是太敞些,况怕日气侵人的。”琼玉道:“东西两面都是大卷棚,又有些高槐大柳。若再不凉,随时还可添盖凉棚的。”黛玉道:“这上头也是楼?”琼玉道:“这也算正楼,比岁寒楼还大些。”黛玉上了楼,见五间楼,隔作十间,四面都有楼廊,甚是深回。说道:“夏间避暑真妙。”琼玉道:“就叫他避暑楼罢。”黛玉道:“觉太直了些。这既算正楼,又与岁寒南北相对,似乎这名字也该相顾才好。”又道:“这里豁大轩敞,与岁寒楼环抱严密也是相对,我拟‘登明’两字如何?”琼玉道:“登明楼有意思得很。”

又下了楼，走出左手回廊，过一小桥，从树林曲径走过，沿着疏篱，到一院落。四围都是竹树，庭中山石小池，进入三间小轩，后面也临着水。琼玉道：“此处树更多，夏天也可避暑。”黛玉道：“院子里再种些芭蕉，便可上下一碧。这应叫环碧山房。”琼玉叫：“好。”黛玉道：“这楼题作绿天楼如何？”琼玉道：“更好。”

遂不上楼，从游廊向北走到一处。左边是山，右边是水，院中高梧修竹，池边曲篱映带。后面也是茂林。黛玉道：“这竟是听秋轩。”琼玉道：“切当得很。”黛玉上楼，走了一回，说道：“这楼宜于秋初。当眉月初生，新凉乍透，必有一番佳景，可名新月楼。”琼玉道：“隽永之至。底下便是多桂树的地方，桂盛于八月，这刚是七月所宜。”黛玉道：“那边便叫招隐楼。”琼玉道：“好，底下便叫小山书屋，如何？”黛玉道：“使得。”又道：“这该逛完了。”琼玉道：“还有两处。”遂又下楼，走回廊，过了小山书屋，曲曲折折到了一处。

黛玉道：“这是枫树，红的绝艳，真是‘霜叶红于二月花’了。”又见院内许多芙蓉篱笆，菊花尚未尽萎败，那芙蓉大者高出檐牙，花如盘盂。黛玉道：“这是现在的风景。我有名了，似乎近而不熟。”琼玉道：“姊姊必有佳名。”黛玉道：“丽霜楼，好不好？”琼玉道：“这真天然该括。秋色皆经露逾丽，这光景从两字中书出来，足为此楼生色。这些匾额，还求姊姊大笔为我一挥。下了款，他日必可流传永久。”黛玉道：“我的字不好，小字还写过，大字不能。还是请个名人写了的好。”琼玉道：“现在这些有名的书家，我看都俗得很，无非写几笔赵体的字，最高的也不过写颜、柳，用在这些地方都不雅。这必得卫夫人美女簪花格，方才相称呢。”黛玉道：“我昨儿看见青棠的，写得甚好。你去求他，或者肯给你写。到底不食烟火的人，气味各别些。”琼玉笑道：“得仙笔据题这更好了。好好，今儿还该歇歇了，明儿我去约了宝哥哥，同了青棠来，我们再逛。”黛玉道：“也好。”说着，又至一处。

琼玉道：“就这一楼，完了。”黛玉道：“此楼无他景物，都是借着两边的景，这该题个什么呢？”琼玉道：“我们且上楼。”黛玉登楼望了一回，道：“此处地势稍高，又倚左边的山，恰在西北方。古诗‘西北有高楼，上与浮云齐’。就用这个，名为齐云楼可使得？”琼玉道：“这也古雅。”说罢下楼。由曲廊回到上房。舒姨娘道：“小姐乏了，躺躺罢。”黛玉道：“也不觉得乏。”叫青鸾传话出去：“今日不回去。”叫家人们散了，〔并道〕：“明日来接。”又与琼玉等谈了一回。

次日，琼玉到宝玉处，约了宝玉，邀了仙人，同着黛玉进园。舒姨娘道：“我今日失陪小姐了，觉得有些腿酸。”琼玉道：“坐椅轿就是了，已预备下了。那边比这边更宽，姊姊也要乏了。”舒姨娘道：“我在家的，天天可逛得的。我还有些零碎事情料理料理。今儿姑娘同棠仙来了，也热闹了。”琼玉等遂一同来到园中。

宝玉、青棠先在十二楼逛去。黛玉坐了椅轿到首春，由楼后走过小廊，上一山坡，见湖石高下夹成石径，渐走渐深。进入洞中，见中间也似门窗房栊的样子，设着石桌、石床、石凳等类。转了两个弯，有两扇石门关着，琼玉拉开。出了石门，穿林走了数步，豁然开朗。循着石径到一院落，坐北朝南，院中高下花台。台西一座双层八角亭，台前一带花墙。出了花墙，有数十间曲折套房，绕成几处院子。中间一座小阁，琼玉道：“这种的海棠最多。”黛玉道：“这仿佛那边怡红院的光景，更曲折些。”由东首游廊走过，又是一小小院落。前三间，后边两旁各一间。中间一个小院子，前后都种茶花。走入轩中，陈设甚为精美。

琼玉引至里间，将靠壁一个紫红书架一拉，现出小门。进去看时，一带廊房，三面围广大池。黛玉道：“这廊竟造在水内的。”琼玉道：“底下就是水。”循着廊望东走，迎面一个美人站着。走到跟前，见那美人靠着不动，仔细一看，是个堆绢的美人，眼珠也会微微转动。琼玉将这美人手上的镯子一拉，美人走过，露出门来。出门一望，见亭台楼阁，花木池塘，壮丽宽阔。黛玉道：“这光景甚好。”走过廊前，见五个厅簇在一处，中间是个长卷棚形如蝶肚。前面左右两个五间大厅，后面左右两个三间大厅，形如蝶翅，盖在水中。厅前两边两道长桥，形如蝶须。黛玉道："大观园却无此局面，这地方比那边大多了。"琼玉道："姊姊坐轿罢，那桥长的很。"黛玉复坐椅轿过了桥，到对面水厅中坐了一回。黛玉道："后主《洞仙歌词》'水殿风来暗香满'，这里竟题'水香吟榭'可好？"琼玉道："别有风韵，好得很。"黛玉指着东边道："这边还有多少地方？"琼玉道："沿着这芙蓉堤还有几处。"

正要起身，只见宝玉、青棠已过桥来。两人迎着，进入水厅坐下。宝玉说道："这十二楼有趣得很，琼兄弟手笔比我们那园强远了。"琼玉道："我如何有这手笔？这是外头拟了，姊姊斟酌的。"宝玉道："我竟要搬来住着才好。"琼玉道："这妙得很，何不就搬来？"宝玉笑道："果然搬来，真是鹊巢鸠居了。这边地方究其宽阔，妙在把他隔成两下。在那边不晓得有这边，在这边不晓得有那边。"琼玉道："我的意思，因着有了园子，朋友们知道了一定要来逛，不教他逛又不好，尽他们逛，自己又不便住人，所以把他分个内外。人家要逛，尽他们在这里逛；那边把石门封了，便归入上房。所以园门安在上房厢房里，这边另有一个园门。"黛玉道："你想得甚好。我们那边，这园外人便进不去。"琼玉道："我们那边逛去。姊姊请坐轿。"黛玉道："我且走，走乏了再坐。"

四人沿着堤徐徐行来，堤形弯环；堤边多种芙蓉，堤内一带临水轩馆，或三或五，掩映在柳阴中. 望着他中有一小山，山傍林木疏秀，林中一亭。黛玉道："这真是康乐的孤屿了。那里上去？"琼玉道："这要用船的。"黛玉道："这亭上题过没有？"琼玉道："没有。"宝玉道："这亭竟用康乐诗'空水共澄鲜'，题为空水亭。"琼玉道："也好。"黛玉道："我们到里头看看。"进入一处，见是三间水榭。倚栏看那水中，日色晃漾。黛玉道："这里看落照甚好。"对着那孤屿，琼玉道："就题作夕阳榭如何？"黛玉道："甚好。"

坐了一回，沿堤又行数十步，见对面亭台出没，问道："那边地势宽得很?”琼玉道:“没有了,那边就是后墙,不过有零星小房子。外面看着似乎深远,到跟前便一览无余了。南边还有些地方。”说着,走到芙蓉堤。将尽处,见迎面山峦树石丛杂,那堤向南转。转过堤,便见高峰突兀,傍山石径曲折行来,越过一小冈,见一院落。四面皆山石围着,院中也列着英石奇峰。黛玉入门便道:“这石峰有趣的很,亭亭孤立,妙在不加阴衬。这石题为‘裔云’如何?”琼玉道:“妙!”青棠也道:“这真妙不可言。”进入轩中,是两重套着。坐了一回。

出门来,见四围无路,从右手往后绕出山嘴,曲折下了几重山坡,地势平旷。见倚山倚林一所院落。进入门来,屈折游廊围着两重屋宇。院中古木乔柯,众鸟皆飞鸣林内。黛玉道:“此处静坐听禽,胜于丝竹。”宝玉道:“这处题个什么名?”黛玉道:“就取这‘听禽’的意思好。”宝玉道:“就取名‘听禽’,或‘听鹂’也罢了。”黛玉道:“这太实了,况‘听鹂’也不该括。我想一个,大家商量,不如叫‘晓春山馆’。”

往西南行过一山坡,涧水淙淙,自山根流出,泻入涧中。过了一座小石桥,见南向高山拔地。山半一堂,拾级而上,入至堂中。对面山石突兀,林中微露亭台。黛玉道:“这堂想与水榭相背了?”琼玉道:“山后便是水榭。”黛玉道:“此堂乃外园正厅,便得个正大的名才称得住。”大家想了一回,琼玉道:“我志在养亲,题个‘爱月堂’如何?”黛玉道:“也好。只是略熟些。”琼玉道:“‘白华堂’如何?”黛玉等都说:“好。”琼玉道:“这园的总名就叫‘絜园’可使得?”黛玉道:“这很好。那内园呢?”琼玉道:“鲁侯燕喜,令妻寿母,名‘燕喜园’如何?”黛玉笑道:“好是好,只是犯了喜姑娘的名字。”琼玉道:“便叫‘燕园’也使得。”黛玉道:“我是说玩话,这就很好,显见此园为他而设,他不但不怪,还更喜欢哩。”

大家下堂来又望南行,上了山。见前面又有冈峦遮着,黛玉道:“园门在那里?”琼玉道:“冈后便是外墙了,园门在东首里。”下

山往西门，到一处小院落。琼玉道："此处都是芭蕉，又有些秋海棠、玉簪、夜来香、珠兰、茉莉等。这房子是卍字式的。"黛玉道："小巧有致。"琼玉道："我拟题'碧韵轩'，又重了那边'环碧山房'。请姊姊题一个。"黛玉道："把'碧'字。换了，名'秋韵轩'如何？与那边'秋爽斋'各有取义。"琼玉道："好。"

又到了一处院落，便望见西边一带飞楼。黛玉道："这大约是西边尽处了？"琼玉道："正是。"宝玉道："此处围有泉流，是那里来的？"琼玉道："从内园来的。"宝玉道："此泉要题个名儿。"琼玉道："这里种了些翠梅，色如翠羽，这边拟嵌块石碣。"黛玉道："此处抚琴倒好。"宝玉道："我题'冷香泉'如何？黛玉道："西湖有冷泉，这不重了？既就翠梅，取意叫'翠羽泉'好些。"又道："'一翠玉泉'也好。"琼玉道："不如爽利名'翡翠泉'如何？"黛玉道："这好了，这屋子就叫'翡翠巢'。"琼玉笑道："妙极了。"黛玉道："我们那里回去？"琼玉道："姊姊坐上轿罢。"黛玉出门坐了轿，琼玉引着，从这屋傍一条小径绕到蝶厅外廊。下了轿，回到内园，又看了几处小坐落，一同出园来。

到上房坐下，舒姨娘道："小姐逛了两天，怕乏了？"黛玉道："逛得高兴，觉得不乏。这园子好得很，亏琼兄弟布置的。"舒姨娘道："他这晌一回来就到园里，差不多闹了一年了。"黛玉道："这园子要细细的逛，只怕要逛十几天才逛完哩。"琼玉道："要一花一草都逛，倒只怕一个月，还瞧不完哩。明年春天，请姊姊过来，拣一处住着，慢慢的再逛。"大家又说一回话，才回来。

黛玉见了王夫人，回了几句话，来看惜春、喜鸾。把园子光景大概说了，又道："这正楼专为妹妹造的，这内园专为喜妹妹造的，所以取名'燕喜园'。"惜春道："这姊姊说来朴素无华，我却合式。这楼名也好。"喜鸾含羞不语，心中自是得意。黛玉回房，又同宝钗谈了一回。宝钗道："可惜隔着，不能相通。要能通了，更便当哩。"黛玉道："中间再造一园，便通连了。"

过了几日，青棠把些匾额写了，送了过去。琼玉又打发人接青棠、宝玉逛了一天。把那未题的几处一一题了。开了一单，请宝玉、黛玉、宝钗、青棠等替他作些对子。黛玉、宝钗都道："内园我们作，外园等他们作去。"于是得闲时陆续作起来，互相商定了，送与琼玉。后文细表。

第二十回

单说宝玉在潇湘馆，青棠陪着读书，又有宝钗、黛玉等时来讲说。读书一览如夙习，不止十行并下。略有所疑，便与宝钗、黛玉、青棠等相质问，真是六通四辟，贯串错综，心中大乐。麝月本不识字，这时也跟着青棠认字读书。翠簧、秀筠本是黛玉教过的，也都高兴读书写字。紫鹃、莺儿等见宝黛读书，也跟着学习。这所谓上行下效了。

一日，麝月替宝玉到王夫人那里请安，王夫人细问宝玉近日情形，麝月一一回了。王夫人笑道："这孩子这回晓得用功了，他自小至今从没有这么认真过。不要太辛苦了，弄出病来，你们劝着他晚上到底要睡睡。这天往后更冷了，岂不要受凉呢？"麝月道："我们都劝过。二爷说，他自从在山中打坐以后，便不磕睡。我们劝说，到底闭眼也养养神，所以晚上也有睡的时候，也有打坐的时候，总是棠仙陪着的。"王夫人道："这棠仙也不吃也不睡，果然的？"麝月道："不但这个，这回子大家穿着皮衣，他还穿着纱衣，手还是滚热的。二爷看书，不知道的问他，他都知道。他还出题目，教给二爷作文章哩。"王夫人道："这真是个仙人。"麝月道："我们老爷、太太同二爷、奶奶想来都是仙人，所以才能使唤着仙人哩。"王夫人道："我因为你老实妥当，所以特地派你去。你晓得，从前二爷专靠袭人，这回子二爷回来，偏他倒先出去了。现在就是你年纪大些，人也妥当，所以我把宝玉交给你，你好好的招呼。我想袭人这人虽好,究竟没有福气,你瞧着还有点福气。你安心伺候着,少不得有好处到你。”麝月回道:“太太吩咐,紧记着,格外留神。奶奶也吩咐过了,叫我单管伺候白日的事,晚上事交给棠仙。至于二爷现在,伺以前小时候大两样了,那些脾气全没有了,太太可以请放心。”王夫人道:“这回子娶了媳妇,这些事我其实也可以不必管了,不过见你想起来,一半也为着你。”麝月答应:“是。”王夫人道:“这袭人从前却是我再三劝他出去的。这回子你二爷回来,他知道了保不定心上懊悔。你二爷这些时也总没有提起他来,想来也恨他先去了。我想起来,那时候倒不该劝他。”麝月道:“这也是各人自己的主意,他这回也未必就懊悔,懊悔也迟了。至于太太、奶奶们也曾吩咐过奴才,奴才们自己不愿出去,太太也没有不依。袭人出去,究竟还是他自己要出去的,太太倒不必介意。”王夫人笑道:“你竟比他还强,所以我说你可靠。”说罢,把炕桌一个小玻璃匣子拿过来,道:“今儿我检些东西给喜姑娘,剩下这付环子给你罢。”麝月接在手中,磕头谢了赏,又站一回,退了出来。

到宝、黛屋里,将这些话回了,又把赏的东西送与宝、黛看过。黛玉笑道:“恭喜,恭喜!这省得我们想法了。前儿我就同你说过的,叫你不要拘。”麝月道:“这都是两位奶奶的恩典提拔的。”宝钗将他一把拉至炕前,附耳说道:“你几时陪二爷的?”麝月道:“青棠在那里陪着的”。”宝钗道:“二爷不叫你?”麝月道:“没有叫我。”宝钗道:“这回子二爷不比从前了,你倒不必拘。况且太太也吩咐过了。”麝月面红不语。黛玉道:“我们那两个同你还合得来么?”麝月道:“做事言谈都比我好,只是同二爷到底生些。”黛玉道:“你同青棠好不好?”麝月道:“棠仙是仙人,连二爷都敬重他,一口一声叫姊姊。我们都当他主子,那个敢轻慢他呢?”黛玉道:“不是这么说,你们相好不相好?”麝月道:“他待我们最和气的,最喜欢同人玩笑。”黛玉笑道:“你既敬服他,你凡事都问他,听他就是了。我们紫鹃就同他最好的。”麝月道:“我还要看看紫鹃去。“走到紫鹃处,谈了一回。

回到潇湘馆，又回了宝玉。宝玉尚未开言，青棠笑道："这是过了明路了，大喜，大喜。今儿也可以陪陪二爷了，还躲着做什么？"麝月笑啐道："我不该当着你说，你又拿人开心，这也不像个仙人的体统。"宝玉不禁失笑。青棠笑道："你不当着我说，我难道就不知道？我倒替你道喜，你倒给我钉子碰。我看你今儿陪二爷不陪？"麝月道："不同你说了。"走至后边。青棠道："二爷今儿躺躺罢。"宝玉道："也好。"于是吃了饭，谈了一回。青棠道："二爷先躺下，叫他们关门去。"

宝玉宽衣就枕，瞑目调息，定了一回，觉得身畔有人，以为青棠来了。停了一回，不见动静，又觉耳畔鼻息比青棠重些。睁眼看时，原来是麝月。见他业已沉睡，不去惊着。他想道："这是他说了青棠，青棠使的法儿了。且等他自己醒来，看他怎么样？"轻轻的抱着，依旧合目调息，多时总不见醒。又想道："这帐中亮的，他一醒了必要大惊小怪，叫老婆子们听了倒不好。"遂轻轻坐起来，把玉摘下，将帕子包了，塞在枕下，一时帐中昏暗。约莫四五更时，听得麝月翻身醒了。觉被中尚有一人，转身看时，又看不清楚。但觉肌肤细腻，香气微微，想道这一定是棠仙来同我玩。便道："棠仙姊姊，你来同我玩，我竟要亲近亲近你这仙人，请教请教你的仙体哩。"一面说，一面以手抚摩，宝玉总不做声。一回儿，忽然跳起来道："你是那个？睡在我床上来？"宝玉也猛然惊醒，说道："是那个？"麝月定了神，道："是二爷么？"宝玉道："你是麝月姊姊吓？"麝月道："二爷怎么睡到人家床上来，也不告诉一声，把人都吓死了。"一面说，一面找衣服，满床摸到，再找不着。宝玉道："我记得睡了一回了，几时到你床上？你是几时来的？我还不知道。你倒怪起我来！"麝月道："这到底是哪里？我记得明明白白的睡在自己床上的。"宝玉道："不要着急，你且睡了。大不过在这里，不是你的床上，就是我的床上。你瞧，冻着了。"麝月道："我起来瞧瞧！"又道："我的衣服呢？这怎么了？"说着哭起来。宝玉道："姊姊快不要嚷，叫人家听

见了,倒要做笑话说的。我们从前在怡红院也怪好的,你也陪着我,也一块儿玩笑,这回回家来,姊姊们都拘拘束束的,所以我也不敢十分亲近。今儿姊姊既来了,就睡着何妨?”麝月道:“你说我来,我到底几时来的?”宝玉道:“我要问姊姊,姊姊倒问我?我何尝知道你几时来的呢?我要知道,我早叫醒你了。”麝月不做声。宝玉拉他道:“冷天冻着不是玩的。”麝月只是呜咽。宝玉道:“姊姊,我知道了,你一定说了青棠,青棠同你玩的。”一语提醒麝月,道:“一点不错,我才梦里好像同着棠仙上哪里去似的,一定是他作弄我。”宝玉道:“姊姊,我们好好的睡着,你又着什么急?姊姊要不和我好,我也不敢勉强。好姊姊,你不要着急。”麝月道:“我们原是自小在一块惯的,不过这回子大了,不得不避些。我难道不懂太太的恩典?太太既当我个人,我也要存个规矩,怎么说我不同你好呢?”宝玉道:“既同我好,为什么这么着急?”麝月道:“叫人家晓得了,岂不笑话?”宝玉道:“这回子没人知道。你一吵嚷,人家倒要知道了,那才说不明白哩。”麝月点头。又道:“这回子大约不早了,天也快亮了,我们起来罢。”宝玉道:“姊姊找衣服找着了么?”麝月道:“呸!我也昏了!好二爷你给找找。”宝玉起来,床上各处一找,并无衣服,说道:“这也奇了!我的衣服也没有,我起来拿灯照照。”

宝玉起来,出至幔外,把个手照点上了,到床一照,并无衣服。麝月见灯来照,把被窝紧紧裹着。宝玉出幔去,放了灯,复上床来。悄悄说道:“我的衣服也不知那里去了,明儿怎么起来?好姊姊,我身子冻得冰凉的了,让我焐一焐。”麝月恐他冻了,只得把被窝松了。宝玉进入被窝,麝月道:“好冷,真是冻了。”不禁将身偎贴。宝玉道:“棠仙的意思,也不是真同你玩。因着他晓得我们本好,太太又吩咐过了,所以他替你撮合。姊姊既说同我好,为什么又这么固执呢?”麝月道:“太太既吩咐了,我们乐得明公正气的,何必一定要鬼鬼祟祟酌,叫人笑话呢?”宝玉道:“姊姊说的原是,所以我也并无妄念。依我说,青棠也没有不晓得的事。你以后凡事倒请教他,听他的话，他也不是捉弄人、笑话人的。”麝月道：“我本来敬服他，昨儿是说急了，我把话说重了些。明儿我磕他的头，陪他的话。二爷要是可怜我，二爷回太太收了我，我还怕什么呢？要是这么着，我总不愿意。”说着又哽咽道：“要是愿意，为什么不做袭人呢？二爷同袭人的事，不但我晓得，大家都晓得。这回子袭人在哪里？，可见一个人也要有的主意的。”宝玉道：“姊姊说得是。只是……”一语未毕，听见背后说道：“真有主意，好得很！”两人皆吓了一跳。举目看时，见棠仙睡在宝玉后背。宝玉笑道：“姊姊今儿玩得人出神人化。”麝月道：“棠仙姊姊，我得罪了你，你骂我、教训我都使得，怎么这么玩？把人吓也吓死了。好棠仙，你饶了我罢，我回来替你磕头陪罪。你恕我愚人不知重轻，一时乱说。”一面说着一面流泪。

青棠笑道：“好姊姊！你不要生气。你真是个好样儿的，我也敬服你。你瞧，二爷也不是那种强人的人，你好好的躺一躺，我送你回去。”麝月道：“你倒说怎么把我弄来的？”青棠道：“我携着姊姊的手，姊姊还同我说着话，同你到这里，怎么你不记得了？”麝月道：“不错的，这是梦里吓。”青棠道：“这难道不是梦里？”麝月道：“这是大家醒着，怎说是梦里呢？这真把人弄糊涂了。不管怎样，你把我的衣服给我，我好起来。”青棠道：“你的衣服在你床上。你在这床上找，自然没有。你要我去替你拿来，但是开门出去到你房中拿衣服，恐怕大家要知道了，又有人拿你开心，你却不要怪我。”麝月道：“这怎么好？”说着，又要哭了。宝玉道：“好姊姊！我替他陪个罪，你送他回房去。我看着怪难过的。”青棠道：“姊姊不要着急，我送你去。”说着翻进里床，一把把着说道：“紫鹃姊姊，我也同他好。你到底同我好不同我好？”麝月道：“我敬服姊姊什么似的，怎敢轻慢你？我是个粗人，昨儿说话说冒失了，是我该死。”青棠道：“不是昨儿的话，你要真同我好，不要拘拘束束的。我同你细细的谈心，你少不得将来还要感激的。今儿原是我试试你的，怕你嚷得人家知道，我所以也在这里。”麝月道：“这么，我们说的话你都听见的了？”

青棠道:“我便不听见,也晓得你同二爷从前怎样的玩笑。你要我说一遍不要?”麝月道:“好姊姊!我知道你是神仙,你可不要说!”青棠道:“你既知道我晓得,你又装什么腔呢?”麝月道:“也不是在你跟前装腔,从前小时候大家都不知道世事,这会子自然要拘束一点。好姊姊,你要不许,我往后依你就是了。”青棠道:“真的?”麝月道:“这有什么假的?”青棠将麝月遍身抚摸,急得麝月只叫:“好姊姊,饶我罢!”宝玉也帮着劝。青棠道:“罢了,我看着也怪可怜的。姊姊你闭了眼。”麝月闭了眼。青棠推他道:“你翻个身。”麝月翻身向里。青棠拉过夹被将他盖了。回身向宝玉道:“今儿玩得他也够了。这个人却是个好人,我也爱他。”宝玉道:“姊姊慢慢的教导他,他比紫鹃、莺儿人略粗些,却也诚实。”宝玉见麝月半日不言语,说道:“睡着了。”棠仙一把把被拉过,说道:“正睡得沉哩,明儿早上还不醒哩。”宝玉看时,麝月已不见了。笑道:“姊姊这法真妙,真是仙法。”青棠道:“这算什么仙法呢!玩儿罢了。”两人睡了一回起来。

青棠开门出去叫人。翠篑等都起来了,见麝月还未起来,宝玉吃了点心出去了,麝月才起来,怏怏没有意兴,大家也不理会。下午悄悄拉着棠仙说道:“棠仙姊姊,我昨儿一时急了不留神,说话冒犯了你,不要怪我。替你磕个头。”说毕就要跪下。青棠把拉着道:“姊姊这做什么?你几时得罪我。我们这么好,你还是客气。”麝月道:“我有句话求教你。我昨夜得一个梦,奇怪得很,好像同真的一样。及至醒来,还睡在床上,不知主何吉凶?”遂细细的告诉一遍。青棠道:“这也没有什么奇怪,这是个好梦。你梦中说的要明公正气的收你,这一定应的。姊姊,你的为人,同紫鹃姊姊一样,是个好人。我们都是一会中人。我老实告诉你罢,我是小姐叫我陪二爷的,已经这些时了,你可晓得?”麝月道:“不晓得。你是仙人,你陪二爷原无碍,不比我们。”青棠笑道:“我们一块陪二爷如何?”麝月道:“使得。”青棠道:“姊姊,到那时又不要笑起来。”又道:“照你昨儿梦中的样,陪陪二爷,人家又不知道,这使得使不得呢?”麝月笑道:“只怕昨儿的梦是姊姊叫我做的,姊姊何苦作弄我?”青棠道:“我明明告诉你,你自己说是梦,本来何尝是梦呢?若说我要捉弄你,你睡着了,我不但把你送到二爷处,便把你送到人家去也容易。比如昨儿,要不是二爷,你还逃的了?姊姊,你的喜事也近了。你到闲着,同紫鹃姊姊、莺儿姊姊谈谈,将来就晓得我是好意。”麝月道:“我总跟着姊姊,姊姊叫我怎样我总依,姊姊收我做个徒弟罢。”自此,麝月与青棠分外亲热,见了宝玉,也不似从前那样拘束了。

看看过了十月,惜春、喜鸾吉期已近,两边甚是忙碌。这边到底人多,还不觉得,那边外头有些朋友家人帮着也还勉强。内里只有舒姨娘一人,同二三个丫头,一天娶两个媳妇,又局面宽大,事事要体面,以致头绪烦多,把舒姨娘忙得饮食俱废。琼玉看着心中着急,仔细一想,并无别人可以请来帮忙,只得找柳湘莲,要想请他姑母过来帮着料理。偏值湘莲报了举人,家中也是忙忙的,宝玉、贾琏反过去替他张罗。因又打发仆妇去与黛玉商量。

黛玉回了王夫人,王夫人道:“你这会子都算这边的人,该在家料理,但亲家那边只有一个人,自然累了。我们这里到底还多几个人,你姑且从权,就过去罢了。”黛玉遂把管的事交与宝钗,宝钗答应了,又道:“我们妈妈不算女家人,可以去帮个忙。”黛玉道:“这好得很了?我自己请去。”遂带了紫鹃、青鸾先到薛姨妈处,请定了,又约了岫烟,然后回来,帮着料理。

到了吉期,这日贺客盈门,内里岫烟、薛姨妈帮着照应,外间薛蝌、甄宝玉等相助。一切繁华热闹,不必细言。黛玉道:“请琼玉进来。”与舒姨娘商量道:“新人一同进门,还是一起拜堂呢?还是两起拜堂?”琼玉道:“一同过来,自然一同拜堂了。”黛玉道:“便一起拜堂,也有个次序。这话大家都没有议定,到底怎样呢?”琼玉道:“自然四姑娘在前。”黛玉道:“喜姑娘是姊姊,四姑娘是妹妹,我们太太都算女儿的,难道姊姊倒居妹妹之后?似乎不大顺当。”琼玉道:“依姊姊怎样呢?”黛玉道:“你的意思,自然要尊敬四姑娘,殊不知四姑娘绝不在这上头讲究。依我说,拜堂结亲次序,自然要让喜姑娘。你把四姑娘住了正楼,喜姑娘住了东楼,你原是以四姑娘为主。将来这称呼怎样,也要斟酌定了,好吩咐下人。"琼玉道:"姊姊说得是。下人的称呼,这却没有想到。"黛玉道:"你这回子现已居官,又是一家之主,那少爷的称呼可以免了,应该都称老爷。姨娘已受太安人封典,应该称老太太。新人过来,便应称太太。但两位太太怎样分别,这要斟酌。"舒姨娘道:"琼玉又没有兄弟,大太太、二太太也还使得?"黛玉道:"也只得如此。但称那个作大太太呢?"琼玉道:"自然四姑娘。"黛玉道:"四姑娘必不肯,又是大家推让,不如姨娘定了的好。"舒姨娘道:"依着次序,自然年纪大的称大太太。"黛玉道:"还有一说。喜姑娘在前,四姑娘必不介意;若四姑娘在前,喜姑娘居次,喜姑娘心里未必泰然。况且喜姑娘是那边先说的,你反耽搁许久,倒去求四姑娘,及至四姑娘叫你求喜姑娘,你才开口。这回子再把人家居次,叫喜姑娘心上怎么过得去呢?旁人怕也要议论'姊居妹下'的。"舒姨娘道:"小姐说的是。四姑娘那日原说让他的,就这么定了。你心里怎样的敬服四姑娘,你提另行去,我们不管。"琼玉只得依了。

一回儿,新人进门。结亲已毕,送入洞房。琼玉只得先至东楼合卺,再至正楼。两边新房陈设,一是华丽,一是闲雅,观者无不艳羡。也有询访的,也有议论的,也有知道底细的,也有不知道的,纷纷不一。到客散之后,琼玉来至舒姨娘处,黛玉也在那里。琼玉道:"姊姊这几天累得很了。"黛玉道:"累倒不觉得,事头却零碎得很。这回好了。我爽利明儿给你道喜的了。"琼玉道:"我要请教姊姊。"坐近黛玉身旁,低低的说道:"我今儿到岁寒楼去不去?"黛玉道:"这怎么说?我不懂。"琼玉道:"从前四姑娘当面说的话,他的意思不过挂个虚名,一切世事是不能的,这事姊姊也听见来,今儿恐怕未必要我去。我若去,又怕四姑娘恼,若竟不去,又怕冷落了他,况且也不像个样儿。倒没了主意了,所以请教姊姊。"舒姨娘听着笑，黛玉也笑道："你也是个聪明人，怎么这点事就没主意的？照这么着，将来这两位太太恐怕你招呼不过来呢。四姑娘原说借个名儿，今日拜堂结亲，都是这名儿之内，你这回子又什么去不得呢？难道不在名儿之内？至于四姑娘意思怎么样，你见机而行，不要拗他就是了。"又笑道："你想来也不敢拗他的，毋须我嘱咐。"又向舒姨娘笑道："我们这兄弟真是至诚到了家，不是他，却也求不动四姑娘的。真是佛都下了凡了。"舒姨娘道："我们家里，小姐是个仙人，这回又来了一位佛，琼儿的造化也不小。亏他还有这点诚实。他自从姊姊去了，不拘什么事就说忘了问姊姊，一回子又说要问姊姊去，天天的念诵着'不惯得很'哩，这回子姊姊回来了，自然的尽着问了。"黛玉道："往后好问四姑娘了。"又道："你还不去！我也要歇了。"

琼玉笑着出来，带了两个丫头到园中。上了岁寒楼，至中间坐下。叫丫头："进房去把太太带来贴身伺候的姊姊找一位出来，说我有话说。"一会子，入画出来，见了，磕下头去。琼玉站起来拉住，问了名字、年纪，知比惜春还大两岁，想是自幼伺候的了。因说道："姊姊是自幼伏侍姑娘的？"入画答应道："是。"琼玉道："我与姑娘结亲的原委，你都晓得的？"入画道："那天姑娘在那边，我也在那里。"琼玉道："我倒没有留神。"又道："我承姑娘面允，今日果然下降。姑娘是仙佛中人，我原不配忝为夫妇，但世俗结亲也须要应个名儿。又不知姑娘意思如何，未敢造次。特地请姊姊出来，烦你代达姑娘，我在这里候信。"入画听着，含笑道："姑爷请坐，我去回姑娘。"进入房去不多一回儿，出来说道："请姑爷到东楼结亲，姑娘这回子正打坐哩。到四更天，姑爷到这里来就是了。"琼玉听了，喜出望外，遂转至东楼与喜鸾成亲。

却说喜鸾人才与宝钗相仿，在迎、探、惜、纹，绮之上，只因出身寒薄，父母早亡，所以无人问名。从前在荣、宁两府往来，独蒙贾母、王夫人之爱，又与宝玉最为友爱，心中常自忖度："可惜宝玉这个人才生在自己家里。将来我若嫁得这么个人，方可称意。”后来知道甄宝玉与宝玉一般的面貌便又移到甄宝玉身上来。又闻甄宝玉已与李纹缔姻，自伤命薄，无人作主，失此人才，十分抑郁。忽闻王夫人要把他养做女儿，许与林琼玉，心中自是喜欢。到了荣府，听丫头们说，这琼玉的好处，也不在宝玉之下，惟嫌年纪尚小，即使成了，也还要耐守数年。忽然闻得琼玉要求惜春，心中诧异。因想惜春必不能成，也还不十分着急。忽然又听见惜春肯了，不但肯了，而且请琼玉过来面议。初时还不相信，后来玉钏细细告诉了，才知竟有此事，不觉索然意尽，闷懑几日；遂生起病来。其时黛玉初来家中，上下都忙忙碌碌，也无人理会，也无人劝慰，心中辗转思想，不恨惜春，反恨琼玉。及至琼玉、惜春面订时，惜春说出定要先聘喜鸾，琼玉当时面求，贾政、王夫人商允，玉钏又一一告诉，方渐渐的病好起来。心想：“惜春是琼玉注意的人，必是惜春居长，自己必然居次。又想自己的容貌比惜春强了许多，琼玉反拜服惜春，于自己略不措意，这种人必是性情古怪，断不能像宝玉这样多情。”如此一想，不但有恨琼玉的心，并且有厌琼玉的心。所以临行时抱着王夫人大哭，王夫人等以为感恩依恋，不知其满腔愤郁无所发泄也。

孰知一进门来，先请自己的轿子。拜堂时，惜春立他肩下。合卺时，又先到东楼，后到那边。新房中陈设又十分华丽。家人仆妇丫头满口都称大太太，心中反诧异起来。想道：“难道把我居长，把惜春反居次？又何必苦苦的求惜春？”又想道：“大约是琼玉初求惜春的时候，未见惜春的相貌。及至见了，不大体面，所以把他居次，也未可知。”又想道“我的相貌他也未见，一定是丫头仆妇们告诉他的。”又想：“惜春比我年纪小，以齿相序，也未可知。且看他待我的情意如何。”以此心中恨琼玉、厌琼玉的心已去了一大半。及至人静后，听得丫头说道：“姑爷进来了。”一路靴声进入房来。丫头们都散去，自己掩了房门，将一边幔子挂起，移灯入幔，宽衣上床。喜鸾于帐隙偷窥，见琼玉长身玉立，英秀之气十分可爱，心中忖道："这那里像十二三岁的人，原来长得这么大。这神情不像个无情的。"顷刻间把心上那一半也消归乌有，反生出喜爱的心来。琼玉又温柔缓款的叙了一番的话，并说："我是慕四姑娘道行，特地求来为讲论的师友。一切家中的事，全仗姊姊主持，所以母亲，姊姊定了，将姊姊作为正室。四姑娘同姊姊本是姊妹，还叙姊妹就是了。"喜鸾初时含羞不语，说到这里不能不答，只得说道："我是因着四妹妹不耐烦琐屑的事，所以勉强来帮他的。我如何敢僭妄呢？还要求老太太斟酌才好。"琼玉道："姊姊不必过谦，这是已经定了的，我所以先到姊姊这里。"喜鸾心中更加喜悦。一觉醒来，琼玉起身道："我失陪姊姊，去看看四姑娘。"喜鸾道："你本该先到那里的。"

琼玉笑着出来，看钟上已交丑初，忙开门出来，叫丫头们进来陪伴。转到正楼，入画站在房门口，同入房中。见惜春淡妆端坐，琼玉上前作揖，惜春起来回礼，坐下。琼玉道："兄弟竟得姊姊降临，喜如梦寐，又承允从俗礼，更是望外深情。姊姊请宽衣，以应百年之好。"惜春道："我从前本说过，但能借伉俪之名，与你晤聚。方才入画来说，也要从俗应个名儿。既已结姻，原无不可。兄弟至诚人，想来不是哄我的。我却薄有几年功夫，自分也将成就。不要说今儿，便常在这里歇，也没有什么。不晓兄弟你是如何，恐怕倒反不便，你要自己斟酌。"琼玉忙道："兄弟敬姊姊如明师益友，此来原不过遵母亲的意思，依世俗的规模，岂敢竟以世俗之事相渎？姊姊倘承俯允，兄弟也略尽一点亲爱的心，此外并无妄念。姊姊若不以为然，兄弟陪坐请教，也可消此良宵。"惜春笑道："这也不必，请宽衣便了。"又指入画道："这丫头是我自幼用的，不能离开。他年纪也大了，兄弟不嫌粗蠢，收了他，我也安心过几天。我自回老太太便了。"向入画道："你以后伺候姑爷，就与伺候我一样，不可拘束避忌。你也算终身得所了。"入画只得磕头谢了惜春，又替琼玉磕头，琼玉连忙拉起，还了一揖，道："姊姊所说，无有不遵。但这事须回过母亲，再行为定。”惜春点头，叫：“入画掩门，你们都散了罢。”原来大家都要看这新人如何举动，所以多少丫头、媳妇都聚了来，也有在外房的，也有在廊下的，及至吩咐关门，才纷纷的散了。入画伺候惜春、琼玉宽衣，惜春道：“你依旧在这里陪我。”入画低头悄悄的道：“明儿陪姑娘罢。”惜春道：“才说不要避忌，你又忘了。”入画不敢开言，只得伏侍二人睡下，自己在脚后里床和、衣睡了。

琼玉与惜春并枕，肌肤相着，觉细腻不下喜鸾。心上想：“惜春如此闲雅大方，不免要着力矜持，恐为所笑。”因携着惜春的手笑道：“兄弟居然与姊姊得谐伉俪，竟又得近肌肤，真是梦想不到。不知前生有何因果，乃能美满如此？”惜春道：“我们的因果种在今生，并非前世。我是久断情缘，为兄弟一行诚心所感，遂成此果。兄弟你的根基我虽不能十分了了，却也晓得大概，果然是难得的，所以我破戒相从。须要努力修持，方不负我们这番遇合。”琼玉道：“我原奉姊姊为师，姊姊往后教导我，我接着用功便了。”惜春道：“你若早几年来京，这事我是断不能依的。我因近年来觉得有些把握，所以竟自前来。一定要拉着喜姑娘，并不是单为喜姑娘下不去，因我赤龙斩断已久，此路业已绝了，既不能持中馈，又不能续烟祀，却占着主妇之位，鬼神必有怨望，所以要聘了喜姑娘作为正室，我才能来。我们喜姑娘虽性情器识不及颦卿姊姊，然在闺阁中也算上品，于你的意思自然尚有不足，也便要好好的待他。今儿这拜堂结亲，你便能深知我的心了。”

琼玉听了，不敢答应，心中深服黛玉。便道：“姊姊的功夫想是快要成了，不知几时飞升？”惜春笑道：“那里就说飞升！我不过反了本原，刚要结丹的时候，功夫还早得很哩。”琼玉道：“佛家也要成丹么？”惜春道：“仙佛本是一家，并无两样。不过随从之路与修持之法两样罢了。”琼玉道：“怎么分别呢？”惜春道：“以眼前的人而论，我是从佛家修持，所以要断绝人事，青棠是从道家人的，便不消断人事。”琼玉道：“青棠道行如何？”惜春道：“他是久已成了的，因

着情缘牵惹,游戏人间。我如何能同他比？我已从他为师,将来你也好随时请教他的。”琼玉道:“我们姊姊同宝二哥哥他二人根基想不小?”惜春道:“他们也算游戏人间,只是情缘深重,不能即了。”又道:“这情缘比一切魔劫都利害,仙佛两家都是最怕的。”琼玉道:“何以情缘便这样利害?”惜春道:“这也非言能达。即如你我两人,你并非慕我之色,虽是正大之情,然却缠绵不已,一发莫御。我比你又有了几年功夫,并非慕你之才,却也不能放下,皆是因缘牵惹。何况他们的情更比我们不同呢?”

琼玉道:“如何便能了却?”惜春道:“随缘而不使蔓延,就因此渐使消灭,便是了法。”琼玉道:“这话我还不甚解。”惜春道:“兄弟你此中没有用功,自然一时不能解,慢慢的便解了。”琼玉道:“姊姊说浅近些,我就能解了。”惜春笑道:“譬如你这回子,你心中何尝没有别念,你却能制着他,就可不至放荡。往后惯了,渐渐不要制他,也是如此。这道理就在随缘就因之内。”琼玉道:“姊姊这说我懂得了。姊姊这回子心上呢?”惜春道:“我若要用制,我还敢与你同衾么?”又附耳低低的说了几句。琼玉以手抚摩,不觉赞叹。惜春道:“可是与喜姊姊不同?”琼玉点头道:“这真是如来净体了。我这身子,将来益发要留神,不敢乱近庸脂俗粉的了。”惜春道:“你在那边睡一回没有?”琼玉道:“略睡了一刻儿。”惜春道:“天已不早了,我们谈的日子正长,你且睡睡。明儿还要应酬客人哩,不要倦了。我陪着你,你好好的睡罢。”琼玉答应,睡了。

到天明,琼玉醒来,见惜春还偎着他,心中万分喜悦,道:“姊姊睡着没有?”惜春道:“我向来本是打坐,不要睡的了,我们起来罢。”说着披衣起来。入画早已先起,在床前伺候。惜春一面穿衣,一面附耳说道:“兄弟,你真是个上等的根器。就在儒家,也奉可以希贤入圣的姿质。我这不是浮赞你,你切不可把这根器糟塌了。”琼玉唯唯答应。

出至上房,黛玉与他道喜,问道:“四姑娘恼没有?”琼玉道:“姊姊真是仙人。"遂把惜春夜里的话告诉黛玉。又道:"四姑娘说我知道他的心,我实内愧。我只得含糊答应了。"黛玉道:"好,好,这真是非你不能做,也非四姑娘不能如此,天下人都测摸不着的。你们真是天生佳偶。大喜,大喜!快拿喜酒来请我罢。"舒姨娘听了也是喜欢。是夜琼玉仍到喜鸾处,到半夜又起来到惜春处来。那知惜春包关了楼门,琼玉只得回去。

次日庙见,大排筵宴。席散后,琼玉径到岁寒楼,同惜春谈了一回。惜春道:"你昨儿何必半夜里来?兄弟,我与你说定了,你逢斋戒禁忌,以及心中不快,身上不舒服,或喜姊姊心中不快、身上不舒服的时候,你到这里来,我同你谈谈。或者你也打打坐,你要睡便睡了。其余的日子,你总在那边,不必来,我也不能等你。满了月,我是要到老太太那里去,陪老太太的。你到那些日子也到老太太那里来。我们一同陪着,我们又好说话,老太太看着也喜欢。"琼玉道:"姊姊说得是斋戒日子呢,除了家忌以及坛庙大祭,其余也都不去。至于禁忌日子,不知道是哪些?"惜春道:"经书上也有,道书上、鉴书上也有,就是近人刻的善书上也有,兄弟你都没有见过么?"琼玉道:"没有。"惜春道:"我这里有本阴骘文,后边附刻些劝世文,也有这日期单子在内。你去写一张出来,再添上家忌、斋期以及生日等,开一总单,贴在房中,就记得了。至于寒暑忧劳等类,那是没有定期,要随时留意的。"

琼玉答应,又道:"姊姊说经书上也有,在那里?"惜春道:"《月令》上说,'雷乃发声,有不禁期客心者,生子不备,必有凶灾'。又说,'日短至,阴阳争,死生分。君子斋戒,处必掩身,止声色,无或进。'这话是夏至时候。又说,'日长至,禁声色',这说的是冬至时候。诗经上说的'五日为期',这都是的。"琼玉笑道:"这些书都叫我囫囵吞过了。"惜春道:"兄弟。你虽功名已就,然既志向不凡,自须要做一番事业。必要有一番本事,方可弘济巨艰。要知本事岂是天生,全仗学问作为根柢。你既读书不多,趁此做词臣闲暇的时候还有些，多读些书，充其学问，培其根柢，方好作终身施用。若荒忽过去，到了事权到手，变故猝来，那时茫无把握，悔之无及。”琼玉道：“我小时读书，只晓得读文章应考。及至姊姊回来，才晓得读书不是单做这个用的。姊姊这话，就同我姊姊所说的一样。兄弟正要发奋读书，姊姊能指教我、我就更加高兴了。”惜春道：“我读的书也甚少，你若读书，我便陪你。至于指教，我是不能，还有你姊姊，比我强多哩。”又道，今儿是好日子，你到那边去罢，我们另日再谈。”说着站起来，送琼玉到东楼去了。

自此以后，琼玉依着惜春的日子，到岁寒楼来，或清谈，或读书，或学着打坐。也有不是那日子，有话要说，有书要问，也一在这边歇的。大约一月中倒有大半月在正楼。惜春又回了老太太，择日将入画收了。喜鸾听见，也回了老太太，把自己一个大丫头名叫茜霞的，送与琼玉收了。琼玉此时却非所好，既已回过母亲，且亦不好却，因与惜春谈及。惜春道：“这很好。兄弟，老太太只生得你一个，况门户不盛，人丁稀少，将来多生几个孙，也好叫老太太喜欢。文王则百斯男，妃嫔数十人，所以称为后妃之德。你知道清心寡欲，更可无虑了。”

到了满月之后，惜春便回老太太，要搬过来陪侍，老太太再三不肯。惜春道：“媳妇晚上向来本是不睡的，伺候老太太便当些，不比喜姊姊。况且面允琼兄弟‘事亲、教子’两事，若老太太不许伺候，媳妇如何能安坐呢？况且琼兄弟也在一块，又不离开。”遂将与琼玉说的一一告诉了。老太太道：“你实在想得周到，肚子里也实在的待我。这琼玉，自你来了，已觉好得多了，我喜欢得什么似的。从今后琼玉是不要我管的了，我消闲自在的享福。你一定还要来陪着我，我实不安。并不是不要你来。”惜春道：“媳妇此来，原为伺候老太太而来，老太太怎说不安的话。”

从此惜春便行坐不离，老太太只得依他。叫入画在正楼照应，自己带着彩屏在老太太房中。天气冷了，便在老太太里床陪着，或有时同衾并枕的偎着。若琼玉来了,便睡在外床,夫妻母子闲话一回。天气热了,便在旁边榻上或打坐,或倚枕,琼玉也有时一同打坐。也有时要睡,便至里间睡了。真是融融泄泄,共乐天真。

老太太将家务一切尽交与喜鸾。喜鸾十分能干,井井有条,每日问安后,便去料理家务,有大事才回老太太。惜春一切不问,终日惟伺候老太太一人起居饮食,事事躬亲,不需婢仆。丫头们都闲着无事,有跟着惜春读书的,有跟着喜鸾学女工的。惜春带着书,无事时便静坐看书,有事便放下书做事。有时同老太太说经说古,也谈到仙佛上。老太太也高兴修行,惜春便劝老太太供佛诵经,也学着打坐。此时老太太未满三十,心境既佳,性复闲静,姑媳二人逐日清修,所以终身无病,克享高寿,此是后话,表过不提。

黛玉过了三朝,便回荣府,将一切情形回了王夫人。王夫人也甚欣慰,说道:"老爷原说的,等他们自己定去,果然妥当。"黛玉又同宝钗谈了一回,大家都又称奇道怪。到了回九,又热闹了一天。林府又请会亲,又热闹几天。不觉残年将届,一日,黛玉来寻宝钗,宝钗到平儿那里去了,遂也到平儿这边来。听得两人谈笑甚浓,一面进去,一面说道:"你们好乐。"宝钗道:"才说你,你倒来了。"不知宝钗说出什么来?下回分解。

【全书毕】

因作者去世,未能完稿。

《续红楼梦未竟稿》点校说明

《续红楼梦》二十回，系周绍良先生珍藏未完稿本。周先生《红楼梦书录》中此书提要曰:“张曜孙撰。二十回。稿本，共九册，第一册末题:‘徐韵廷抄’。”书前有签云:“此书系张仲远观察所撰，惜未卒业，止此九册，外间无有流传。阅后即送还，勿借他人，致散失为要。阅后即送北直街信诚当铺隔壁余宅，交赵姑奶奶(即万保夫人)。”正文每面八行，每行二十五字。

张曜孙，字仲远，号升甫，晚号复生，武进人，张惠言之侄，嘉庆十二年(1807)生，道光举人，湖北候补道，著有《谨言慎好之居诗集》。书接第一百二十回。无回目，未完。第一回记丙辰秋至丁巳冬事。第二回有眉批:“口声不是黛玉，何妨另做一部书。”

本书以从吾师朱一玄先生处得周绍良先生所赠复印本标点。

敖　堃

2015年12月于南开大学